Die Wahrheit über DINNER FOR ONE

Eine Novelle von Florian Battermann

Florian Battermann schreibt bereits seit seinem siebzehnten Lebensjahr abendfüllende Theaterstücke. In der Werkstatistik des Deutschen Bühnenvereins 2016/2017 belegte der 1973 in Hannover geborene Autor den 8. Platz der meistgespielten Bühnenautoren Deutschlands. Neben zahlreichen Komödien stammen auch einige Kriminalstücke und Filmadaptionen aus seiner Feder. Noch während seines Studiums der Geschichte und Germanistik an der Leibniz Universität in Hannover absolvierte Florian Battermann eine Schauspielausbildung und arbeitete als Regieassistent. Sein Regiedebüt hatte er 1999 an der Komödie Kassel. Bevor er 2003 die Komödie am Altstadtmarkt in Braunschweig eröffnete, war er drei Jahre lang als stellvertretender Theaterleiter am Kleinen Theater Bad Godesberg sowie als Dramaturg an der Landesbühne Rheinland-Pfalz tätig. Florian Battermann ist seit 2009 außerdem künstlerischer Leiter des Neuen Theaters Hannover und übernahm im Sommer 2013 die Geschäftsführung der traditionsreichen Konzertdirektion Hannover. Der *Theatermacher aus Leidenschaft* schrieb, übersetzte und bearbeitete bislang 70 Theaterstücke. 2017 wurde eine seiner Dramatisierungen mit dem renommierten 3. Inthega-Preis *Neuberin* ausgezeichnet. Eine weitere Nominierung für sein Stück »Oskar Schindlers Liste« erfolgte 2019. Im Dezember 2018 fand die Uraufführung seiner Komödie »Die Wahrheit über Dinner for One« statt, die Florian Battermann damals noch unter dem Pseudonym *Jan-Ferdinand Haas* verfasst hatte. Während des zweiten Lockdowns Anfang 2021 entschloss sich der Autor, besagtes Theaterstück in Form einer Novelle zu veröffentlichen.

Herausgeber:

Komödie am Altstadtmarkt GmbH
Gördelingerstraße 7 | 38100 Braunschweig

Redaktion: Komödie am Altstadtmarkt GmbH
Satz und Coverdesign: Astrid Malzahn, Bonn
Druck: Löwendruck Bertram, Braunschweig

Dieses Buch können Sie online oder per E-Mail bestellen unter:
info@komoedie-bs.de | www.komoedie-bs.de

Telefonische Bestellungen sind möglich unter: 0531 / 121 86 80

€ 21,00 (D/CH) · € 21,60 (A) | ISBN 978-3-9807022-4-9

Löwendruck Bertram
Tel. 05 31 / 35 22 46
Fax 05 31 / 35 22 66

Klimaneutral
Druckprodukt
ClimatePartner.com/11737-2102-1001

Die Wahrheit über
DINNER FOR ONE

Eine Novelle von Florian Battermann

Prolog

»Dinner for One«: Seit Jahrzehnten flimmert dieser Sketch mit May Warden und Freddie Frinton alljährlich am 31. Dezember über die deutschen Bildschirme und hat sich so in das kollektive Gedächtnis einer ganzen Fernsehnation gebrannt. Über seine Entstehung gibt es zahlreiche Geschichten, die alle mit der Wahrheit nicht viel zu tun haben. Aber ich weiß wirklich, wie dieses Kabinettstück englischen Humors entstanden ist, denn ich war dabei, im Winter 1962 in Blackpool, als notgedrungen aus dem ursprünglichen Sechs-Personen-Sketch »Der 90. Geburtstag« eine Version mit nur zwei Darstellern wurde, und das Publikum der ersten Aufführung beiwohnte. Knapp sechzig Jahre sind seitdem vergangen, und keine der beteiligten Personen lebt noch. Deshalb habe ich mich dazu entschlossen, endlich die Wahrheit über »Dinner for One« aufzuschreiben, die mindestens genauso amüsant und kurios ist, wie das kleine Stück selbst. Aber alles schön der Reihe nach.

Schon als kleiner Junge liebte ich das Theater und Großbritannien. Darum besuchte ich, so oft es ging, meine Tante Mary, die sich kurz nach Kriegsende 1945 in der Lüneburger Heide in den Unteroffizier Robert Powell aus Lancashire verliebt hatte und mit ihm schließlich an die englische Westküste ausgewandert war. Während Onkel Robert bis zur Pensionierung als Flight Sergeant seinen Dienst bei der Royal Air Force versah, arbeitete Tante Mary an der Theater kasse des prächtigen *Winter Gardens* in Blackpool und verkaufte Eintrittskarten. Da die beiden keine Kinder hatten und meine Eltern nach dem Kriegsende damit beschäftigt waren, sich eine neue Existenz aufzubauen, verbrachte ich meine Schulferien häufig bei Tante und Onkel in Nordengland. So oft es nur ging begleitete ich Tante Mary dann ins

Theater, schlich mich heimlich auf den zweiten Rang und verfolgte gebannt die Proben. So sah ich zum ersten Mal »Der Widerspenstigen Zähmung«, »Pygmalion« und eben auch »Dinner for One«.

Zum Leidwesen meines Onkels interessierte ich mich nicht für Flugzeuge und deren technische Finessen, sondern ausschließlich für das Spiel auf der Bühne. Für mich bedeuteten die Bretter hinter dem Samtvorhang schon damals sprichwörtlich die Welt, obwohl ich das Schiller-Zitat noch gar nicht kannte, und zogen mich magisch in ihren Bann.

Als einzig noch lebender Zeitzeuge fand ich es wichtig, die vollständige Geschichte aufzuschreiben, so wie sie sich kurz vor Silvester 1962 zugetragen hat und wie ich sie hautnah miterleben durfte. Oben auf dem Rang kauernd und zwischen den plüschigen Sitzen hindurchspähend konnte ich alles mit eigenen Augen sehen, was sich da auf der stuckumrandeten Bühne mit ihrem grünen Samtvorhang abspielte. Inzwischen bin ich selbst längst im Rentenalter, und mir läuft die Zeit davon. Darum soll die Welt endlich erfahren, wie der legendäre Sketch tatsächlich entstanden ist und warum er so erfolgreich wurde, dass der bekannte Showmaster Peter Frankenfeld die beiden Schauspieler May Warden und Freddie Frinton kurzerhand nach Deutschland einlud, um das kleine Stück im Studio B des NDR in Hamburg-Lokstedt für das Fernsehen aufzuzeichnen. Nicht im Traum hätte ich damals daran gedacht, dass sich »Dinner for One« einmal zu einem solchen Kult entwickeln würde. Ein Grund mehr, diese besondere und wunderbare Geschichte endlich zu erzählen.

Erstes Kapitel

Die Scheibenwischer des alten Jaguars bewegten sich, so schnell sie nur konnten. Schneeregen klatschte an diesem Sonntagmorgen gegen die Windschutzscheibe des Wagens, sodass Edward Taylor nur im Schritttempo vorankam, obwohl sein stilvoller *Mark V*, Baujahr 1950, normalerweise eine Höchstgeschwindigkeit von gut 90 Meilen pro Stunde schaffte. Selbst bei diesem miesen Wetter war der silbergraue Jaguar ein echtes Statussymbol, in dem man sicher von A nach B fuhr. Taylor hatte sich das Automobil für die *Upper Class* vor zwölf Jahren gekauft, als er sich auf dem Höhepunkt seiner beruflichen Karriere befand.

Ein Sturmtief von Westen peitschte über die Irische See und traf mit voller Wucht auf Blackpool. Der große Tower, das Wahrzeichen der Stadt, der normalerweise jeden Besucher willkommen hieß, war jetzt nur noch zu erahnen. Das Jahr 1962 zeigte sich an den letzten Tagen wirklich von seiner unangenehmsten Seite. Bei solchem Wetter bekam Taylor immer schlechte Laune, denn er war nicht nur Regisseur, sondern auch der Direktor des *Pavilion Theatres* im *Winter Garden*, und bei diesem Mistwetter ging kein Mensch freiwillig vor die Haustür, um Eintrittskarten zu kaufen. Stattdessen saßen die Leute lieber in ihren vier Wänden vor dem warmen Kamin, spielten eine Partie Bridge oder machten es sich mit einem spannenden Buch gemütlich.

Es war halb zehn, als Edward Taylor seinen Wagen endlich neben dem Bühneneingang parkte. Wie immer wurde seine Ankunft von einem dumpfen Scheppern begleitet, streifte sein linker Kotflügel doch stets eine der Mülltonnen, die hinter dem Theater aufgereiht standen. Heute waren es sogar gleich drei der Abfallbehälter, die sein silbergrauer Wagen touchierte, so sehr nahm Taylor der Schneeregen die Sicht.

Wie sehr hätte er sich jetzt Sonnenschein gewünscht, damit die Menschen über die Strandpromenade spazierten und bei dieser Gelegenheit auch am Theater vorbeikamen. Viele von ihnen hatten, außer einem stilvollen Abendessen in einem der zahlreichen Hotels, bestimmt für Silvester noch nichts vor. Da wären Eintrittskarten seiner diesjährigen Produktion »Der 90. Geburtstag« genau das Richtige für sie. Der kleine Sketch dauerte nicht mal eine halbe Stunde und sollte am letzten Tag des Jahres fünfmal gespielt werden, sodass die Zuschauer sich entweder für eine Matinee-Vorstellung oder eine der Aufführungen am Abend entscheiden konnten. Die leichte Unterhaltung war *very british* und damit genau das Richtige für einen beschwingten Silvesterabend, da war sich Taylor sicher, zumal er die Inszenierung im vergangenen Jahr bereits im *Theatre Royal* in Brighton gesehen hatte. Alle sechs Schauspieler waren bestens besetzt, egal ob sie als Mr. Pommeroy oder Mr. Winterbottom auf der Bühne standen, und besonders Freddie Frinton als Butler hatte das Publikum in Brighton immer wieder herzhaft auflachen lassen. Er lag einfach auf der Rolle, wie man so schön sagt. Insofern ging Taylor in diesem Jahr kein großes Risiko ein, wenn nur das Wetter endlich besser würde, damit sich auch noch die letzten Eintrittskarten verkauften. Einundzwanzig Jahre lang leitete er inzwischen das Theater in Blackpool, und bislang waren Silvester, mit Ausnahme der Kriegsjahre, immer alle 550 Plätze ausverkauft gewesen. Daran sollte sich möglichst auch in diesem Jahr nichts ändern. Der bloße Gedanke an die noch unverkauften Karten führte dazu, dass sich seine Laune noch verschlechterte. Nachdem er den Zündschlüssel abgezogen hatte, schnappte sich Taylor seine alte Aktentasche, die neben ihm auf dem Beifahrersitz lag, hielt sie sich zum Schutz vor dem Schneeregen über den Kopf und stieg dann zügig aus seinem alten Jaguar aus. Mit wenigen Schritten hatte er die graue Schwingtür mit der

Aufschrift *Stage Door* erreicht und flüchtete sich in das Innere des Theaters.

In der kleinen Pförtnerloge rechts neben dem Bühneneingang hockte der grauhaarige Mr. Davis in einem braunen Kittel, der mindestens so alt war wie er selbst. In seiner Jugend hatte er als Balletttänzer gearbeitet, aber inzwischen saß er seit mindestens dreißig Jahren in dem viel zu engen Kabuff und bewachte den Bühneneingang des *Pavilion Theatres*. Unzählige Stars und Sternchen hatte er hier in all den Jahrzehnten erlebt. Von David Niven bis Margaret Rutherford und Robert Morley waren sie alle an seiner Loge vorbeigezogen, wenn sie auf dem Weg zu ihren Garderoben waren oder das Theater nach einer Vorstellung wieder verließen. Doch wirkliches Interesse hatten die prominenten Herrschaften nie in ihm geweckt. Nie wäre er zum Beispiel auf die absurde Idee gekommen, Autogramme zu sammeln. Seine ganze Aufmerksamkeit galt einzig Wellensittich Cookie, der in einem kleinen Käfig neben dem alten Mann saß, sodass sie wie zwei Kameraden wirkten, die in ihrer engen Welt ganz zufrieden waren. In all den Jahren hatte Alister Davis sich keine einzige Aufführung im *Pavilion Theatre* angesehen, Sprechtheater interessierte ihn nicht. Aber immer im Spätsommer, bevor die neue Spielzeit in Blackpool begann, fuhr er zu seiner Schwester nach Tottenham. Dann besuchten sie zusammen eine Aufführung des *Royal Ballet*. Sobald der Dirigent seinen Taktstock hob und die Musik von »Schwanensee« oder »Giselle« einsetzte, vergaß er sein Alter sowie die Enge der Pförtnerloge und tanzte, ganz hinten auf dem obersten Rang sitzend, das Ballett heimlich mit seinen Füßen mit. Dann kam sich der alte Mann vor wie Nurejew oder Nijinsky und vergaß für zwei Stunden die Welt um sich herum. Zwar sollte seine Schwester nichts davon merken, aber sie tat es trotzdem, was sie jedoch taktvoll für sich behielt. Nur ein kleines Schmunzeln umspielte jedes Mal ihre Lippen, weil sie sich so sehr für ihren Bruder freute. Beide waren sie dann selig, was beweist, dass es oft die Kleinigkeiten im Leben sind, die den Menschen flüchtige Glücksmomente verschaffen.

Als Edward Taylor das Theater betrat, trank der Pförtner gerade einen Schluck seines heißen *Earl Grey*-Tees mit Milch und Zucker. Der aufsteigende Wasserdampf ließ die Gläser seiner Nickelbrille beschlagen. Sofort putzte er sie mit einem Taschentuch, las er doch gerade die Ausgabe der *Blackpool Gazette* vom gestrigen Samstag. Wie fast jeder Engländer studierte Alister besonders aufmerksam den Sportteil, weil er nicht nur beim Pferderennen wettete, sondern auf so ziemlich jede sportliche Aktivität tippte, die sich ihm bot. »Good Morning, Sir!«, begrüßte er seinen Chef, ohne von der Zeitung aufzusehen. Das Scheppern der Mülltonnen im Hof war ihm nicht entgangen.

»Morning, Alister!«, erwiderte Taylor nur knapp.

»Scheußliches Wetter heute.« Er rieb sich die Hände.

»Das können Sie laut sagen.« Noch immer ruhte der Blick des Pförtners auf seiner Zeitung.

»Ist schon irgendjemand hier?«, erkundigte sich der Chef, während er inzwischen damit beschäftigt war, die vom Schneeregen nassen Gläser seiner Hornbrille mit dem Ende der Strickkrawatte abzutrocknen.

»Doris ist auf der Bühne und bereitet alles vor.« Erstaunt sah Taylor Alister an. »Und die Schauspieler?«

Erstmals an diesem Morgen schaute der alte Mann seinen Vorgesetzten tatsächlich auch an: »Ach ja, Mr. Frinton hat vorhin angerufen und gesagt, dass er sich verspätet, weil er noch mit Mortimer zum Tierarzt muss.«

»Heute?« Taylor warf seinem Pförtner einen misstrauischen Blick zu. »Dr. Farnon ist auch sonntags für seine vierbeinigen Patienten erreichbar«, wusste der Vogelliebhaber. »Ich war neulich erst mit Cookie bei ihm wegen einer Kropf-

entzündung«. Sofort vergruben sich seine Augen wieder in einer der zahlreichen Tabellen des Sportteils. Offensichtlich hatte er alles gesagt.
Auch diese Information trug nicht dazu bei, dass sich Taylors Stimmung deutlich aufhellte. Tiere und Kinder hatten seiner Meinung nach nichts im Theater zu suchen. Letztere höchstens als zahlende Gäste im Zuschauerraum während des alljährlichen Weihnachtsmärchens, wenn zum Beispiel »Peter Pan« oder »Oliver Twist« aufgeführt wurde. Er selbst hatte nie Kinder gehabt, schließlich galt seine ganze Liebe und Aufmerksamkeit von jeher der Kunst. Er war der Vater seiner Schauspieler. Das hatte Edward Taylor stets vollkommen ausgefüllt, und zu Hause bei seiner Frau Lily war er der große Junge, um den sie sich kümmern musste. Die Mannschaft im Theater hatte er jederzeit fest im Griff, und selbst wenn er »Ein Sommernachtstraum« inszenierte, konnte er problemlos fünfzehn Schauspieler oder mehr auf der Bühne kommandieren, aber seine frische Wäsche musste Lily ihrem Mann jeden Morgen herauslegen. Bei seinem Ensemble achtete er auf jedes noch so kleine Detail des Kostüms, doch ihm persönlich war vollkommen egal, wie er privat herumlief. Zügig ging Taylor durch den fensterlosen Gang hinter der Bühne, vorbei an den Garderoben, Toiletten und der Teeküche. Selbst hier drinnen, wo es immer muffig war und nach Ölfarbe roch, kroch einem die nasse Kälte bis in die Knochen. An einigen Stellen kam sogar schon der Putz von der Decke, aber das war dem Direktor egal. Ein Theater musste lediglich dort glänzen und strahlen, wo es das Publikum sah. Der Zustand hinter der Bühne hatte keine Priorität. Durch eine schwarze Tür, die auch schon bessere Tage gesehen hatte, gelangte er schließlich auf die Seitenbühne. Die komplette Dekoration war bereits in der vergangenen Nacht aufgebaut worden, nachdem gestern noch Peter Halls *Royal Shakespeare Company* hier »Wie es Euch gefällt« gespielt

hatte. An der Seite standen große schwarze Kostümkisten auf Rollen, denen ihr langes Theaterleben unweigerlich anzusehen war. In großen Kreidebuchstaben stand darauf »DER 90. GEBURTSTAG«. Gleich daneben befand sich ein schmaler Tisch, auf dem bereits zahlreiche Requisiten ihres Auftritts harrten. Offensichtlich hatte Regieassistentin Doris tatsächlich bereits mit ihrer Arbeit begonnen. Von der Rückseite betrachtet, sahen alle Bühnenbilder höchst desillusionierend aus, dachte Taylor, als er hinter den Kulissen stand. Durchnummerierte Sperrholzwände, die mit Kulissenscharnieren verbunden waren und mit Metallstützen im hölzernen Bühnenboden verankert wurden. Auf der gesamten Spielfläche lag ein Bodentuch, das fliesenartig mit schwarz-weißem Schachbrettmuster bemalt worden war. Schließlich spielte die Handlung des Sketches im eleganten Esszimmer von Miss Sophies Herrenhaus. Alles bestand nur aus Holz, Farbe und ein bisschen Stoff. Nicht einmal das Kaminfeuer auf der Bühne war echt. Das Theater war nichts weiter als eine Scheinwelt. Alles war nur harmloses Spiel, und trotzdem begeisterten sich allabendlich die Menschen überall auf der Welt beim Besuch einer Aufführung.

Da sich auf dieser Seite der Bühne in der Dekoration kein Durchgang befand, ging Taylor im Halbdunkel hinter den Kulissen entlang. Es roch nach einer Mischung aus Staub, Schminke, Holz, Schweiß und Haarspray, die auf ihn schon immer eine besonders anziehende Wirkung ausgeübt hatte. Kein Geruch charakterisierte das Theater treffender als dieser. Nachdem er sich vorangetastet hatte, fand der Regisseur in der Bühnenmitte eine Auftrittsmöglichkeit. Vorbei an einer Ahnengalerie, die dem Publikum einen herrschaftlichen Flur suggerieren sollte, trat er mit geübten Schritten ins Rampenlicht, das ihn auch diesmal wieder blendete. Einen kurzen Augenblick genoss er die wohlige Wärme der Scheinwerfer, und sein Blick wanderte durch die ersten, leeren Reihen im Parkett. Oft stand er hier alleine mitten auf der Bühne und kostete die Stille im Theatersaal aus, während im Foyer schon die Stimmen unzähliger Menschen zu vernehmen waren, die nur darauf warteten, dass der Einlass endlich begann. In diesen magischen Momenten war Taylor stets der glücklichste Mensch der Welt. Dafür hatte sich bislang jede noch so anstrengende Probe gelohnt. Aber für Sentimentalitäten war jetzt keine Zeit. Wo steckte Doris? Im Zuschauerraum war sie jedenfalls nicht. »Doris?« rief der Direktor mit geübter Stimme, doch es kam keine Antwort. »DORIS!« probierte er es gleich noch mal, aber diesmal lauter, wieder ohne Erfolg. Also blieb ihm nichts anderes übrig, als die schmale Treppe am Rand der Bühne, vorbei am Orchestergraben, selbst hinab ins Parkett zu steigen, um seine Aktentasche auf einen der hochgeklappten Sitze in der ersten Reihe zu legen. Seinen nassen Trenchcoat hängte Taylor zum Trocknen über die mit grünem Stoff bespannte Balustrade zum Orchestergraben. Er war Anfang sechzig, und die Knöpfe seiner karierten Tweetweste spannten nicht unerheblich über seinem Bauch. Aus dem Fach des jugendlichen Helden war er schon seit Jahrzehnten herausgewachsen, nicht zuletzt, weil er neben dem Theater nur noch eine große Leidenschaft hatte, das Essen. Und Lily kochte, obwohl Engländerin, einfach zu gut. Am liebsten *Shepard's Pie*, einen Hackfleischauflauf mit Erbsen und Möhren, welcher mit einem Deckel aus Kartoffelbrei verschlossen und anschließend im Ofen überbacken wurde. Reste davon fanden sich gelegentlich auf Taylors Krawatte, sodass aufmerksame Beobachter bei einem Blick auf seinen Schlips oft Rückschlüsse auf seine letzte Mahlzeit ziehen konnten. Er zerrte seine Taschenuhr aus Sterlingsilber aus der Westentasche, ein Geschenk von Lily zum fünfundzwanzigsten Hochzeitstag. Ein kurzer Blick auf die römischen Ziffern verriet ihm, dass es inzwischen kurz vor zehn war. In wenigen Minuten sollte die erste Probe beginnen, aber bislang war noch niemand zu sehen. Taylor betrachtete das fertige Bühnenbild von vorne. Es würde den Zuschauern auch in Blackpool gefallen, da war er sich sicher, schließlich kannte er sein Publikum. Der Direktor des *Theatre Royal* in Brighton hatte ihm die komplette Dekoration samt Requisiten und Kostümen ausgeliehen. So etwas war üblich, sparten doch auf diese Weise beide Theater bares Geld, weil sich die Produktionskosten reduzierten. Das Esszimmer von Miss Sophie wirkte nobel und strahlte gleichzeitig britisches Understatement aus, perfekt. Immer mehr Regisseure bevorzugten inzwischen abstrakte Bühnenbilder für ihre modernen Inszenierungen. Oft wurden die Handlungsorte nur noch mit ein paar grauen Latten und Quadern angedeutet. Aber Taylor gefiel diese minimalistische Ästhetik ganz und gar nicht. Er war eben noch ein Theatermann alter Schule. Die Bühnenbilder seiner Inszenierungen waren stets realistisch und üppig, so wollte er es, und so mochte es auch sein Publikum. Bösartige Kritiker nannten sie manchmal abfällig *Puppenstube*. Deshalb stand bei »Der 90. Geburtstag« in der Mitte der Bühne auch eine große Tafel mit weißem Tischtuch, an deren Kopf sich ein prächtiger Stuhl mit geschnitzten Armlehnen befand, der Ehrenplatz von Miss Sophie. An den beiden Längsseiten des Tisches standen jeweils zwei kleinere Chesterfield-Stühle für ihre Gäste. Hier würden später Sir Toby, Admiral von Schneider, Mr. Pommeroy und Mr. Winterbottom Platz nehmen. Vom Zuschauerraum aus gesehen links an der Wand stand eine stilvolle Anrichte im edwardianischen Stil, auf der bereits diverse Flaschen angeordnet waren. Daneben befand sich ein Durchgang, welcher die dahinterliegende Halle des Landhauses erahnen ließ. Gegenüberliegend davon, also auf der rechten Bühnenseite, lag eine breite, mit Teppich belegte Treppe, die in das obere Stockwerk des Hauses führen sollte. Auf diese Weise war gewährleistet, dass die Darstellerin der Miss Sophie einen bühnenwirksamen Auftritt bzw. Abgang hatte. Ein Kamin sorgte ebenfalls für das passende Ambiente. Zudem waren sämtliche Wände mit großen Portraits längst verblichener Lords und Ladys geschmückt.

Nun fehlte nur noch das Ensemble, dann konnten sie endlich mit der Arbeit beginnen. Zaghaft wurde die Saaltür auf der rechten Seite des Zuschauerraums geöffnet, und Doris kam vorsichtig die Stufen zum Parkett herunter. »Good Morning, Sir!«, sagte sie mit ihrer leisen Stimme, während sie gleichzeitig mit dem Zeigefinger die Brille auf ihrer zierlichen Nasenspitze hochschob und penibel auf jeden ihrer Schritte achtete. Obwohl die junge Frau blond war, konnte man sie leicht übersehen, trug sie ihr Haar doch zu einem strengen Knoten zurückgebunden und verbarg ihre überaus aparte Figur meist unter biederen Kleidern, die stets hochgeschlossen waren. Ein schwarzer, knielanger Swingrock sowie ein grauer Wollpulli mit Rollkragen mochten zwar dem Wetter angemessen sein, wirkten allerdings ansonsten mehr als deplatziert an der attraktiven Frau, die durch ihre Garderobe eher wie eine Klosterschülerin wirkte. Daran änderte auch die schwarze Schmetterlingsbrille nichts, die zwar en vogue war, aber dem eigentlich hübschen Gesicht wenig schmeichelte. Lediglich auf hochhackige Pumps legte sie stets Wert.

»Morning, Doris!«, antwortete ihr Chef noch immer mürrisch, während er sein durchnässtes Textbuch aus der Aktentasche zog und kaum Notiz von ihr nahm. Normalerweise störte ihn nicht, dass sich die alte Tasche nicht mehr richtig verschließen ließ, aber in diesem Fall hatte es dazu geführt, dass er sein Manuskript jetzt zum Trocknen auf einen der hochgeklappten Theatersitze legen musste. »Wo haben Sie so lange gesteckt?«

»Entschuldigen Sie, Sir, aber ich war noch im Foyer bei Mrs.

Powell an der Kasse.«
»Hat Mary Sie wieder von der Arbeit abgehalten?«, Taylor guckte misstrauisch.
»Nein, aber sie hat mir dieses Telegramm hier für Sie gegeben, Sir«. Schüchtern streckte Doris ihrem Chef einen Umschlag entgegen. »Warum sagen Sie das erst jetzt?«
»Weil Sie mich – «, doch weiter kam die junge Frau nicht.
»Geben Sie her!« Taylor riss seiner Assistentin das Telegramm aus der Hand und öffnete das Kuvert mit seinem dicken Zeigefinger. Dann überflog er den Inhalt der Postsendung, was seine Laune weiter verschlechterte. »Das gibt's doch nicht«, stieß er schnaubend hervor und las das Telegramm gleich noch einmal, diesmal laut: »KANN SILVESTER NICHT SPIELEN. BIN SCHWANGER. DER ARZT HAT ES VERBOTEN. SORRY, BETTY ROGERS.« Wütend zerknüllte er das Papier und warf es auf den Fußboden in der ersten Reihe.
»So eine verdammte Sauerei! Mir das einen Tag vor Silvester mitzuteilen. Typisch Betty Rogers! Woher soll ich so schnell eine neue Miss Sophie nehmen?« Aufgebracht stürmte Taylor über die seitliche Treppe zurück auf die Bühne, wo er mehr Platz hatte. Er wirkte wie ein angeschossenes Rhinozeros, das zum Angriff bereit war. Schnell hob Doris das zerknüllte Telegramm auf, strich es eilig glatt, legte es zwischen die Seiten ihres Textbuches und folgte dem Direktor.
»Morgen muss der Vorhang aufgehen«, brüllte Taylor und stolperte dabei über ein am Boden liegendes Tigerfell.
»Verdammt!«, schrie er nun noch lauter. »Wer hat das hier hingelegt?«
Doris war sich nicht sicher, ob sie antworten sollte, tat es dann aber doch. »Die Männer, die das Bühnenbild aufgebaut haben, Sir«.
»Das Teil gehört an die Wand, nicht mitten in den Weg, bevor sich hier noch jemand das Genick bricht.«
»Das habe ich den Bühnenhelfern vorhin auch gesagt«, ent-

gegnete sie eine Spur selbstbewusster. »Aber keiner wusste, wo das Tigerfell hingehört: Über die Anrichte oder über den Kamin?«

»Was weiß ich. Ist doch völlig egal. Hauptsache es liegt hier nicht im Weg herum.« Schuldbewusst zog die Assistentin das Fell zur Seite, was ihren Chef jedoch noch wütender machte.

»Lassen Sie das blöde Ding liegen! Wir haben jetzt andere Probleme. Wir haben nämlich keine Miss Sophie mehr! Wissen Sie, was das heißt?«

Den Tränen nahe antwortete Doris kaum hörbar: »Natürlich weiß ich das, Sir. Aber Sie dürfen sich nicht so aufregen. Denken Sie an Ihr Herz.«

»Mein Herz ist mir scheißegal! Wenn die Silvester-Vorstellungen ausfallen, brauche ich auch kein Herz mehr. Dann kann ich mir gleich die Kugel geben, weil ich nämlich pleite bin! Wie sollen wir den Sketch ohne Hauptdarstellerin spielen, können Sie mir das verraten?« Mehr als ein zaghaftes Kopfschütteln brachte die Assistentin diesmal nicht zustande. Dafür hatte der Direktor sie mal wieder zu sehr eingeschüchtert, zumal er offensichtlich mit seinem Wutanfall noch nicht fertig war. »Diese hinterlistige Schlange hat doch nicht erst heute erfahren, dass sie in anderen Umständen ist.«

»Beruhigen Sie sich, Sir! Ihnen ist bislang noch immer eine Lösung eingefallen«, versuchte Doris die Situation zu entspannen.

»Natürlich ist mir noch immer etwas eingefallen, ich habe ja auch keine andere Wahl. Wir müssen sofort eine Schauspielerin finden, die die Miss Sophie übernehmen kann.« Langsam schien sich Taylor endlich wieder etwas zu beruhigen, was auch seine Assistentin aufatmen ließ. Ganz nach dem Motto *The show must go on* ging er das Problem nun pragmatisch an. Nicht zuletzt um diesen Charakterzug beneidete sie

ihren Chef. Den Mut, sich jeder Herausforderung zu stellen, hätte sie nur allzu gerne selbst gehabt. Stattdessen war sie meist so schüchtern, dass die Schauspieler sie während der Probe beim Textsoufflieren schon aus der ersten Reihe nicht mehr verstanden. Aber vielleicht hatte Doris gerade deshalb vor gut einem Jahr ihre ordentlich bezahlte Anstellung als Verkäuferin in einem Schuhgeschäft hingeschmissen und war ans Theater gegangen. Sie wollte endlich nicht mehr das triste Leben einer Raupe führen, sondern als bunter Schmetterling in die Lüfte emporsteigen und jede Menge Abenteuer erleben. Zwar hatten ihre Eltern den Kontakt zu ihr abgebrochen, nachdem sie am *Pavilion Theatre* angefangen hatte, aber sogar das war ihr egal. Immerhin ging es um ihr Leben, und das wollte sie nach zweiundzwanzig Jahren endlich nach ihren eigenen Vorstellungen führen.
Nachdem sich Edward Taylor beruhigt hatte, zog er ein kleines ledernes Adressbuch aus der Innentasche seines Jacketts aus Harris-Tweet. »Hier drin steht des Rätsels Lösung! Wir müssen sie nur finden«, deutete er vielversprechend an, während er mit dem abgenutzten Büchlein vor Doris' Gesicht herumfuchtelte. Das äußerlich unscheinbare Adressbuch war ein Schatz, den der Regisseur in mehr als vierzig Jahren am Theater zusammengetragen hatte. In ihm standen die Namen und Adressen sämtlicher Schauspielerinnen und Schauspieler, mit denen er jemals zusammengearbeitet hatte. Außerdem zahlreiche Regisseure, Kostüm- und Bühnenbildner, Choreographen sowie viele Namen mehr aus der Branche. Zudem ihre Gagen und Agenten, sofern sie welche hatten. Emsig ging er die Namen Seite für Seite durch: Betty Arden, Holly Brown, Alice Collins, Rosie Daniels... ohne jedoch auf eine passende Schauspielerin zu stoßen. Lebte Rosie überhaupt noch? Edward war sich nicht sicher. Er las weiter. Das Papier war vom jahrelangen Umblättern schon ganz speckig geworden, zum Teil waren die kleinen Seiten

eingerissen. Hin und wieder schüttelte Taylor den Kopf und strich den ein oder anderen Namen mit einem Rest von Bleistift durch, der in dem Büchlein gesteckt hatte. Während Doris ihrem Chef dabei zusah, wie sich dessen Laune erneut verschlechterte, je mehr Seiten er erfolglos durchgearbeitet hatte, begann sie selbst im Geiste nach einer möglichen Lösung des Problems zu suchen. Sie kannte zwar längst nicht so viele Schauspielerinnen, aber eine einzige passende Akteurin für die Besetzung der Miss Sophie würde ja schon ausreichen. Also begann sie zu überlegen: Jemanden extra aus London anreisen zu lassen, hatte wenig Zweck, dafür war die Hauptstadt mit knapp 250 Meilen zu weit entfernt. Nein, man musste eine Künstlerin aus der Umgebung finden. Bloß wo? Sollte man vielleicht am Theater in Manchester oder Liverpool anrufen? Auch Leeds wäre noch möglich, selbst Sheffield war mit einer Entfernung von 90 Meilen machbar. Während Doris noch darüber nachdachte, ob sie ihrem Chef diesen Vorschlag unterbreiten sollte, erinnerte sie sich plötzlich an einen kurzen Artikel aus der gestrigen Zeitung. Während sie ihr morgendliches Porridge, also warmen Haferbrei mit Milch und Honig, gegessen hatte, überflog sie, wie immer, die *Blackpool Gazette*. Dabei war sie auf eine Meldung gestoßen, in der es hieß, dass sich die bekannte Schauspielerin May Warden seit Weihnachten in dem Badeort aufhielt, um sich an der Irischen See von der Scheidung ihres vierten Ehemanns zu erholen. Das war die Lösung! May Warden konnte doch die Rolle der Miss Sophie übernehmen. Doris war ganz aufgeregt, als ihr diese Idee gekommen war. »Mr. Taylor, Mr. Taylor!«, platzte es deshalb sofort aus ihr heraus, während Edward noch immer in die Lektüre seines alten Adressbuchs vertieft war.

»Was denn?«, knurrte er kurz, ohne mal wieder wirklich Notiz von seiner Assistentin zu nehmen.

Doris war inzwischen ganz aus dem Häuschen, so sehr war

sie von ihrem Einfall begeistert. »Wissen Sie, was ich gestern Morgen in der Zeitung gelesen habe?« Unruhig tänzelte die Blondine von einem Bein auf das andere.
»Verschonen Sie mich bitte mit Ihrem Geschwätz. Ich suche die Nadel im Heuhaufen.« Angestrengt ging Edward Taylor weiter die Namen in seinem Büchlein durch, er war inzwischen schon bei »K« wie Lola Keaton angekommen.
»Wie Sie meinen, Sir. Ich bin nur so aufgeregt. Nie hätte ich gedacht, die bekannte Schauspielerin May Warden hier unter Umständen treffen zu dürfen. Erinnern Sie sich noch an den Film... wie hieß er doch gleich... Da war sie neben Laurence Olivier einfach großartig.« Erwartungsvoll sah sie den Direktor noch immer an.
»Können Sie nicht einmal ruhig sein? Warum sollten Sie May Warden treffen?«
»Weil sie sich zurzeit hier aufhält, in Blackpool meine ich. Das stand zumindest gestern in der Zeitung.« Doris fasste neuen Mut, bekam aber gleich wieder einen Dämpfer.
»Hören Sie endlich mit dem Tratsch auf... Moment mal, DAS ist es!«
»Was?« fragte die Assistentin inzwischen völlig verwirrt.
»Der Heuhaufen... äh, ich meine die Nadel... im Heuhaufen. May Warden muss unsere Miss Sophie spielen!«
»Das sage ich doch die ganze Zeit«, entgegnete Doris kleinlaut. »Aber glauben Sie, dass ihr momentan der Sinn danach steht? Ich habe gelesen, dass sie sich hier erholen will, von ihrer vierten Scheidung.«
Mit einer knappen Handbewegung wischte Taylor die Bedenken beiseite. »Das kann sie ja auch. Aber morgen steht sie erstmal auf dieser Bühne. Wir müssen ihr nur genug Honig ums Maul schmieren. Sagten Sie nicht eben, dass sie gerade ihre vierte Scheidung hinter sich hat? Dann kann sie bestimmt Geld gebrauchen. Und wenn sie keins braucht, dann braucht sie zumindest Ablenkung. Sie muss

wieder auf andere Gedanken kommen. Etwas Positives erleben. All das können wir ihr bieten.« Triumphierend drehte sich der Direktor auf der Bühne um seine eigene Achse und zeigte dabei stolz auf sein schönes Theater. »So ein altes Zirkuspferd kann gar nicht ohne Bühne. Schaffen Sie mir die Diva hierher, dann werde ich sie schon überzeugen. In welchem Hotel wohnt Mrs. Warden, sagten Sie?«

»Keine Ahnung.«

»Dann finden Sie es heraus, wenn Sie Ihren Job behalten wollen«, polterte Taylor seine Assistentin an, die ihn wie versteinert ansah. »Na los, worauf warten Sie noch?«

»Meinen Sie das tatsächlich ernst, Sir?«

»Was glauben Sie denn? Das ist unsere letzte Chance. Klappern Sie alle Hotels ab. Irgendwo muss sie ja wohnen. Und dann schaffen Sie die Frau so schnell wie möglich hierher. Wir wollen endlich mit der Probe beginnen. Klar?«

»Klar. Aber was soll ich Mrs. Warden denn sagen?«

»Was weiß ich? Erfinden Sie irgendeine rührselige Geschichte. Hauptsache, sie kommt zu uns. Den Rest erledige ich dann schon. Na los, oder soll ich Ihnen Beine machen?«

»Nein, Sir!«, brachte Doris gerade noch heraus, und rannte dann über die schmale Treppe von der Bühne hinab ins Parkett. Um schneller zu sein, nahm sie den direkten Weg durch den Zuschauerraum.

Taylor schrie ihr noch nach: »Die Existenz des Theaters hängt jetzt von Ihrer Überzeugungskraft ab, also beeilen Sie sich gefälligst!«

»Mache ich, Sir! Mache ich«, war alles, was noch von der Assistentin zu hören war. Kurz darauf schloss sich die Saaltür geräuschvoll hinter ihr, und es war augenblicklich still im *Pavilion Theatre*. Edward Taylor konnte nun nur noch abwarten, eine Haltung, die dem Direktor so gar nicht entsprach.

Zweites Kapitel

Kaum war Doris durch den Zuschauersaal verschwunden, da trat auch schon Henry King über die Treppe im Bühnenbild auf. Der beleibte Mann Ende fünfzig mit gelocktem, grau meliertem Haar, das er mit jeder Menge Pomade im Zaum zu halten versuchte, hatte eine angeborene Begabung für den großen Auftritt. Hätte er sich jemals auch nur ansatzweise für die Damenwelt interessiert, was der Himmel zu verhüten wusste, so wäre ihm garantiert eine erfolgreiche Laufbahn als Heiratsschwindler beschieden gewesen. Das Zeug dazu hätte King jedenfalls gehabt. Bei ihm war der Name Programm. In jungen Jahren hatte er eine Karriere als Tenor begonnen, die ihn sogar bis an das Opernhaus von Buenos Aires geführt hatte. Eine Erkrankung der Stimmbänder führte jedoch bereits Ende der zwanziger Jahre zum dauerhaften Verlust seiner Singstimme, sodass er seit mehr als dreißig Jahren nur noch sprechend auf der Bühne agieren konnte. Zwar hatte er sich mit diesem schrecklichen Umstand irgendwie arrangiert, ihn jedoch nie wirklich akzeptiert, was über all die Jahre dazu geführt hatte, dass er stets beleidigt wirkte, obwohl objektiv niemand für sein Schicksal verantwortlich war. Er litt bei jedem Atemzug, wobei dieses Leiden nicht physischer Natur war. Vielmehr hatte Henry es inzwischen zu einer regelrechten Kunstform stilisiert, die er aus dem Effeff beherrschte. Unter Umständen war er auch deshalb die perfekte Besetzung für die Rolle des Mr. Pommeroy, den er in Freddie Frintons Ensemble schon seit ein paar Jahren spielte und der ihm zumindest ein bescheidenes Auskommen sicherte, solange ihm keine anderen Rollen angeboten wurden. Als King, über die Treppe schreitend, denn als etwas anderes konnte man seinen Gang in diesem Fall nicht beschreiben, die Bühne des *Pavilion*

Theatres betrat, hätte man ihn auch ohne Weiteres für einen Grafen oder Baron aus irgendeiner Operette halten können. Dass die graue Nadelstreifenhose, der schwarze Gehrock mit passender Weste und weißem Oberhemd sowie der pelzbesetzte Wintermantel schon deutlich bessere Tage gesehen hatten, erkannte man erst aus der Nähe. Henry King war eben eine echte Bühnennatur, die am besten auf eine gewisse Entfernung wirkte. Dazu passte großartig sein langer, weißer Schal, den er lässig um den Hals trug, wie Mario Lanza in dem Film »Der große Caruso«. Ihm fehlten nur noch Monokel, Zylinder und Gehstock, aber wahrscheinlich waren diese Requisiten im Laufe der Jahre einfach abhanden gekommen. Natürlich trug Henry, selbst bei diesem heftigen Schneeregen, passend zu seinem Outfit schwarze Lackschuhe, wobei im Unklaren blieb, ob er damit seinem Stilbewusstsein huldigte oder ganz einfach kein zweites Paar fester Winterschuhe besaß. Beides war möglich. »Kinder, da bin ich«, schmetterte er mit hoher Stimme bei seinem Auftritt in den leeren Theatersaal, sodass sich Edward Taylor kurz erschrak, der noch immer hoffnungsvoll Doris hinterher sah, und damit Kings Auftritt verpasst hatte.
»Henry, schön dich zu sehen«, erwiderte der Direktor ebenfalls mit großer Geste und breitem Lächeln im Gesicht. Zügigen Schrittes gingen die beiden Männer aufeinander zu und reichten sich die Hand. Sie kannten sich seit Jahrzehnten und hatten schon in zahlreichen Produktionen zusammengearbeitet. Taylor schätzte King als zuverlässigen Schauspieler, der nicht allzu viel Gage verlangte und beim Publikum des Seebades stets gut ankam, wenngleich ihn privat sein übertriebenes Gehabe und der tölende Klang seiner Stimme oft auf die Nerven gingen. Aber so war das eben, Schauspieler mussten in erster Linie den Zuschauern gefallen, die bezahlten schließlich das Eintrittsgeld, nicht der Theaterleiter.

»Hallöchen, Eddie! Ich freue mich auch, endlich wieder hier zu sein! Wie viele Jahre ist das her?«, dröhnte King seinem Chef entgegen. »Frag nicht…«, antwortete dieser mit einer abwinkenden Geste. Freudestrahlend blickte der Mime in den halbdunklen Zuschauersaal, dessen weiße Stuckverzierungen auf den mintfarbenen Wänden leuchteten. »Und immer noch ein entzückendes Theaterchen!«
Taylor war das alles schon wieder zu viel, er ließ sich allerdings nichts anmerken, schließlich war er Profi. Wahrscheinlich um die Akustik zu testen, blökte Henry gleich darauf in den leeren Saal: »Sein oder Nichtsein, das ist hier die Frage!«
Um Himmels Willen, sollte jetzt etwa der komplette Hamlet-Monolog folgen? Das musste um jeden Preis verhindert werden. Denn so gut King auch in zeitgenössischen Komödien und Kriminalstücken war, Shakespeares klassisches Versmaß lag ihm nicht sonderlich. Schnell wechselte Edward deshalb das Thema. Als Regisseur hatte er darin Routine, Schauspieler möglichst unbemerkt von ihren eigenen Ideen abzubringen, das gehörte quasi zu seinem Handwerkszeug. Deshalb erkundigte er sich interessiert bei King danach, wie denn dessen erst kürzlich beendete Tournee gelaufen sei. Bestimmt war die Gastspielreise ein voller Erfolg gewesen, das behaupteten Schauspieler eigentlich immer, und Henry sogar ganz sicher. Verlegen versuchte Selbiger dem Blick seines Chefs auszuweichen.
»Hat sich kurzfristig zerschlagen«, war alles, was er hervorbrachte, gefolgt von einem leisen: »Deshalb brauche ich das Geld hier umso dringender.« Um der unangenehmen Situation zu entfliehen, machte er sich sofort mit seinem Sitzplatz am Tisch vertraut und nahm souverän auf seinem Chesterfield-Stuhl Platz, der kurz unter seinem Gewicht ächzte. Mit einem gekonnten Blick zu den Scheinwerfern überprüfte der Schauspieler, ob er genug Licht abbekam.

Das war schließlich das A und O. Wenn man schlecht ausgeleuchtet war, konnte man spielen was und wie man wollte, es wurde vom Publikum nicht richtig gesehen, aber hier war diesbezüglich alles in Ordnung. Sein vom Alkohol leicht gerötetes Gesicht erstrahlte unter den hellen Scheinwerfern. Genügend Spots waren auf ihn gerichtet. Zufrieden wandte er sich wieder Taylor zu: »Stell dir vor, die haben für die Tournee einen NOCH jüngeren Schauspieler engagiert.« Er legte eine kunstvolle Pause ein.
»Nicht möglich.« Taylor konnte sein Lachen kaum unterdrücken, immerhin war der Mime Ende fünfzig.
»Doch«, näselte King schnippisch. »Na ja, so konnte ich mich wenigstens angemessen auf unsere Wiederaufnahme vorbereiten. Man darf den Mr. Pommeroy nicht unterschätzen«, wobei er absichtlich den Namen seiner Rolle mit der hohen Bühnenstimme der Figur aussprach.
Um die Unterhaltung wieder alltäglich klingen zu lassen, fragte Taylor beiläufig: »Und, wie bist du angekommen?«
Augenblicklich hellte sich Kings Miene auf: »Bei meinem letzten Engagement haben die Zuschauer getobt!«
Unmöglich mit dem Mann ein normales Gespräch zu führen, dachte Edward. »Nein, ich will wissen, wie du hierhergekommen bist.« Es war zum Aus-der-Haut-Fahren.
»Ach so«, entgegnete der Angesprochene enttäuscht, und weiter: »Die Busfahrt von Newcastle hierher war die reinste Odyssee. Ich dachte, ich überlebe es nicht. Überlandbusse sind nichts für einen Tenor wie mich!«
»Der schon vor Jahrzehnten seine Stimme verloren hat«, stellte Taylor lapidar fest.
»Meine Stimme ist nach wie vor mein zweitwichtigstes Instrument.« entgegnete der Möchtegern-Caruso seinem Chef überlegen. »Und der größte Feind der Stimme ist nun mal der Zug.« Theatralisch schlang er sich ein zweites Mal seinen weißen Schal um den Hals, was von Edward nur mit:

»Verstehe, deswegen bist du mit dem Bus gekommen«, quittiert wurde. King lachte nicht, sondern nahm diese Bemerkung als Steilvorlage. Man merkte den beiden Männern an, dass sie ein eingespieltes Team waren, das sich routiniert hochschaukeln konnte, weshalb er sofort konterte: »Mach dich ruhig lustig über mich! Ich möchte einmal erleben, dass man als Künstler von euch Theaterdirektoren wertgeschätzt wird.« Er hob seine Stimme wirkungsvoll an: »Nur ein einziges Mal!« Ende der Vorstellung. Beleidigt entnahm Henry der Innentasche seines am Kragen pelzbesetzten Mantels, der ihn aussehen ließ, als wäre er einem winterlichen Stück von Tschechow entsprungen, einen Flachmann, schraubte die verchromte Flasche auf und trank ganz selbstverständlich einen ordentlichen Schluck. So beiläufig wie möglich verstaute er die Schnapsflasche anschließend wieder in den Tiefen seiner Garderobe.

Taylor glaubte seinen Augen nicht zu trauen: »Was machst du da? Ich dachte, du trinkst nicht mehr.«

Mit einer Unschuldsmine sah ihn King an: »Das tue ich auch nicht.«

Jetzt glaubte der Chef auch seinen Ohren nicht mehr trauen zu können: »Ach nein!? Und was ist in dem Flachmann drin?«

»Medizin gegen mein Asthma. Oder glaubst du mir etwa nicht?« Er fasste sich theatralisch mit der rechten Hand an seine Brust.

»Zeig mal her!«, sagte Taylor wenig beeindruckt und machte gleichzeitig eine auffordernde Geste: »Wenn es Hustensaft ist, wird er mir auch guttun.«

»Bitteschön, aber steck dich bloß nicht an«, konterte der Kollege beleidigt und übergab seinen Flachmann widerwillig.

Geübt schraubte Edward die Flasche auf und roch daran: »Von wegen Medizin. Das ist Gin«, stellte er mit detek-

tivischer Genauigkeit fest. »Ich widerspreche nicht. Nur, dass ich den Wacholderschnaps nicht trinke wie Queen Mum, sondern ihn ausschließlich aus medizinischen Gesichtspunkten zu mir nehme.« King gab sich große Mühe, seinem Gesicht einen angewiderten Ausdruck zu verleihen, was ihm jedoch nicht ganz gelang. »Oder glaubst du, mir schmeckt das Zeug?«, schob er schnell halbherzig nach.
»Vergiss es!« Taylor kehrte jetzt den Chef hervor: »Du bekommst die Flasche erst nach der letzten Vorstellung zurück. Ich will nicht, dass du betrunken auf der Bühne stehst.«
Das war endgültig zu viel für den Tenor ohne Stimme: »Warum lasse ich mir das eigentlich alles gefallen? Freiwillig werde ich nach dieser Produktion garantiert keinen Fuß mehr auf deine Provinzbühne setzen, Eddie, das schwöre ich dir!« Während er sich in Rage geredet hatte, war sein Gesicht puterrot angelaufen, sodass die Äderchen auf seiner Nase noch stärker hervortraten. Zornig drehte er sich um und wollte wirkungsvoll über die Treppe im Bühnenbild abgehen. Doch der Theaterdirektor war zu lange im Geschäft, um sich von dem Ausbruch eines seiner Schauspieler auch nur ansatzweise beeindrucken zu lassen. Bei Angehörigen dieser Berufsgruppe musste man prinzipiell fünfzig Prozent abziehen, das wusste er aus Erfahrung. Alles, was sie taten, zielte naturgemäß auf dessen Wirkung ab. Sie hatten es gelernt, ihre Gefühle so zu vergrößern, dass auch noch der letzte Zuschauer in der hintersten Reihe von ihnen ergriffen wurde. Wer das nicht schaffte, hatte am Theater keine Chance, weil seine Emotionen kaum über die Rampe kamen, wie es so schön hieß. Dann konnte man höchstens beim Film arbeiten. Mit Hilfe der Kamera schaffte man es, über so manchen handwerklichen Mangel hinwegzutäuschen. Das sollte man wissen, wenn man am Theater arbeitete, und Henry King beherrschte sein Hand-

werk, das musste man ihm lassen. Zwar nervte Taylor dieser Umstand, wie auch jetzt, oft gewaltig, aber eigentlich liebte er seine Mimen gerade deswegen. Wie viele normale Menschen führten ein Dasein voller Mittelmaß ohne besondere Höhen und Tiefen, von wahrhaften Gefühlen ganz zu schweigen? Jahrelang schleppten sie sich morgens in ihre Büros oder Fabriken, arbeiteten tagein, tagaus mit denselben langweiligen Kollegen, den Blick starr auf das nächste Wochenende und das bisschen Urlaub gerichtet. Niemals wollte Taylor ein solches Leben fristen, für kein Geld der Welt. Vielmehr musste er sich spüren, jede Minute intensiv auskosten, und das ging nun mal am besten auf der Bühne oder bei den Fallschirmjägern der *Royal Airforce*, das wusste er schon als junger Mann. Allein seine Höhenangst hatte ihn die zweite Karriere schnell vergessen lassen, und so war Taylor unweigerlich am Theater gelandet.

Deshalb rief er auch mit kräftiger Stimme hinter King her: »HENRY!«

Erschrocken drehte sich selbiger auf der Treppe um. Mit einer solch lauten Intonation hatte er offensichtlich nicht gerechnet.

»Ja, Eddie?«, fragte er so beiläufig wie es ihm möglich war.

Sein Chef sah ihn seelenruhig an. »Komm mal her!«

»Was denn?« Unsicher kam King die Treppe wieder herunter, was er jedoch zu überspielen versuchte: »Du musst dich nicht bei mir entschuldigen. Vor der ersten Probe liegen die Nerven immer blank. Das ist ganz normal.« Am Ende des Satzes war er wieder bei Edward Taylor angekommen.

»Ich will mich nicht bei dir entschuldigen«, antwortete dieser souverän. »Sondern?«, fragte Henry jetzt noch irritierter als zuvor.

Taylor machte eine wirkungsvolle Kunstpause, diese Technik hatte ihm bereits in jungen Jahren sein Schauspiellehrer beigebracht: »Ich will, dass du deinen Mantel ausziehst!«

Nun verstand King gar nichts mehr. Sollte er sich jahrzehntelang in Edward getäuscht haben? Zumindest würde es erklären, warum er dessen Frau Lily so gut wie nie zu Gesicht bekam. War sie all die Jahre etwa nur ein Alibi gewesen, weil sich Taylor seiner wirklichen Natur schämte? Es gab viele solcher Menschen. Zwar war der Chef nicht Henrys Typ, da dieser immer schon auf jüngere Männer stand, aber um einem Leidensgenossen quasi die Taufe der gleichgeschlechtlichen Liebe zu spenden, würde er sich opfern wie die Heilige Johanna, das war er seiner Neigung schuldig. Deshalb sah er Taylor mit einem schmachtenden Blick an und hauchte dabei verführerisch: »Aber, Eddie, hier?«

»Ja, genau hier. Ausziehen«, entgegnete Edward sofort. Der Mann konnte es offensichtlich gar nicht abwarten. Wahrscheinlich war jahrelanger Triebstau daran schuld, anders konnte es sich Henry King jedenfalls nicht erklären.

»Kommt nicht in Frage. Mir ist kalt! Ich friere. Meine Lippen sind schon ganz blau«, versuchte der Tenor ohne Stimme den Avancen seines Chefs hier auf der zugigen Bühne zu entgehen.

»Höchstens vom Alkohol. Wenn du frierst, zieh den Gehrock vom Kostüm über. Dieser bleibt jedenfalls hier!« Taylor deutete auf das pelzbesetzte Kleidungsstück des Kollegen.

»Du leidest ja schon an Verfolgungswahn«, war alles, was der Schauspieler dem entgegensetzen konnte, doch da stand Edward Taylor auch schon vor ihm und öffnete die Seiten des schweren Mantels mit den Worten:

»Vertrauen ist gut, Kontrolle ist besser. Darf ich mal sehen?« Noch bevor King auch nur einen Schritt zurücktreten konnte, hatte Taylor auch schon die Knöpfe geöffnet, sodass links und rechts auf den Innenseiten jeweils drei mit Flachmännern bestückte Taschen zum Vorschein kamen. »Na bitte!« sagte er triumphierend und zog Henry den Mantel aus.

»Was soll ich machen? Mein Asthma ist chronisch«, versuchte der Ertappte sich zu rechtfertigen, was ihm jedoch nicht wirklich gelang. »Ich denke nur an deine Vorstellungen!«

»Das tue ich auch«, entgegnete sein Chef knapp, nachdem er das Kleidungsstück endgültig konfisziert hatte. Dem Schauspieler schien wirklich kalt zu sein.

»Wenn du mich suchst, ich bin in meiner Garderobe und zittere vor mich hin. Wahrscheinlich bin ich bis zum Probenbeginn erfroren!« Da war sie wieder, seine übertriebene Theatralik, mit der er sich schwungvoll umdrehte und die Bühne beleidigt verließ.

»Dann koch dir einen heißen Tee!«, rief Taylor noch hinter ihm her. »Ich kann es mir nicht leisten, fünf Silvester-Vorstellungen wegen eines betrunkenen Schauspielers aufs Spiel zu setzen.«

Abrupt stoppte der Angesprochene. »Betrunken? Wen meinst du damit?«, fragte King, der inzwischen auf dem oberen Treppenabsatz angekommen war, scheinheilig. Kurz vor seinem Abgang schob er noch schnell hinterher: »Eddie, ich weiß nicht, ob du das riskieren solltest. Ich habe noch nie in meinem Leben eine Vorstellung nüchtern gespielt.« Diesmal wartete er keine Reaktion ab, sondern verschwand sofort hinter den Kulissen.

Kopfschüttelnd sah Taylor ihm nach, dann atmete er tief durch. Hauptsache Doris würde bald mit May Warden im Schlepptau zurückkehren. Alles andere war ihm momentan egal. Diesmal durfte das Glück ihn nicht verlassen. Schnell trat der Theaterdirektor an den Esstisch und klopfte abergläubisch dreimal auf die hölzerne Tischplatte. »Toi, toi, toi«, murmelte er dabei vor sich hin, wie es Theaterleute ständig taten, wenn sie auf Nummer sicher gehen wollten. Als wäre dieses Klopfen das Stichwort für den nächsten Auftritt gewesen, betrat nun der junge Schauspieler Laurence Hill, durch den Zuschauersaal kommend, das

Pavilion Theatre. Nach Möglichkeit ging er immer an der Kasse vorbei, um sich danach zu erkundigen, wie gut oder schlecht die Aufführungen verkauft waren. Schon manches Mal hatte er bei dieser Gelegenheit die Bekanntschaft einer attraktiven Kassendame gemacht. Heute jedoch verkaufte Mary Powell Eintrittskarten, die zwar sehr nett war, aber aufgrund ihres fortgeschrittenen Alters nicht in Hills Beuteschema passte, sondern ihn eher an seine Mutter erinnerte. Insofern war leider außer einem kurzen *Smalltalk* nichts für ihn herausgesprungen. In seinen Chucks bewegte sich der junge Mann fast geräuschlos an den Stuhlreihen vorbei. Der Elan war jedem seiner Schritte anzumerken, stellte Taylor ein wenig neidisch fest und dachte dabei wehmütig an seine eigenen Anfängerjahre. Wie schnell war doch die Zeit vergangen. Eine Premiere hatte die nächste gejagt, und während er sich tagein, tagaus auf der Bühne mit dem Spiel verschiedener Lebensläufe beschäftigt hatte, war sein eigenes Leben fast unmerklich an ihm vorbeigezogen. Bevor ihn seine Gedanken wehmütig stimmen konnten, wandte er seine Aufmerksamkeit Laurence Hill zu. Der junge Mann, der noch keine Ahnung davon hatte, wie schnell die Zeit verging, und stattdessen mit der unbändigen Kraft der Jugend nicht an die Zukunft dachte, trug eine modische Bluejeans. Dazu ein rot-schwarzes Holzfällerhemd und darüber eine schwarze Motorradlederjacke, die er trotz des schlechten Wetters natürlich nicht geschlossen hatte. Passenderweise hatte Laurence sein dunkelbraunes Haar im Rockabilly-Style frisiert, wovon jedoch aufgrund des anhaltenden Schneeregens nicht mehr viel zu erkennen war. Mit ein paar lässigen Handgriffen versuchte er dennoch seine Haarpracht zu retten. Der Darsteller, der erst seit zwei Jahren am Theater arbeitete, gehörte zu jenen jungen Männern, die sich ihrer Wirkung auf das andere Geschlecht stets bewusst waren. Kaugummi kauend näherte er sich zügig der Bühne

und nahm die schmale Treppe über den Orchestergraben mit nur drei schwungvollen Schritten. Eifersüchtig sah Edward diesem Auftritt zu. Wie gerne wäre er selbst noch einmal jung gewesen. Stattdessen tat ihm schon morgens beim Aufstehen jeder Knochen weh. Aber so war das nun mal. Der Lauf des Lebens schritt unweigerlich voran. Diese bittere Erfahrung würde Laurence auch noch machen. Das stand fest und beruhigte den Chef zumindest ein wenig.
»Hi, Mr. Taylor!«, begrüßte Hill den Direktor auf der Bühne betont cool. Edward, der ja selbst einmal jung gewesen war, musste sich ein Schmunzeln verkneifen.
»Morgen, Laurence! Schön dich zu sehen«, gab er amüsiert zurück. »Oh, mein Name ist jetzt James«, konterte dieser umgehend.
Taylor verstand ihn nicht. »Was?«
»James, wie Dean«, versuchte er zu erklären.
»Dean Martin?« Edward verstand noch immer nicht.
»Nein: James Dean. Nur Hill, also James Hill.«
Eigentlich hätte der Regisseur ihn gerne gefragt, wieso er sich diesen Schwachsinn hatte einfallen lassen. Doch er fragte nur: »Seit wann das?«
Laurence kaute sein Kaugummi nun fast im Zeitlupentempo und sagte betont lässig: »Habe ich mir gestern überlegt. Passt besser zu meiner coolen Lederjacke. Finden Sie nicht auch?«
»Und was machst du, wenn du einen Smoking trägst? Nennst du dich dann James Bond?«, entgegnete Taylor, dachte er doch gerade daran, dass Lily und er im Kino noch den neuen Film »007 jagt Dr. No« mit Sean Connery sehen wollten. Seine Frau liebte den Agenten ihrer Majestät und dessen spektakuläre Abenteuer über alles.
Trotzig antwortete sein Gegenüber: »Warten Sie es ab, als James Hill werde ich Karriere machen. Ich habe mir auch überlegt, meine Rolle des Admiral von Schneider diesmal

ganz anders anzulegen. Mehr als Draufgänger, wenn Sie verstehen, was ich meine.«

Warum wollten Schauspieler eigentlich immer ihre Rollen verändern, selbst wenn sie bisher damit Erfolg hatten? Auch nach all den Jahren in der Branche hatte Taylor noch immer keine Erklärung dafür. Eine Diskussion darüber hatte ihm heute gerade noch gefehlt, weshalb er jedes Aufflackern im Keim ersticken wollte. »Alles bleibt genauso, wie es ist. Never change a winning team!«

»Meinetwegen«, entgegnete Hill, nicht mehr halb so cool wie noch zu Beginn seines Auftritts. Trotzdem wagte er noch einen letzten Versuch. »Darf ich es Ihnen wenigstens kurz vorspielen?«

Taylor dachte an seine eigene Anfängerzeit und daran, wie gern er damals selbst alles ausprobiert hatte. Sein erster Theaterdirektor am *Old Vic* in Bristol war ihm dabei stets mit Verständnis oder zumindest Langmut begegnet, weshalb auch er sich jetzt seinem Schicksal ergab. Heute blieb ihm wirklich nichts erspart. »Bitte!«, war alles, was Taylor hervorbrachte, dann setzte er sich auf einen Hocker, der links am Bühnenportal stand, sodass Hill sofort mit seinem Vorspiel beginnen konnte.

Betont lässig schlenderte der Schauspielanfänger über die Bühne bis zu seinem Platz am Tisch. Wahrscheinlich hatte er sich jeden seiner Schritte aus irgendeinem James-Dean-Film abgeguckt. Jedenfalls fiel Taylor unweigerlich »Denn sie wissen nicht, was sie tun« ein. Hill setzte sich breitbeinig auf den Stuhl, schnappte sich ein imaginäres Glas, prostete der ebenfalls nicht anwesenden Miss Sophie zu und sagte betont maskulin: »Skol!« Erwartungsvoll blickte er zu seinem Chef, der allerdings keinerlei erkennbare Reaktion zeigte: »An dieser Stelle könnte ich auch noch kurz ein Shanty anstimmen. Die Zuschauer lieben Musik. Immerhin ist der Admiral ja früher zur See gefahren.« Er hatte sich jedenfalls eine Menge Gedanken über seine Rolle gemacht, das musste man ihm lassen. Der Direktor stöhnte kurz auf, was Hill jedoch nicht wahrnahm. Stattdessen war er noch voll und ganz mit seiner Neuinterpretation beschäftigt. »Soll ich schnell meine Gitarre holen?«

Als er sich gerade auf den Weg ins Foyer machen wollte, um sein Gepäck zu holen, musste Taylor ihn unterbrechen.

»Bloß nicht! Admiral von Schneider ist ein älterer Aristokrat, kein halbstarker Beatboy in zu enger Jeans. Er ist seit Jahren heimlich in Miss Sophie verliebt.«

Das gefiel Hill. »Echt? Find ich gut!« Sofort drehte er sich zu Miss Sophies Platz um und schmachtete: »Schau mir in die Augen, Kleines!«

Das war zu viel für Taylor. »Du bist nicht Bogart, sondern himmelst sie nur still an. Vergiss den James, du bleibst Laurence. Die Plakate mit deinem Namen hängen seit Tagen in der ganzen Stadt.« Damit war das Thema vom Tisch, das sah nun selbst der junge Mann ein. Gerade als Taylor überlegte, ob er dem Nachwuchsschauspieler die Grundlagen seines Berufes erklären sollte, schoss Henry King auf die Bühne. Diesmal hatte er nicht den wirkungsvollen Auftritt über die Treppe gewählt, sondern nahm den direkten Weg durch die Kulissen.

»Hab' ich doch richtig gehört«, sprudelte es sofort aus ihm heraus. »Hallöchen Laurence! Schön dich endlich wiederzutreffen.« Es war nicht zu übersehen, dass dem Tenor ohne Stimme die Erscheinung des jungen Mannes sehr gefiel, das merkte Taylor jedenfalls sofort. Nur das Objekt der Begierde bekam nichts davon mit. Wahrscheinlich war er innerlich noch zu sehr damit beschäftigt, sich von James Dean zu verabschieden. Deshalb sagte er auch noch immer betont cool: »Hi, Mr. King! Wie geht's, alles easy?«

»Wenn ich dich sehe, super easy«, war alles, was Henry darauf erwidern konnte, galt seine gesamte Aufmerksamkeit doch der maskulinen Lederjacke, die der junge Mann trug und die dessen Po in der engen Bluejeans besonders betonte. King, der die Weihnachtstage ganz alleine in seinem kleinen Apartment in Newcastle verbracht hatte, bekam auf diese Weise doch noch ein nachträgliches Weihnachtsgeschenk. Zumindest erinnerten seine verzückt glasigen Augen bei dem Anblick von Hills Hinterteil stark an ein Kind, das überwältigt vor Freude bei der Bescherung den hell erleuchteten Tannenbaum anhimmelt. Im Gegensatz zu Taylor, hatte Laurence noch immer nicht mitbekommen, dass er zum Objekt der Begierde degradiert worden war. Er freute sich vielmehr darüber, dass sein Kollege, anders als sein Chef, die Lederjacke offensichtlich zu würdigen wusste. Als Laurence Hill anschließend erzählte, dass er seit einigen Wochen mit Gewichten trainieren würde, um seinen sowieso schon sportlichen Körper weiter in Form zu bringen, war es endgültig um den Kollegen geschehen. Henry King verhielt sich wie Eis, das zu lange in der Sonne lag. Kurz bevor er komplett dahinschmelzen konnte, schmiss Taylor die beiden Schauspieler von der Bühne. Sie sollten sich endlich in ihrer Garderobe auf die bevorstehende Probe vorbereiten. Ganz Gentleman der alten Schule, allerdings nicht ohne Hintergedanken, ließ King seinem Kollegen den Vortritt beim Abgang über die Treppe. So hatte er wenigstens noch einmal Gelegenheit, die Physiognomie von Hills Hinterteil auf sich wirken zu lassen, wovon der jüngere Kollege erneut nichts mitbekam. Edward schaute den beiden Männern sprachlos hinterher, und ihm fiel spontan die Bergpredigt ein, in der es heißt: *Selig sind, die da geistig arm sind.* Während der Theaterdirektor noch darüber nachdachte, warum er sich als junger Mann für eine Laufbahn am Theater und gegen ein Studium der Theologie entschieden hatte, stürzte Doris völlig außer Atem in den Theatersaal. So schnell es nur ging, stolperte sie auf ihren Pumps an den Sitzreihen vorbei

bis zur Bühne. In Laurence Hills Chucks wäre sie bestimmt trittsicherer unterwegs gewesen. Auf dem Weg dorthin rief sie vollkommen überdreht:
»Mr. Taylor, Mr. Taylor! Sie kommt! Sie kommt tatsächlich! HIERHER!«
Abrupt beendete Edward seine theologischen Gedanken. Er war erstaunt darüber, wie schnell seine Assistentin auch in Pumps den Weg durch das Parkett zu ihm auf die Bühne zurücklegte. Dieses Tempo hatte er der jungen Frau gar nicht zugetraut. Nachdem Doris freudestrahlend und um Atem ringend vor ihrem Chef angekommen war, bedankte dieser sich beim Himmel dafür, dass seine Stoßgebete offensichtlich erhört worden waren.
Um der Blondine eine weitere Verschnaufpause zu gönnen, packte Edward sie bei den Schultern und rief glücklich:
»Doris, Sie sind die Größte!«
Langsam kam Miss Cooper wieder zu sich. »Danke, Sir«, war alles, was sie auf den positiven Gefühlsausbruch des Direktors erwidern konnte. Allerdings sprach die leichte Röte, die sich infolgedessen auf ihrem Gesicht abzeichnete, eindeutig dafür, dass sie sich über das Lob sehr freute.
Taylor wäre jedoch nicht Taylor gewesen, wenn er seine Wertschätzung nicht gleich wieder relativiert hätte. Von Mitarbeitermotivation hatte er keine Ahnung, das konnte man ihm nicht nachsagen. Und so führte seine Bemerkung: »Passen Sie bloß auf, dass Ihnen das nicht zu Kopf steigt. Sie sind hier nur die Regieassistentin. Vergessen Sie das nicht«, bei Doris nur dazu, dass sich augenblicklich ein Gefühl der Vertrautheit einstellte. So kannte sie ihren Chef. Darum antwortete sie auch nur knapp: »Nein, Sir.«
Endlich war wieder alles beim Alten. Alles? Nicht wirklich, denn plötzlich schaute Laurence Hill am oberen Ende der Treppe um die Ecke des Bühnenbildes. Er hatte einfach einen siebten Sinn dafür, wenn sich junge Frauen in seiner Um-

gebung befanden, und auch Doris' unscheinbares Äußeres führte bei ihm nicht zum Erlöschen seines Interesses. Vielmehr schien Hill das in der jungen Frau schlummernde Potential voll und ganz zu erfassen. In dieser Beziehung war er eben ein Naturtalent. Manchmal kam er sich vor wie ein Diamantschleifer, der selbst zunächst unscheinbar wirkenden Steinen noch einen hochkarätigen Schliff verpassen konnte. Wenn man allerdings seine Mutter fragte, hatte der junge Schauspieler diese Eigenschaft von seinem Vater geerbt, der immer hinter jedem Rock her gewesen war, wie sie es treffend formulierte. Laurence Hill konnte sich kaum noch an seinen Erzeuger erinnern, da dieser Frau und Sohn bereits verlassen hatte, als das Kind gerade drei Jahre alt gewesen war. Irgendwann war sein Vater dann mit einer neuen Frau nach Neuseeland ausgewandert, und seitdem hatte er auch keine Alimente mehr für seinen Sohn bezahlt, geschweige denn besonderes Interesse für ihn gehegt. Anfangs kamen zwar noch Postkarten zu Weihnachten und manchmal sogar zum Geburtstag, aber irgendwann war auch das vorbei gewesen. Laurence wusste nicht mal, ob sein Dad überhaupt noch lebte. Es war ihm auch egal. Seine Mutter war immer für ihn da gewesen, selbst als er beschloss, Schauspieler zu werden. Mum hatte stets zu ihm gehalten, und dafür liebte er sie über alles. Vielleicht kam auch daher seine überaus große Vorliebe für das weibliche Geschlecht. Mit einem durchdringenden Blick fixierte Laurence das Objekt seiner Begierde. Geschmeidig wie ein Panther kam er die Treppe herunter, sodass Henry King spätestens bei diesem Anblick komplett dahingeschmolzen wäre. Offensichtlich hatte Hill das kurze Gespräch zwischen Edward Taylor und seiner Assistentin mitbekommen, denn er sagte mit einem verführerischen Timbre in der Stimme zu Doris:
»Ich wollte immer schon mal wissen, wie eine gute Fee aussieht«, wobei er sie mit seinen tiefblauen Augen regel-

recht hypnotisierte. Es war klar zu erkennen, dass er sich von seinem Idol James Dean noch nicht ganz gelöst hatte. Als die junge Frau nichts entgegnete, fügte er in gleichem Tonfall hinzu: »Entschuldigen Sie, wir sind uns noch gar nicht vorgestellt worden. Mein Name ist Hill, James Hill.« Taylor räusperte sich kurz, aber bestimmt, worauf sich der junge Schauspieler schnell verbesserte: »Äh... ich meine... Laurence Hill.« »Freut mich, Mr. Hill, mein Name ist Cooper«, hauchte Doris zurück.
»Mini Cooper?«, scherzte der Testosteron-Geschwängerte, der über jeden Selbstzweifel erhaben war.
»Nein, Doris«, korrigierte sie todernst, die meist von Selbstzweifeln zerfressen wurde.
Edward Taylor ignorierte den beginnenden Flirt der beiden jungen Leute, dafür freute er sich einfach zu sehr darüber, dass sein Plan zu funktionieren schien. Als er sich bei seiner Assistentin danach erkundigte, wann denn mit der neuen Schauspielerin zu rechnen sei, berichtete Doris, dass sich der Star nur noch schnell umziehen und dann ein Taxi nehmen wollte.
Henry King kam gerade noch rechtzeitig zurück auf die Bühne, um den Wortwechsel zwischen seinem Chef und der Regieassistentin mitzubekommen. Offenbar mochte er nicht länger alleine in der Garderobe sitzen. Interessiert an jedem Klatsch und Tratsch, wie er nun einmal war, wandte er sich umgehend an Taylor.
»Ich bin ja nicht neugierig, aber würde mir bitte mal jemand erklären, von wem hier die Rede ist?«
»Von May Warden«, konterte Edward lapidar.
Und Doris ergänzte schnell: »Stellen Sie sich vor, sie kommt gleich hierher!«
King wirkte ratlos. Hatte er irgendetwas verpasst? Warum sollte May Warden ihre Probe besuchen?
»Weil sie morgen die Rolle der Miss Sophie spielen wird«,

erklärte Edward höchst zufrieden. Einen Moment lang verschlug es Henry die Sprache, aber jeder, der ihn kannte, wusste, dass diese seltenen Augenblicke stets nur von kurzer Dauer waren. Anschließend fragte er, noch immer höchst interessiert, was denn mit Betty Rogers geschehen sei? Nun reagierte Taylor deutlich ungehaltener und erzählte den beiden Kollegen von ihrer kurzfristigen Absage per Telegramm, was bei King zu einem erneuten Moment der Sprachlosigkeit führte, während Hill sich für die ganze Geschichte nicht wirklich interessierte. Er hatte nach wie vor nur Augen für Doris, was von dieser natürlich nicht unbemerkt blieb und zu noch größerer Verunsicherung führte. Als King schließlich seine Sprache wiedergefunden hatte, sagte er mit der ihm angeborenen Boshaftigkeit: »So ein Flittchen! Ich wusste gar nicht, dass man in dem Alter noch Kinder zur Welt bringen kann.«
Unweigerlich fiel Taylor die Geschichte von Isaak aus dem Alten Testament ein, dessen Mutter Sara bei seiner Geburt neunzig Jahre alt gewesen war, aber Bibelstunden halfen jetzt auch nicht weiter. Lieber verließ er sich auf die ihm angeborene Eigenschaft, die Dinge selbst in die Hand zu nehmen. Er war ein Mensch, der immer nach vorne blickte, weshalb er sich nun umso mehr auf May Warden freute. Leider teilte King das Hochgefühl seines Chefs nicht, und auch als dieser ihn fragte, warum er so pessimistisch sei, blieb Henry bei seiner negativen Einschätzung.
»Du kennst mich doch. Ich werde die Diva schon davon überzeugen, dass sie für unsere Produktion unerlässlich ist«, versuchte der Direktor die Zweifel des Kollegen zu zerstreuen.
Doch King ließ sich nicht von seinem Standpunkt abbringen: »Mag sein, aber dann wirst du ein Problem mit Freddie bekommen.«
Taylor sah in dieser Bemerkung keinerlei Zusammenhang.

Was hatte Freddie Frinton mit der Besetzung von May Warden zu tun?
»Mensch, die beiden waren in jungen Jahren miteinander verheiratet«, polterte es aus Henry King heraus. Eine Information, die bei Edward Taylor nicht zum Abbruch seiner Freude führte, sondern lediglich zu der Bemerkung: »Das ist doch gut! Dann kennen sich die beiden ja bereits.«
Am liebsten hätte der Möchtegern-Casanova seinen Chef jetzt geschüttelt, doch stattdessen erhob er nur seine Stimme.
»Ja! Sogar viel intensiver als dir lieb ist. Sie haben sich damals nämlich in einem ziemlichen Rosenkrieg getrennt! Also, vergiss es! May Warden und Freddie Frinton werden freiwillig garantiert nicht zusammen auf einer Bühne stehen.«
Jetzt war Edward Taylor zum ersten Mal an diesem Morgen wirklich sprachlos. Verdammt, was sollte er machen? Die Silvester-Vorstellungen abzusagen war jedenfalls keine Option.

Drittes Kapitel

Henry King betrachtete seinen Chef, der noch immer sprachlos und blass auf der Bühne stand, den Blick starr in das Halbdunkel des Saals gerichtet. Obwohl oberhalb des Parketts bereits an einigen Stellen der Stuck abplatzte und ein neuer Anstrich auch hier längst fällig gewesen wäre, strahlte das viktorianische Theater aus dem letzten Drittel des 19. Jahrhunderts immer noch eine festliche Atmosphäre aus. Taylor dachte an all die Erfolge, die er hier in den zurückliegenden Jahren gefeiert hatte, umjubelte Premieren und tränenreiche Abschiedsvorstellungen. Unmerklich war das *Pavilion Theatre* zu seiner Heimat geworden, und auf einmal schien das alles in Gefahr zu sein. Verdammt. Er brauchte unbedingt fünf ausverkaufte Silvester-Vorstellungen. Nicht nur aus finanzieller Sicht hatte sein Haus einen Erfolg bitter nötig, vielmehr musste er dem Publikum in Blackpool endlich wieder beweisen, dass er als Produzent immer noch echte Hits auf die Bühne bringen konnte, waren die letzten Stücke doch allesamt mehr oder minder durchgefallen. Nichts war tragischer als ein Theaterdirektor, der den Draht zu seinem Publikum verlor und kein Gespür mehr dafür hatte, was die Menschen im Zuschauerraum allabendlich sehen wollten. Eigentlich kam diese Angst in Taylor vor jeder Premiere wie von selbst auf, und nach jeder gelungenen Premiere war sie bislang auch wieder wie von selbst verflogen. Nur diesmal fühlte es sich irgendwie anders an, was ihn beunruhigte. Silvester war eben nicht irgendein Tag im Jahr. Sollten die morgigen Aufführungen tatsächlich ausfallen müssen, so würde das Publikum ihm diese Absage übel nehmen, da war sich der Theaterdirektor sicher.

King sah seinen Chef noch immer an, der plötzlich viel älter aussah, als er eigentlich war. Warum war ihm das nicht

bereits vorhin bei seiner Ankunft aufgefallen? Aus den Augenwinkeln sah Henry King Doris Cooper und Laurence Hill, die ebenfalls auf der Bühne standen, aber kein Wort hervorbrachten. Er kam sich vor wie auf einem Schiff ohne Kapitän, das führerlos auf dem weiten Ozean umhertrieb. Entsetzlich. Das konnte so nicht weitergehen, aber was sollte er tun? Irgendwie musste King seinen Chef aus dessen Lethargie befreien. Dieser war immer am besten, wenn er agieren konnte. Die Silvester-Vorstellungen durften nicht ausfallen, dafür benötigte Henry die Gage nach der abgesagten Tournee einfach zu sehr. Jetzt musste er aktiv werden, das stand fest.
»Wie wär's mit einem Gin?«, unterbrach er die Stille, nicht besonders kreativ, aber immerhin. Taylor sah ihn müde an. Okay, das war noch kein wirklicher Vorschlag zur Lösung des Problems, aber es war ein Anfang. Die Stille war durchbrochen, und Edward hatte wenigstens reagiert. Jetzt bloß nicht lockerlassen. Schnell förderte King aus einer der Innentaschen seiner Weste, die er sich zu diesem Zweck extra auf beiden Seiten eingenäht hatte, einen kleinen Flachmann zutage, den er Taylor aufmunternd entgegenstreckte. Sofort nahm die Miene seines Chefs einen kämpferischen Zug an. Innerlich atmete Henry durch, noch war nicht alles verloren. Aber was sollte er jetzt tun? Dumme Frage, natürlich die Flasche aufschrauben. Während sich schon der wohlige Geschmack von Wacholderbeeren und Kräutern auf seiner Zunge ausbreitete, nahm der Theaterdirektor endlich wieder das Heft des Handelns in die Hand.
»Doris, nehmen Sie Mr. King die Flasche weg, und kippen Sie den Inhalt ins Klo!«
Diese Reaktion hatte Henry sich zwar nicht gewünscht, aber sie war besser als die vorherige Schockstarre, insofern konnte er diesmal damit leben. Man musste eben Opfer bringen, selbst wenn es sich dabei um den heiß geliebten Gin handelte.

Mit einem Schulterzucken entgegnete er deshalb: »Da ist sowieso nur Wasser drin.« Alle wussten, dass das gelogen war, aber auf die Schnelle war ihm keine bessere Antwort eingefallen. Ohne auch nur mit der Wimper zu zucken, gab er die mit *Gordons Dry Gin* gefüllte Flasche der Regieassistentin. Zum Glück hatte er ja auf der anderen Seite seiner Weste noch eine weitere, gut gefüllte Innentasche. Man musste schließlich auf jede Situation vorbereitet sein, das hatte ihn sein Leben in all den Jahren gelehrt.

Am Opernhaus in Buenos Aires hatte King Mitte der zwanziger Jahre zusammen mit einer Sopranistin aus Montevideo auf der Bühne gestanden, die auch während der Opernaufführungen nicht auf ihren obligatorischen Sekt verzichten konnte oder wollte. Da sie jedoch als Aida schlecht mit einer Schampusflasche in der Hand auftreten konnte, hatte sie sich einen ganz besonderen Trick einfallen lassen. Sie versenkte einfach einen Piccolo samt Strohhalm in ihrem üppigen Dekolletee und versteckte den Flaschenhals zwischen ihrem wogenden Busen. Immer wenn sie während der Opernaufführung einen Schluck Sekt benötigte, drehte sie sich um, zog den Strohhalm heraus und nahm einen kräftigen Zug. Mit frisch geölter Kehle gelang ihr so mühelos jedes hohe C. Als junger Sänger hatte King die Primadonna dafür bewundert, wie sie sich mühelos auf offener Bühne abwandte, Sekt trank und anschließend souverän weitersang. Dazu gehörte schon eine gewisse Kaltschnäuzigkeit, die ihm damals leider noch gefehlt hatte. Schmunzelnd dachte Henry an die Zeit zurück. Er musste dringend an seiner Technik arbeiten, damit Taylor ihm nicht auch noch die letzten wertvollen Flaschen abnahm, so viel stand fest. Den Flachmann soeben hatte er gerne geopfert, wenn er dazu diente, dass sein Chef endlich wieder aktiv wurde, und es schien zu funktionieren. Taylors Gesicht hatte wieder seine rosige englische Gesichtsfarbe angenommen, und

er bewegte sich entschlossen über die Bühne. Gott sei Dank! Dass Gin eine belebende Wirkung hatte, war Henry schon immer klar gewesen, deshalb trank er ihn ja so gerne. Aber dass er diesen Effekt auch hatte, ohne dass man ihn trank, war selbst ihm neu. Jedenfalls freute er sich darüber, dass sein Einfall Wirkung zeigte.
»Wo steckt Freddie eigentlich?«, fragte er, um seinen Chef weiter auf Trapp zu halten.
»Der musste schnell noch mit Mortimer zum Tierarzt«, entgegnete Taylor voller Unverständnis.
King brachte eindeutig mehr Verständnis für den Rüden auf. »Dann muss es dem armen Hund wirklich schlecht gehen.«
»Der Köter ist mir Wurst. Das einzig Gute daran ist, dass Freddie auf diese Weise seiner Exfrau hier nicht gleich über den Weg läuft«, sinnierte sein Chef.
Offensichtlich hielt Taylor noch immer an seiner absurden Idee fest, den Sketch Silvester zusammen mit May Warden und Freddie Frinton aufführen zu wollen. Niemals würde das funktionieren, da war sich Henry sicher. Aber wie er den Dickschädel seines Vorgesetzten kannte, hatte es keinen Zweck, weiterhin dagegen zu argumentieren. »Früher oder später wirst du es nicht verhindern können«, bemerkte er deshalb lakonisch.
»Kommt Zeit, kommt Rat«, war alles, was Taylor zur Antwort gab, er war inzwischen nicht mehr zu bremsen. »Ich muss sofort mit Freddie sprechen, bevor er hier seine Exfrau trifft.« Entschlossen verließ er die Bühne Richtung Zuschauerraum, schnappte sich in der ersten Reihe seinen noch immer nassen Trenchcoat und zog ihn eilig über. Nun konnte sich Henry ein kurzes Lachen nicht verkneifen.
»Und was willst du ihm sagen? Dass seine Exfrau hier bereits auf ihn wartet?« Er schleuderte Edward die Worte über den Orchestergraben entgegen.
»Bist du verrückt?«, brüllte Taylor seinerseits aus dem

Parkett zurück Richtung Bühne. »Alles, nur das nicht. Aber irgendwas wird mir schon einfallen. Jedenfalls werde ich Freddie erstmal auf dem Weg zum Theater abfangen. Außerdem muss ich auch noch mit der Agentur von May Warden telefonieren.« Der Theaterdirektor drehte sich um. Offenbar wollte er den Saal durch das Foyer verlassen.
»Gute Idee, aber was machen wir solange?«, platzte Doris heraus, die damit endlich ihre Sprache wiederfand. Taylor stoppte abrupt und drehte sich zur Bühne um. Er hatte wieder zu seinem alten Befehlston zurückgefunden: »Sie warten hier auf Mrs. Warden! Bereiten Sie alles für unsere Probe vor.« Er klang jetzt fast so zackig wie Alec Guinness in »Die Brücke am Kwai«.
»Und was soll ich ihr sagen, wenn sie kommt?« Ähnlich wie King, hielt auch Doris die Idee ihres Chefs inzwischen für undurchführbar, was noch von dem ratlosen Zucken ihrer Schultern unterstrichen wurde. »Meine Güte, seien Sie doch nicht so unselbstständig«, war Taylors einziger, wenig hilfreicher Kommentar. Offensichtlich hatte er auch noch keinen konkreten Vorschlag zur Lösung des Problems. Der Theaterdirektor war eben ein absoluter Bauchmensch, der am besten intuitiv aus der jeweiligen Situation heraus agierte. So arbeitete er auch seit Jahrzehnten als Regisseur. Er hasste Kollegen, die zu Hause auf dem Reißbrett ihre gesamte Inszenierung abzirkelten und anschließend während der Proben das Ensemble nur noch wie Schachfiguren hin und her schoben. Natürlich hatte auch er als Regisseur stets eine Idee davon, wie die fertige Szene *on stage* aussehen sollte, aber während der Proben wollte er gemeinsam mit den Schauspielern eine Vision des betreffenden Stückes entwickeln. Die Darsteller waren keine Marionetten, sondern Menschen mit eigenen Auffassungen, die es einzubinden galt. Nur gemeinsam konnte eine gute Produktion entstehen, da war sich Taylor sicher, wenngleich er natürlich nie die Zügel aus der Hand gab.

»Ich könnte der Diva ein Gläschen Gin anbieten«, ergänzte Henry, um endlich einen konkreten Vorschlag zu machen.
»Wehe!«, funkelte Taylor ihn an. »Wenn ich wieder zurück bin, und sie meinen Vertrag unterschrieben hat, erzählen wir Mrs. Warden, ganz behutsam, Schritt für Schritt, mit wem sie morgen zusammen auf dieser Bühne stehen wird.« Überzeugten ihn seine eigenen Worte wenigstens selbst? King sah Doris an, die jedenfalls, genauso wie er, noch immer wenig Hoffnung in den Einfall ihres Chefs setzte. Henry beneidete Laurence Hill um dessen Gleichgültigkeit. Der junge Mann hatte sich mit seinem Textbuch an den Rand der Bühne zurückgezogen, um dort stumm seine Dialogpassagen zu repetieren. Wahrscheinlich trauerte er noch immer James Dean nach und ersann bereits neue Interpretationen, aber wenn sie nicht umgehend eine adäquate Hauptdarstellerin fanden, konnte Hill seine Rolle vergessen. King entschied sich jedoch dagegen, den jungen Kollegen von dieser Möglichkeit in Kenntnis zu setzen, schließlich genügte es, wenn sich bereits Doris und er Sorgen machten. Die Unschuld stand dem jungen Mann fabelhaft, weshalb er den Teint des Schauspielers nicht gefährden wollte. Hills Naivität machte ihn für Henry King nur attraktiver, falls das überhaupt möglich war.
»Wünscht mir Glück!«, rief Taylor über all die mit grünem Samt bezogenen Stühle hinweg, die in Reihe und Glied vor ihm standen wie die Leibgarde am Buckingham Palace. Fortune konnten sie jetzt wirklich gebrauchen. Noch bevor King seinen Chef mit einem kräftigen: »Toi, toi, toi!« auf die heikle Mission schicken konnte, drangen laute Stimmen aus dem Foyer bis an ihr Ohr. Eine davon gehörte der Kassendame, Mrs. Powell, das erkannte man eindeutig an ihrem deutschen Akzent, aber zu wem gehörte die andere Stimme, die sich da so überaus resolut Gehör verschaffte? Etwa einer verärgerten Zuschauerin, die ihre Tickets zurückgeben

wollte? Es war doch allgemein bekannt, dass Theaterkarten generell vom Umtausch ausgeschlossen waren.
»Mist!«, entfuhr es Edward. »Das muss May Warden sein.« Durch die geschlossene Saaltür hindurch vernahm er, dass dort draußen im Foyer eine ausgebildete Bühnenstimme auf die arme Kassendame eindröhnte. Nun war höchste Eile geboten. So schnell er konnte, eilte Taylor über die schmale Treppe zurück auf die Bühne, wobei er sich fast noch in dem offenen Gürtel seines Trenchcoats verhedderte. »Sie darf mich hier auf keinen Fall sehen, bevor ich mit Freddie und ihrer Agentur gesprochen habe«, brachte er gerade noch hervor, dann stolperte er zum zweiten Mal an diesem Morgen über das am Boden liegende Tigerfell.
»Verdammt! Doris!«, schrie er. »Der Tiger liegt hier ja immer noch rum.« Der Theaterdirektor erinnerte in diesem Moment an einen angeschlagenen Boxer, der am Boden liegend auf den rettenden Gong zur Pause wartete. Am liebsten wäre Doris in diesem Augenblick im Bühnenboden versunken, aber die extra für solche Effekte vorgesehene Klappe befand sich auf der anderen Seite der Spielfläche:
»Ich weiß, Sir, meine Schuld. Ich räume ihn gleich weg.«
Aus funkelnden Augen sah Taylor sie an. Es gab Regieassistentinnen, die waren bereits bei weitaus lapidareren Vorfällen gefeuert worden, aber dafür war jetzt keine Zeit. Schnell klopfte er die Knie seiner ausgebeulten Flanellhose ab. Er musste unbedingt verschwinden, bevor May Warden im Saal auftauchte. Deshalb atmete er nur hörbar ein, schluckte die Standpauke für Doris jedoch herunter. Dann verschwand er zügig, aber leicht humpelnd in den Kulissen. Glücklicherweise war er nicht k.o. gegangen.
Hätte diese Szene während der Aufführung einer Komödie stattgefunden, so wäre das Timing perfekt gewesen. Unweigerlich fühlte sich Henry King an das Lustspiel »Boeing Boeing« von Marc Camoletti erinnert, das er erst vor we-

nigen Wochen im Londoner *Apollo Theatre* gesehen hatte. David Tomlinson in der Hauptrolle des playboyhaften Lebemannes, der gleichzeitig mit einer amerikanischen, einer Schweizer sowie einer französischen Stewardess liiert war, agierte einfach grandios auf der Bühne zwischen sieben Türen hin und her, sodass die zahlreichen Lacher nur so durch den Saal flogen. Allerdings machte Edward Taylor seine Sache momentan auch nicht schlecht, zumindest glaubte man ihm seine enorme Bedrängnis ähnlich gut wie David Tomlinson, was es für das Publikum umso amüsanter machte. Schade nur, dass die Sitzreihen im *Pavilion Theatre* an diesem Vormittag leer waren, dachte King, und während er sich eine zugkräftige Handlung für die ihm unfreiwillig dargebotene Farce überlegte, flog auch schon die Saaltür lautstark auf.

»Verdammt noch mal, lassen Sie mich los! Ich weiß auch, dass hier eine Probe stattfindet. Immerhin bin ich Schauspielerin, Sie ignorante Person! Mein Name ist MAY WARDEN!«

Die arme Mrs. Powell konnte einem wirklich leidtun. Einen wirkungsvolleren Auftritt hätte nicht mal William Shakespeare der Diva schreiben können, so viel stand fest. Sogar Laurence Hill sah nun von seinem Textbuch auf. Obwohl sie von ihrer Statur her nicht besonders groß war, umgab May Warden doch die Aura einer echten Diva, die niemals Widerspruch duldete. Über ihrem in die Jahre gekommenen schwarzen Chanel-Kostüm, das über der Hüfte ein wenig spannte, trug sie ein elegantes, pelzbesetztes, cremefarbenes Cape. Ihr Kopf wurde von einer auffälligen Kappe gekrönt, die über und über mit kleinen Federn besetzt war, sodass die Schauspielerin mit ihren großen Augen unweigerlich an einen Waldkauz erinnerte, dessen Gefieder bei jedem ihrer resoluten Schritte Richtung Bühne auf und nieder wippte. Dass die Federn nicht nass waren, hieß entweder, dass der Schneeregen inzwischen aufgehört haben musste oder dass Mrs. Warden mit einem Taxi vorgefahren war. Ihr forscher Gang, vorbei an all den leeren Sitzreihen, hatte jedoch so gar nichts Damenhaftes. Trotzdem flößte ihr Auftritt allen Beteiligten Respekt ein. Während sie über ihrem linken Arm eine imposante Handtasche aus Krokodilleder trug, wahrscheinlich von *Launer*, der auch das englische Königshaus belieferte, hielt sie in der rechten Hand ein großes, geflochtenes Körbchen mit Gittertür davor am Henkel. Es war nicht zu übersehen, dass sie ihr Haustier mit ins Theater schleppte, was dem Direktor gar nicht gefallen würde, aber das stand jetzt nicht zur Diskussion.

»Na, das fängt ja gut an! Wer ist hier der Chef?«, herrschte sie Richtung Bühne, während sie sich mit Handtasche und Haustierkörbchen abmühte.

»Mr. Taylor, Madame«, gab die Regieassistentin so laut sie nur konnte zurück und erfand schnell dazu: »Er lässt sich kurz entschuldigen. Das Dinner gestern Abend ist ihm wohl auf den Magen geschlagen. Es gab Miesmuscheln, wenn Sie verstehen, was ich meine?«

Henry King glaubte nicht richtig zu hören. Wo sollte das alles noch hinführen? Diesmal fühlte er sich nicht an »Boeing Boeing«, sondern an ein schlechtes Theaterstück erinnert, von denen er leider schon einige während seiner langen Bühnenlaufbahn hatte spielen müssen.

»Bitte keine Details«, antwortete Mrs. Warden nur kurz, die inzwischen vor dem Orchestergraben angekommen war. Mit einer einladenden Geste zur schmalen Treppe an der Seite der Bühne, bat Doris die Schauspielerin herauf.

»Willkommen im *Pavilion Theatre*« setzte sie nach und bemühte sich um ihr freundlichstes Lächeln, was angesichts der vertrackten Situation schwerfiel. Bepackt mühte sich May Warden in ihrem engen Rock die Stufen empor.

»Nehmen Sie mir doch mal das Körbchen ab, Kindchen.«

Offenbar konnte sie schnell gereizt sein. Launische Darstellerinnen kannte Doris zu Genüge, das war fast schon eine Berufskrankheit in diesem Gewerbe. Dass sich die Gereiztheit besonders bei älteren Künstlerinnen oft mit einem ausgewachsenen Neid auf alle jüngeren Frauen im Ensemble paarte, machte die Sache meist nicht einfacher, auch das hatte die Regieassistentin bereits schmerzhaft am eigenen Leib erfahren müssen. Am besten ignorierte man jede Form der Affektiertheit so gut es ging von Anfang an. Deshalb fragte Doris folgerichtig: »Selbstverständlich, was ist denn da drin?« und nahm Mrs. Warden das Körbchen ab.

Während es aus dem Inneren miaute, sagte May liebevoll: »Das ist mein kleines Schätzchen, Gipsy.« Verschwunden war der Ärger, den die Diva noch vor kurzem im Foyer mit der Kassendame erlebt hatte. Diesen Umstand musste Doris ausnutzen, denn schlechte Laune würde Mrs. Warden noch früh genug bekommen, wenn sie erfuhr, wer ihr männlicher Partner sein sollte, aber das war das Problem von Mr. Taylor. Darum säuselte die Regieassistentin so süß wie möglich. »Sie haben ein Kätzchen dabei!? Wie entzückend. Mr. Taylor liebt Haustiere über alles.« Das war erneut glatt gelogen, was Henry King leise zu dem Satz:

»Aber nur mit Soße« veranlasste. Doris Cooper warf dem Schauspieler schnell einen bösen Blick zu. Zum Glück hatte die Katzenmama ihn nicht verstanden. Darum antwortete sie auch nur auf Doris' Frage: »Gipsy ist kein Kätzchen, sondern eine reinrassige Norwegerin.«

»Natürlich. Tiere sind die besten Freunde,« entschuldigte sich die Assistentin quasi.

»Wem sagen Sie das, Kindchen, Ehemänner hatte ich vier. Katzen erst zwei. Irgendwie halten die bei mir länger.«

»Und haben den längeren... Aua!« Doris boxte King in die Seite, sodass dieser seine freche Bemerkung nicht zu Ende aussprechen konnte. Egozentrisch wie May Warden war,

hatte sie die kleine Rangelei zwischen den beiden gar nicht bemerkt, sondern fuhr unbeeindruckt fort: »Ich muss sagen, Blackpool ist wirklich ein unglaubliches Kaff. Auf dem Weg hierher hat mich nicht mal der Taxifahrer erkannt. Ich musste tatsächlich für die Fahrt bezahlen. Kein Wunder, dass Gipsy seit unserer Ankunft nicht mehr frisst.« Besorgt schaute sie in das Katzenkörbchen und bot ihrem Liebling ein Stück *Fudge* an, welches Gipsy jedoch verschmähte. Eigentlich konnte das Samtpfötchen von dem leckeren Karamell-Konfekt, ebenso wie ihr Frauchen, nicht genug bekommen, aber irgendetwas schien ihr heute Morgen auf den kleinen Katzenmagen geschlagen zu sein. Vielleicht ahnte der feinfühlige Stubentiger auch instinktiv, was Frauchen noch bevorstehen sollte.
»Was hat denn die arme Katze?«, versuchte Doris das Gespräch weiter in Gang zu halten.
»Sie ist sensibel.« Mit einem sorgenvollen Blick spähte Mrs. Warden erneut in das Körbchen: »Genau wie Mami. Wir merken sofort, wenn etwas nicht stimmt.« Schnell steckte sie das Stückchen *Fudge* in ihren Mund.
»Na, dann wird das Tierchen hier ja verhungern«, flüsterte King diesmal leise an Laurence gewandt, der die Bemerkung mit einem dümmlichen Lachen quittierte.
»Was haben Sie gesagt?«, erkundigte sich May, das Karamell-Konfekt kauend, mit einem misstrauischen Blick zu Henry.
»Nichts, Madame«, stammelte der Angesprochene schnell. May Warden ließ den Tenor ohne Stimme nicht aus den Augen und setzte sofort nach, während sie noch immer mit dem klebrigen Karamell im Mund kämpfte: »Sagen Sie mal, sind Sie Schauspieler? Sie haben so eine undeutliche Aussprache. Ich hoffe, bei der Vorstellung gibt sich das.«
Ein leichtes Funkeln in seinen Augen verriet Doris, dass Henry King sich einen verbalen Gegenschlag überlegte,

wozu es jedoch unter keinen Umständen kommen durfte. Augenblicklich unterbrach die Assistentin das Gespräch so positiv wie möglich.

»Ich freue mich jedenfalls sehr, dass Sie spontan zu unserer Probe gekommen sind, Madame.« Die Gefahr war gebannt, denn sofort widmete die Diva ihre Aufmerksamkeit voll und ganz der jungen Blondine. Gönnerhaft zwitscherte sie Doris zu, nachdem sie die letzten Überreste ihres Konfekts heruntergeschluckt hatte:

»Zugegeben, Ihr kleiner Sketch hat mir beim ersten Lesen ganz gut gefallen.« Sie zog das Textbuch aus ihrer Handtasche. »Allerdings kann das Stück unmöglich »Der 90. Geburtstag« heißen. Zumindest nicht, wenn ich die Miss Sophie spielen soll.« Blitzschnell schlüpfte sie wie ein Chamäleon in ihre neue Rolle und war auf einmal nicht mehr die zickige Schauspielerin, sondern die würdige alte Lady Miss Sophie, welche so wirkte, als wäre sie noch zusammen mit Queen Victoria aufgewachsen. Mrs. Warden besaß wirklich ein außerordentliches Verwandlungstalent. »Guten Abend, James!«, sagte sie distinguiert mit dem typischen Akzent der englischen Aristokratie, während sie ihre Augen niederschlug. In ihrem Blick lag jene herablassende Art, die sich der britische Adel über Jahrhunderte angeeignet hatte. Als Schauspielerin war May Warden einfach brillant. Nach einer kurzen Zäsur fuhr sie mit ihrem Text fort. »Nun, ich fühle mich auch sehr viel besser. Danke James«, dann warf sie einen kritischen Blick auf die Festtafel, wobei sie mit einer geübten Handbewegung das Tischtuch glättete. »Also, ich muss sagen, dass alles sehr schön aussieht.« Damit war ihr Vorspiel abrupt beendet. Augenblicklich legte sie innerlich einen Schalter um und war wieder die Diva. Die liebenswert skurrile Lady war spurlos verschwunden. Da sie sich über ihre Wirkung vollends bewusst war, wollte sie dafür jetzt auch den gewohnten Applaus ernten, weshalb sie sich den Kollegen

zuwendete: »Na, was sagen Sie? Den Text kann ich schon.« Henry King war einfach zu lange in diesem Business, um die Absicht nicht zu durchschauen, und trotzdem spielte er das Spielchen mit, immerhin ging es hier auch um seine Gage. Deshalbt klatschte er frenetisch und rief: »Bravo! Theater mit Leidenschaft!« Er kam halt von der Oper, wo man große Gesten besonders liebte. Umgehend stimmten auch Doris Cooper und Laurence Hill mit ihrem Beifall und entsprechenden Bravorufen ein. Demütig versuchte Mrs. Warden die Ovationen allein mit der Kraft ihrer bescheidenen Gesten zu beenden, was ihr erst nach wiederholten Versuchen gelang. Auch das gehörte zum einstudierten Ritual und erinnerte eher an den großen Schlussapplaus nach einer Premiere in der New Yorker *Metropolitan Opera*. Sie genoss einfach jedes Klatschen, selbst wenn es nur von drei Kollegen während einer vormittäglichen Probe stammte. Der Applaus war eben des Künstlers Brot, da bildete May Warden keine Ausnahme. An ihr Publikum gewandt, sagte die Diva voller Leidenschaft: »Danke, aber ich bin nur eine bescheidene Schauspielerin.« Dabei breitete sie ihre Arme aus, als wollte sie den gesamten Zuschauersaal umarmen oder segnen, beides war möglich. Anschließend faltete sie ihre Hände wie zum Gebet und fuhr voller Pathos fort: »Die demütige Priesterin auf dem Altar der Bühne.« Nun wirkte sie fast wie Iphigenie, die der gleichnamigen griechischen Tragödie entsprungen war. Zum großen Finale verbeugte sie sich, so tief es ihr Alter noch zuließ, und verharrte kurz in dieser Geste. Erst jetzt war ihr Spiel beendet.
Allerdings noch nicht für Henry King: »Nein! Sie sind die Größte!« Er schlug die Hacken seiner Lackschuhe zusammen, dass es nur so knallte. »Es wird mir eine Ehre sein, neben Ihnen den Mr. Pommeroy zu spielen.« Er schien die Gage der fünf Silvester-Vorstellungen wirklich sehr zu benötigen, sonst hätte er sich niemals zu einer solchen

Darbietung herabgelassen, aber davon ahnte May Warden zum Glück nichts.
Stattdessen sagte sie gönnerhaft: »Hauptsache, Sie nuscheln nicht so.«
Auch in diesem Moment war King nicht, wie eigentlich üblich, beleidigt, sondern erwiderte: »Keine Sorge, Madame, ich bin Tenor.« Mit stolz geschwellter Brust war es nun an Henry, Anerkennung einzuheimsen. Allerdings tat Mrs. Warden ihm diesen Gefallen nicht.
»Auch das noch. Machen Sie bloß keine Oper aus dem Sketch«, war ihre lapidare Antwort, die Henry nur widerwillig verdaute. Dann wandte sich die Diva dem anderen Kollegen zu, falls man den jungen Mann überhaupt schon so nennen konnte. Mit der Stimme eines Kindermädchens, das an Mary Poppins erinnerte, fragte sie Laurence Hill: »Und wen spielen Sie, junger Mann, etwa den Butler James?«
Was von der Schauspielerin als herablassender Scherz gemeint war, wurde von dem Angesprochenen jedoch ernst genommen.
»Leider nicht«, antwortete Laurence, der endlich auch einmal eine Hauptrolle spielen wollte. »Ich übernehme Admiral von Schneider.« Jetzt salutierte Laurence auch noch, was King übertrieben fand. Man spürte, wie sehr allen Beteiligten daran gelegen war, dass sich May Warden so wohl wie möglich fühlen sollte, und bislang schien der Plan aufzugehen. Zumindest fragte sie gutmütig weiter: »Wo steckt denn der Rest des Ensembles?«
»Die Herrschaften müssen jeden Augenblick eintreffen«, antwortete Doris beflissen, die sich selbst auch schon gefragt hatte, wo die übrigen Schauspieler blieben.
»Hoffentlich. Ich habe nicht ewig Zeit, Kindchen«, tadelte die Diva. »Mein Name ist Doris, Madame« antwortete Selbige, der das ewige *Kindchen* langsam auf die Nerven ging. Entschuldigend machte die Schauspielerin eine zurückwei-

sende Geste.
»Ich habe ein miserables Namensgedächtnis«, war alles, was sie dazu sagte. Ihre Lebenszeit war einfach zu kostbar, um sich mit dem Merken unnötiger Namen zu belasten. Sie benötigte ihre volle Aufmerksamkeit und Konzentration für die Texte von Shakespeare und Wilde, vielleicht noch die von Pinter und Shaw, aber damit hatte sie wirklich genug zu tun. »Am besten trage ich mir Ihren Namen gleich ins Textbuch ein, ganz unten.« Damit war auch geklärt, welchen Stellenwert Doris in der Hierarchie einnahm. Hilfesuchend blickte sich die Diva nach einem Stift um, während sie ihr Manuskript aus der Handtasche zog.
»Hier, nehmen Sie meinen Bleistift«, sagte King und hielt Mrs. Warden das entsprechende Schreibutensil entgegen. »Der ist besonders spitz«, fuhr er in seinem gewohnten Tonfall fort, wobei er Laurence einen auffordernden Blick zuwarf, den dieser jedoch mal wieder nicht verstand.
Huldvoll nahm die Schauspielerin den Bleistift entgegen.
»Dankeschön, Mister…?«
»King, Henry King«, ergänzte dieser unverzüglich, als müsse man ihn kennen.
Die Diva verdrehte ihre Augen. »Mein Gott, wer soll sich denn den Namen merken?«, entgegnete sie, als hätte Henry gesagt, dass er McConaughey-Cthulhus heißen würde. Mit einem Blick auf die erste Seite ihres Textbuches sagte sie erleichtert: »King – hier steht es ja sogar schon. Gleich hinter Mr. Pommery.«
»Pommeroy«, verbesserte Henry umgehend.
»Egal, Champagner ist Champagner«, ließ May Warden keine Kritik aufkommen. Mit einem erneuten Blick auf die Besetzungsliste in ihrem Manuskript sagte sie, mit der Stimme einer lieben Tante, die zu Besuch war: »Wenn Sie den Admiral von Schneider spielen, dann müssen Sie Laurence Hill sein.« Nach wie vor führte sie das Kommando.

Noch war die Stimmung ungetrübt, aber das würde sich gleich ändern, wenn die Diva auf der Besetzungsliste den Namen ihres Exmanns Freddie Frinton entdeckte, dessen waren sich Doris Cooper und Henry King bewusst. Nur Laurence Hill ahnte nicht, welches Gewitter sich bereits am Horizont zusammenbraute. Die Natur hatte es verstanden, sein überdurchschnittliches Aussehen mit unterdurchschnittlicher Intelligenz auszugleichen, ein Umstand, mit dem der junge Mann gut leben konnte und unter dem er eindeutig nicht litt. Instinktiv hatte er dabei für sich die richtige Berufswahl getroffen, basierte die Schauspielerei doch darauf, dass man eine Scheinwelt erschuf, die mit der Wirklichkeit nicht das Geringste zu tun hatte. Mit einer gewissen kindlichen Naivität stürzte sich Laurence bei jeder Produktion mit großer Spielfreude in eine neue Rolle. Zwar schoss er dabei oft über das Ziel hinaus, aber dafür gab es ja schließlich Regisseure, die ihn dann in die richtigen Bahnen zu lenken vermochten, sodass er am Ende einer jeden Probenphase bislang noch immer einen brauchbaren Charakter auf die Bühne gebracht hatte. Um es auf den Punkt zu bringen, der junge Mann war auf dem besten Wege ein ordentlicher Schauspieler zu werden. Dass er zudem noch gut aussah, war ein Umstand, der ihn zumindest für die Damenwelt im Publikum attraktiv machte und bei zahlreichen Männern zumindest Neid erzeugte, was er billigend in Kauf nahm. Zu schade nur, dass er in der Rolle des Admiral von Schneider, mit großer Maske, einen älteren Herren spielen musste, sodass die Damen im Parkett dieses Mal nicht auf ihre Kosten kamen. Aber selbst die Rolle eines älteren Aristokraten, der als langjähriger Freund an der Feier des 90. Geburtstages von Miss Sophie teilnahm, machte ihm Spaß. Laurence war sehr froh darüber, dass ihn Freddie Frinton im vergangenen Jahr für die Aufführungsserie in Brighton in sein Ensemble ge-

holt hatte, weil ein Kollege ausgefallen war. Er liebte es, allabendlich auf der Bühne zu stehen und nach der Vorstellung am Bühneneingang gelegentlich noch auf die ein oder andere Verehrerin zu stoßen, mit der er anschließend in einen Pub gehen konnte. Gelegentlich verbrachte man nach zwei, drei *Guinness* auch noch die Nacht zusammen, sodass er sein Schauspielerleben in vollen Zügen auskosten konnte. Zwar reichten seine Gagen meist nur bis zur Mitte eines Monats, aber dafür genoss er die vielen Freiheiten und amourösen Abenteuer seines Daseins. Man konnte im Leben eben nicht alles haben. Früher oder später wollte Hill sowieso beim Film landen, allein es fehlte ihm zurzeit noch an dem passenden Agenten, der ihm das Tor zu den *Pinwood Studios* in der Nähe von London öffnete. Vielleicht konnte ihm ja die bekannte Schauspielerin May Warden dabei helfen, im Filmbusiness einen Fuß in die Tür zu bekommen, immerhin hatte die Diva im Laufe ihrer langen Karriere bereits zahlreiche Kinostreifen gedreht. Nur deshalb war er noch hier, und nicht in seiner Garderobe, um Mrs. Warden Rede und Antwort zu stehen: »Ganz recht, Madame, mein Name ist Hill. Allerdings habe ich mir einen Künstlernamen zugelegt.«
»Tatsächlich?«, uninteressierter als die Diva hätte man das eine Wort kaum aussprechen können. Aber auch das wurde von dem jungen Schauspieler nicht wahrgenommen oder überhört.
»Ja! Ich nenne mich jetzt James Hill« erwiderte er stolz. Während Doris noch überlegte, wie sie den Kollegen endlich zum Schweigen bringen konnte, erkannte sie ihre Gelegenheit. Es war zwar nur eine kleine Chance, aber diese war immer noch besser als gar keine. Sofort fuhr sie dazwischen:
»Richtig, das muss ich auch noch dringend in Mrs. Wardens Textbuch ändern« und griff nach dem Manuskript der Diva,

welches diese jedoch sogleich wegzog, worauf der Griff der Regieassistentin ins Leere ging.
»Lassen Sie nur, Kindchen, ich mache das schon.« Sie strich den Namen Laurence in ihrem Textbuch durch und schrieb in großen Buchstaben JAMES darüber. Ihre ungelenke Handschrift passte so gar nicht zu dem großspurigen Auftreten, aber sie hatte eben zeitlebens nie eine klassische Bildung erfahren. Da ihre Mutter Maud, die aus einer gutbürgerlichen Familie stammte, den mittellosen Schauspieler Edward Warden geheiratet hatte, führte die Familie stets ein Leben ohne festen Wohnsitz. Man tingelte von Engagement zu Engagement kreuz und quer durch das Königreich, sodass May nie eine Schule besuchen konnte. Vielmehr wuchs sie im Theater auf, wo Maud ihrer kleinen Tochter, zwischen Kulissen und Garderoben, am Schminktisch das Lesen und Schreiben beigebracht hatte. So konnte aus dem Mädchen May eigentlich nur eine Schauspielerin werden. Sie kannte gar kein anderes Leben und hatte nie eine andere Wahl. Ihr Kosmos waren die Bühne und der Film. In dieser Welt kannte sie sich aus, weil sie dort von jeher zu Hause gewesen war.
»Mist«, dachte Doris und warf Henry einen Hilfe suchenden Blick zu, den dieser nur mit einem angedeuteten Zucken seiner Schultern quittierte. Während May Wardens Augen auf der Besetzungsliste unaufhaltsam weiter nach unten wanderten, nahm das Unheil unweigerlich seinen Lauf. Plötzlich war es soweit.
Mit ruhiger, aber leicht zitternder Stimme fragte die Diva: »Sagen Sie, Kindchen, was hat dieser Name hier zu bedeuten?«
Verdammt! Es half nichts, Doris musste sich dumm stellen, eine andere Möglichkeit hatte sie nicht: »Welcher?« Während die Assistentin versuchte, nach außen vollkommen gelassen zu wirken, waren ihre Nerven bis zum Zerreißen gespannt. Wo blieb ihr Chef bloß so lange? Während sie noch

über die berechtigte Frage nachdachte, fuhr May Warden fort: »Hinter der Rolle des Butlers James steht der Name Freddie Frinton.« Sie pochte mehrmals mit ihrem Bleistift auf den Namen, der schwarz auf weiß in dem Textbuch stand.
Die Zeit schien für einen Moment stillzustehen. Doris hatte nur eine Chance, sie musste weiter die Ahnungslose spielen, eine wirkliche Alternative gab es nicht: »Tatsächlich?« Nun eilte der hilflosen Assistentin glücklicherweise Henry King zur Seite.
»Sie müssen sich verlesen haben, Madame«, lächelte er die Diva unschuldig an und riss ihr blitzschnell das Manuskript aus der Hand, um es sogleich an Doris weiterzugeben, sodass es erstmal außerhalb von May Wardens Reichweite war. »Du hast aber auch eine unleserliche Handschrift«, tadelte er die verwunderte Regieassistentin übertrieben.
»Ich?«, antwortete die Angesprochene mit größtmöglicher Verwunderung, obwohl sie Henrys Scharade inzwischen durchschaute. Sie konnten jetzt nur auf Zeit spielen, bis Mr. Taylor endlich zurückkam, offensichtlich verfolgte King dasselbe Ziel.
»Ja, du!«
»Aber ich habe extra in Druckbuchstaben...«, mal sehen, wie lange sie diesen sinnlosen Schlagabtausch noch weiterführen konnten?
Aus.
May Warden beendete das Wortgefecht der beiden.
»Lassen Sie sich nichts einreden, Dolores.«
»Doris!«, verbesserte die Assistentin sie und verdrehte innerlich die Augen. Bevor sie mit einem falschen Namen angesprochen wurde, war ihr selbst das nervige *Kindchen* lieber. Die Diva hatte nach Henrys Attacke zu ihrer gewohnten Souveränität zurückgefunden.
»Ich kann Ihre Handschrift ausgezeichnet lesen. Auf der Besetzungsliste steht eindeutig: Freddie Frinton.« Gerade

als sie sich ihr Manuskript von Doris zurückholen wollte, schnappte es ihr Laurence Hill vor der Nase weg. Endlich hatte auch er begriffen, was hier gespielt wurde:
»Wie bist du denn auf DEN Namen gekommen?«, fragte er Doris sofort vorwurfsvoll.
»Darf ich mal sehen?«, schaltete sich nun auch wieder der Tenor ohne Stimme ein und nahm dem jungen Kollegen das Textbuch seinerseits flugs aus der Hand. Auf diese Weise geriet das Manuskript zunehmend aus Reichweite der Diva. Man hätte es nicht besser inszenieren können. All das ging so schnell, dass May Warden ihr Textbuch unmöglich zurückbekommen konnte. Deshalb musste sie erneut ihre Autorität ins Spiel bringen.
»Geben Sie mir bitte mein Manuskript zurück, Mr. Kong!« Die Diva war um Ruhe bemüht, aber sie wollte sich nicht länger auf der Nase herumtanzen lassen.
»King!«, verbesserte Henry unmittelbar.
»Dann halt King Kong!« May Warden hatte einfach immer das letzte Wort. Schweigend, aber mit Nachdruck streckte sie ihre Hand aus. Die erfahrene Schauspielerin war sich der Wirkung ihrer großen Gesten stets bewusst. Ebenfalls ohne ein Wort zu sagen, gab Henry ihr das Textbuch zurück, was sollte er auch anderes tun? Der Diva war die Genugtuung ins Gesicht geschrieben. An Doris gewandt, sagte sie nach einem kurzen Moment des Triumphes:
»Zurück zu Ihnen, Kindchen, würden Sie mir nun bitte endlich meine Frage nach Freddie Frinton beantworten?«
Die Augen aller Anwesenden ruhten jetzt auf der schüchternen Assistentin, die stumm dastand. Hatte sie die Frage überhaupt verstanden? Die Sekunden kamen Doris wie Stunden vor. Wann kehrte ihr Chef endlich wieder zurück, und was sollte sie bloß solange tun? May Warden fixierte sie noch immer mit ihrem Blick und wartete auf eine adäquate Antwort. Doris Cooper sah nur einen Ausweg, sie musste

lügen, lügen, lügen, was ihrem Naturell zwar widerstrebte, aber momentan sah sie keinen anderen Ausweg.

»Ich habe gestern Abend zusammen mit Mr. Taylor gegessen. Sie wissen ja, die Miesmuscheln. Ich glaube, jetzt geht's bei mir auch los! Entschuldigen Sie mich.« Panisch rannte sie durch die Kulissen von der Bühne ab.

Hatte sie das tatsächlich getan? Hatte sie soeben eine Durchfallattacke vorgetäuscht? Die Regieassistentin lief aufgeregt den fensterlosen Gang hinter der Bühne entlang bis zur Damentoilette, dort angekommen riss sie die Tür auf, schlüpfte hinein und schloss schnell hinter sich ab. Endlich war sie in Sicherheit. Sie zitterte am ganzen Körper. Warum roch es in dieser Toilette immer so unangenehm nach WC-Steinen? Na ja, selbst dieser Umstand war Doris momentan egal. An die Tür gelehnt, atmete sie erstmal kräftig durch, während das Wasser der Toilettenspülung aus dem undichten Kasten durch das Fallrohr in die Kloschüssel ran. Das Verhör mit May Warden und deren Frage nach Freddie Frinton hatten bei der Assistentin tatsächlich Magenkrämpfe verursacht. Übelkeit stieg in ihr auf, die durch den penetranten Geruch des WC-Steins noch verstärkt wurde. Doris hatte sich einfach keinen Rat mehr gewusst. Was hätte sie auch anderes sagen können? Nichts. Ihre Flucht auf die Toilette war die einzige Möglichkeit gewesen, um zumindest etwas Zeit zu gewinnen. Sie hatte sich nichts vorzuwerfen, letztendlich war sie hier nur die Regieassistentin. Sie hatte ihr Möglichstes getan. Sollte sich Mr. Taylor doch um das Problem kümmern, immerhin war er der Direktor des *Pavilion Theatres* und trug damit auch die Verantwortung. Zum ersten Mal sehnte sich Doris in das Schuhgeschäft zurück, in dem sie jahrelang gearbeitet hatte. Es war eine sehr überschaubare, strukturierte Welt gewesen, in der sie damals gelebt hatte, zwischen Bergen von Schuhkartons. Die junge Frau war jetzt den Tränen nahe, worüber sie sich so sehr ärgerte, dass sie zum Glück nicht flossen.

Auf der Bühne hatten alle erstaunt Doris' überstürztem Abgang nachgesehen. Als Erstes hatte May Warden wieder das Wort ergriffen. Kopfschüttelnd fragte sie: »Was ist das hier? Ein Theater oder eine Seuchenstation? Hoffentlich hat sich Gipsy nicht angesteckt.« Sie schnappte sich ihr Katzenkörbchen und schaute voller Mitgefühl hinein: »Keine Angst meine Muschi.« Das Kätzchen miaute kurz, was der Diva zeigte, dass dem Tier offensichtlich nichts fehlte. »Alles wird gut. Mami passt auf dich auf«, beendete sie das Zwiegespräch. Dann wandte sie sich wieder den beiden Kollegen zu, die noch immer auf der Bühne standen: »Zurück zu Ihnen. Sicher können Sie mir sagen, wer die Rolle des Butlers James spielen wird, Mr. Bill?« Sie starrte Laurence an, der Mrs. Warden sofort verbesserte:

»Hill. – Sorry, aber ich habe absolut kein Namensgedächtnis«, konterte er unbeholfen und reichte damit den Schwarzen Peter an Henry King weiter. »Weißt du noch, wie der Typ heißt?«

»Ich erinnere mich auch nicht«, war alles, was ihm dazu einfiel. Mit diesen Ausflüchten gab sich die Diva jedoch keineswegs zufrieden.

»Aber hier steht ganz deutlich Freddie Frinton«, ließ May Warden mit einem nochmaligen Blick in ihr Textbuch nicht locker.

»Zeigen Sie mal«, erwiderte Laurence und las so interessiert wie möglich den Namen in der Besetzungsliste. Dann dachte er kurz nach.

»Heißt das nicht eher Ferry?«, versuchte er die Situation zu retten. King verstand, was sein Kollege vorhatte, weshalb er ihn sofort zu unterstützen versuchte:

»Genau. Jetzt fällt's mir wieder ein. Heißt er nicht Ferry Grinton?« »Richtig! Ferry Grinton« wiederholte Laurence den Phantasienamen mit Nachdruck, auch um ihn sich so besser einzuprägen.

»Ferry Grinton? Nie gehört«, stieß die Diva verächtlich aus. Sie wollte das absurde Spiel endlich beenden. »Also für mich liest sich das eindeutig wie Freddie Frinton, und sollte das so sein…«

»Der ist es bestimmt nicht, glauben Sie mir, Madame. Stimmt's, Mr. King? Ich meine…«, der junge Schauspieler unternahm einen weiteren Rettungsversuch, wenngleich er noch nicht wusste, wohin dieser führen sollte. Er war dabei, sich um Kopf und Kragen zu reden, doch diesmal unterstützte ihn sein älterer Kollege nicht. King hatte keine Lust mehr auf diese alberne Schmieren-Komödie. Darum atmete er tief ein, so wie er es einst vor dem Beginn einer großen Arie getan hatte: »Ach was soll's! Früher oder später werden Sie es sowieso erfahren«, sagte er stattdessen mit fester Stimme.

»Werde ich WAS erfahren?«, jetzt war das Misstrauen der Diva endgültig geweckt. Hill versuchte immer noch den Schein aufrechtzuerhalten:

»Das würde mich auch interessieren!«

Nun polterte King los: »Hör endlich damit auf, Laurence! Wir machen uns ja lächerlich.« Sofort galt seine Aufmerksamkeit wieder ausschließlich Mrs. Warden:

»Sie haben ganz richtig gelesen, Madame. Es gibt keinen Ferry Grinton! Die Rolle des Butlers wird Ihr Exmann spielen: Freddie Frinton!«

Endlich hatte er es ausgesprochen. Es half ja nichts, noch länger um den heißen Brei herumzureden. Erleichtert atmete Henry King aus, während sich sein Kollege vor Schreck auf die Unterlippe biss. Nur die Diva stand einen Moment lang reglos da. Dann machte sie ruhig einen Schritt auf Henry zu, holte tief Luft und verpasste ihm eine schallende Ohrfeige, immerhin war er der Unglücksbote gewesen, der die schlechte Nachricht überbracht hatte, deshalb musste Strafe sein.

Genau in diesem Augenblick betrat Edward Taylor die Bühne. Nachdem er Freddie Frinton beim Tierarzt nicht angetroffen hatte, trieb er sich schon seit ein paar Minuten wieder im Theater herum. Glücklicherweise hatte der Schneeregen inzwischen aufgehört. Vom Telefonapparat des Pförtners aus hatte er bereits mit der Agentur von May Warden telefoniert, die ihm prinzipiell grünes Licht für das Silvesterengagement der Schauspielerin gegeben hatte, aber natürlich hatte er der netten Frau am anderen Ende der Leitung auch nichts von Freddie Frinton gesagt. Als sich die Agentin nach den Kollegen erkundigte, hatte Taylor ihr den Namen des männlichen Hauptdarstellers einfach unterschlagen. Als er dann die Gage der Diva von sich aus fast verdoppelt hatte, war die Agentin der Produktion gegenüber mehr als aufgeschlossen gewesen. Normalerweise zeigte sich der Theaterdirektor nicht so spendabel, wenn es um Gehälter ging, aber heute hatte er einfach keine Zeit für lange Verhandlungen. Er brauchte den schnellen Erfolg. Deshalb hatte die Agentin auch sofort zugestimmt, dass ihre Klientin den Vertrag ausnahmsweise selbst unterschreiben durfte, oblag diese Aufgabe doch normalerweise der Agentur. Nach diesem sehr positiven Telefonat war Edward Taylors Laune zwar gestiegen, aber der schwerste Teil der Arbeit stand ihm noch bevor. Vielleicht hatte Doris die Diva ja bereits über die Identität ihres Spielpartners in Kenntnis gesetzt, sodass das Problem längst gelöst war. Wie ein Tiger im Käfig, der ungeduldig die Gitterstäbe entlangläuft, streifte der Direktor hinter den Kulissen hin und her. Zwar vernahm er auf der Bühne Stimmen, konnte allerdings nicht genau verstehen, was dort gesprochen wurde. Dafür war er viel zu aufgeregt, und außerdem war die Mithöranlage, die eigentlich dafür sorgen sollte, dass man auch hinter den Kulissen jedes Wort verstand, das auf der Bühne gesprochen wurde, schon seit Wochen defekt. Deshalb blieb Taylor nichts anderes übrig,

als zu seinem Ensemble zurückzukehren. Als er sah, dass die Diva Henry ohrfeigte, blieb er fassungslos am Eingang des Bühnenbildes stehen. Von dort aus sah und hörte er, wie seine neue Hauptdarstellerin sagte:
»So wahr ich May Warden heiße, nie wieder werde ich zusammen mit diesem Mann auf einer Bühne stehen.« Dann holte sie noch einmal tief Luft und schrie: »NIE WIEDER!«
Henry stand nach der Ohrfeige wie ein begossener Pudel vor ihr und hielt sich die linke Wange. Sie brannte höllisch.
»Jetzt brauche ich einen Gin«, war alles, was er letztendlich hervorbrachte. Ruhig entnahm er der zweiten Innentasche seiner Weste einen Flachmann und trank einen ordentlichen Schluck. Dieses Mal sah Taylor darüber hinweg. Er selbst hätte jetzt auch gut Alkohol gebrauchen können, dachte er und beneidete King um seinen Gin-Vorrat.
Mit den Worten: »Komm Gipsy, wir gehen!«, schnappte sich May Warden resolut ihr Katzenkörbchen. Sie wollte keine Minute länger auf dieser Provinz-Bühne bleiben und das Theater auf demselben Wege verlassen, auf dem sie es vorhin betreten hatte. Kurz bevor sie bepackt die schmale Treppe erreichte, die sie ins Parkett führen sollte, gewann Taylor endlich seine Fassung zurück. Er musste sofort etwas unternehmen, bevor die Diva den Zuschauersaal verlassen hatte. Bloß was konnte er jetzt noch tun, nachdem es ihm noch nicht mal gelungen war, mit Freddie zu sprechen? Er versuchte sich zu konzentrieren. Schauspieler liebten Theaterstücke, also musste er augenblicklich eine Farce improvisieren, immerhin hatte er in jungen Jahren selbst als Darsteller auf der Bühne gestanden. Das lag zwar schon Jahrzehnte zurück, aber mit dem Theaterspielen war es wie mit dem Radfahren. Wenn man es einmal beherrschte, verlernte man es nicht. Oder etwa doch? Edward blieb keine Zeit, um darüber nachzudenken. Mit Inbrunst schmiss er sich in seine neu erdachte Rolle hinein. Wirkungsvoll brach

er deshalb lauthals in Tränen aus, immerhin musste er es irgendwie schaffen, dass sich die Diva umdrehte und endlich Notiz von ihm nahm. Sein Schluchzen war vielleicht etwas übertrieben, aber das spielte jetzt keine Rolle. Lieber etwas zu viel als zu wenig, dachte er. Immerhin, Mrs. Warden stoppte ihren Abgang und drehte sich um. Sofort ging Taylor, noch immer weinend, quer über die Bühne auf sie zu.
»Gut, dass ich Sie endlich treffe, Madame!« Sie darf auf keinen Fall abgehen, war alles, worum seine Gedanken jetzt kreisten. Während Edward krampfhaft darüber nachdachte, wie er das Gespräch fortsetzen sollte, übersah er zum dritten Mal an diesem Vormittag die Überreste des Tigers auf dem Bühnenboden und stolperte. Während der Handlung einer Komödie hätte man diese wiederholte Aktion als *Running Gag* bezeichnet. Normalerweise liebte Taylor als Regisseur solche Einfälle, aber diesmal ärgerte er sich bloß. Zum Glück konnte er sich noch fangen und stürzte nicht gänzlich zu Boden.
»Hoppla«, war May Wardens einziger Kommentar dazu.
»Verdammt, Doris!«, schrie der Theaterdirektor über die Bühne, was seine Assistentin sogar noch auf der Toilette hörte, dann war er auch schon bei Mrs. Warden angekommen. Er musste sofort wieder in seine selbsterdachte Rolle schlüpfen: »Sie haben ja keine Ahnung...«, weiter wusste Edward nicht, was er noch sagen sollte, darum weinte er erneut, um Zeit zu gewinnen.
»Wovon? Was ist los?« Irritiert ging May Warden tatsächlich auf sein Spiel ein. Hilfesuchend sah sie sich zu den anderen Herrschaften um. »Wer ist dieser Mensch?«
»Unser Chef« brachte Laurence nur knapp hervor, das traurige Häufchen Elend betrachtend.
»Beziehungsweise das, was von ihm übrig ist«, setzte King noch einen drauf. Die beiden Kollegen standen fassungslos am Rand der Szenerie. So hatten sie den Direktor noch nie

erlebt. Was war nur mit ihm geschehen? Ratlos sahen sie ihn an. Grund genug für Taylor, nochmals laut aufzuschluchzen. Seine Stimme versagte ihm jetzt, was beim Publikum stets gut ankam. Deshalb rang er um jedes seiner Worte:
»Ich weiß, dass Sie uns verlassen wollen, Madame, und das ist Ihr gutes Recht, immerhin haben wir versucht, Sie zu täuschen…«
»Allerdings«, entgegnete Mrs. Warden streng.
»Aber hören Sie mich wenigstens an.« An dieser Stelle weinte er noch mal, um seinen folgenden Worten Nachdruck zu verleihen.
»Diesen Wunsch können Sie ihm nicht abschlagen«, fügte King, inzwischen ebenfalls ergriffen, hinzu, der zwar noch nicht wusste, was seinem Chef widerfahren war, aber dass es dem Mann schlecht ging, war nicht zu übersehen. Der Theaterdirektor schluchzte abermals auf, sodass sich auch Laurence Hill einmischte:
»Nun fassen Sie sich mal, Mr. Taylor.« Er streichelte Edward über den Rücken. »Wir sind ja bei Ihnen!« Langsam schien sich Edward tatsächlich zu beruhigen, während er noch auf May Wardens Reaktion wartete. Die Diva machte es wirklich spannend.
»Meinetwegen erzählen Sie, ich bin ja kein Unmensch«, sagte sie endlich. Taylor wischte sich mit seinem Taschentuch über die Augen. Hoffentlich fiel nicht auf, dass seine Tränen nicht echt waren.
»Sie sind zu großzügig, Madame«, katzbuckelte er jetzt, während er krampfhaft nachdachte. Wie konnte er den Abgang der Diva verhindern? Ihm musste auf der Stelle etwas einfallen, sonst war es zu spät. Plötzlich hatte Taylor einen Geistesblitz. So könnte es vielleicht funktionieren. »Mir persönlich sind die morgigen Aufführungen ja egal, aber ich wollte Freddie einen letzten Gefallen tun«, startete der Direktor zumindest den Versuch einer Offensive. Immerhin

sah die Schauspielerin ihn jetzt erwartungsvoll an, das war schon mal ein Anfang, weshalb er augenblicklich fortfuhr: »Sie müssen wissen, dass Ihr Exmann ernsthaft erkrankt ist.« Was redete er da bloß? Vielleicht würde er ja an ihr Mitgefühl appellieren können. Zumindest war es ein Versuch… der jedoch fehlschlug.

»Na endlich. Ich habe Freddie schon früher die Pest an den Hals gewünscht. War's das?« Mrs. Warden wollte endlich ihren Weg Richtung Foyer fortsetzen, weshalb Taylor augenblicklich nachsetze.

»Nein, im Ernst. Mr. Frinton ist unheilbar krank.« Egal, es gab kein Zurück mehr. Henry King schlug sich vor lauter Entsetzen die Hand vor den Mund. Zumindest er glaubte die Geschichte, was Edward Taylor ein wenig zuversichtlich stimmte.

»Was ist es denn? Hat er sich einen Tripper eingefangen, der geile Bock?« Mitgefühl war offensichtlich nicht May Wardens starke Seite, stellte Taylor fest, aber einen anderen Einfall hatte er nicht. Er musste einfach weitermachen.

»Viel schlimmer… die Ärzte haben ihm nur noch ein paar Wochen Zeit gegeben.« Reichte diese vage Behauptung bereits aus? Vorsichtshalber legte er gleich nach. »Die Silvester-Vorstellungen sollten sein Abschied von der Bühne des Lebens werden. Aber daraus wird ja nichts. Das wollte ich Ihnen nur noch gesagt haben… ich wünsche Ihnen einen guten Tag, Mrs. Warden.« Edward Taylor zog mit hängenden Schultern Richtung Hinterbühne ab, auch das war Teil seiner Darbietung. Wenn sie ihn jetzt gehen ließ, war alles verloren. Sämtliche Blicke ruhten in diesem Moment auf dem Theaterdirektor, aber niemand wagte auch nur hörbar zu atmen, wirkungsvoller hätte Edward es nicht inszenieren können. Sein Herz schlug ihm bis zum Hals. Fast hatte er die Sperrholzwände erreicht, ohne dass etwas geschehen war. Um noch etwas Zeit hinauszuzögern, wurden seine Schrit-

te immer kürzer, je näher er dem Ausgang kam. Er trippelte fast schon wie eine japanische Geisha.
»Moment, nicht so schnell«, rief die Diva im letzten Augenblick. Am liebsten hätte Taylor vor Freude einen Luftsprung gemacht, aber stattdessen drehte er sich so langsam wie möglich um.
Erneut den Tränen nahe, fragte er mit gebrochener Stimme: »Was kann ich noch für Sie tun, Madame?«
»Was fehlt Freddie denn? Ich meine, woran ist er erkrankt?«
Was spielte das denn für eine Rolle? Taylor wusste nicht, was er darauf antworten sollte. Deshalb entgegnete er nur: »Ich weiß nicht, ob ich darüber sprechen darf, schließlich hat es mir Freddie im Vertrauen auf meine absolute Verschwiegenheit gesagt.« Er war mit seiner Antwort zufrieden, klang sie doch dramatisch, ohne jegliche reale Aussage zu machen.
»Hat es wieder etwas mit seinem Magen zu tun?«, erkundigte sich Mrs. Warden wissend.
Was für ein fabelhafter Vorschlag, dachte Edward und sagte, nachdem er einmal bedeutungsvoll geschluckt hatte: »Was soll ich leugnen. Sie können ja doch in mir lesen wie in einem offenen Buch.« Dieser Satz in seiner selbsterdachten Farce gefiel dem Regisseur besonders gut. »Ich hab's gewusst. Sein Magen hat sich schon früher alles zu Herzen genommen. Hat er schlimme Schmerzen?«
»Und wie.« Er verzog, wie zum Beweis dafür, sein Gesicht dramatisch.
»Ach herrje.« Die Diva begriff nun langsam, wie schlecht es offenbar um ihren Exmann stand. Fast hatte der Theaterdirektor sie dort, wo er sie haben wollte. Er durfte jetzt bloß keinen Fehler machen.
»Freddie bekommt starke Schmerzmittel. Manchmal ist er wie in Trance. Die Ärzte haben gesagt, dass der besonders hohe Adrenalinausstoß beim Theaterspielen sein Leben un-

ter Umständen noch um ein paar Wochen verlängern könnte.« Nun legte Taylor wieder eine kurze Kunstpause ein, die ihre Wirkung nicht verfehlte. Sehr gut. Dann fuhr er fort: »Aber ich kann natürlich verstehen, dass Sie nicht mehr zusammen mit Ihrem Exmann auf einer Bühne stehen wollen. Guten Tag!« Diesmal unternahm er einen falschen Abgang. So nannte man am Theater den Aufbruch eines Darstellers, bei dem der Schauspieler die Spielfläche nicht verließ, sondern sich kurz vor dem endgültigen Verschwinden nochmals umdrehte, um doch zu bleiben. In diesem Fall wurde Taylors Abgang, wie einkalkuliert, von Mrs. Warden unterbrochen, die hinter ihm her rief.

»Moment! Habe ich das gesagt?«

»Sie brachten eben schlagende Argumente gegen Ihr Engagement vor«, antwortete der Theaterdirektor, nachdem er sich ein paar Schritte entfernt hatte, und zeigte dabei auf den Kollegen King. May Warden zuckte unschuldig mit den Schultern.

»Das war mein Temperament.«

»Nee, Ihre Hand«, entfuhr es Henry, dessen linke Gesichtshälfte noch immer brannte und inzwischen stark gerötet war. Nun war die Diva wieder in ihrem Element.

»Nehmen Sie doch nicht alles so persönlich. Was haben Sie erwartet? Ich bin Schauspielerin mit Leidenschaft! Außerdem hatte ich da ja noch keine Ahnung, wie schlimm es um Freddie steht.«

Taylor jubelte innerlich. Nach außen ließ er sich jedoch nichts anmerken. Er war fast am Ziel seiner Wünsche angelangt.

»Wo steckt er überhaupt?« May Warden hatte die ganze Geschichte tatsächlich geglaubt.

Noch bevor der Theaterdirektor antworten konnte, platzte Laurence Hill heraus: »Wissen Sie, Madame, er befindet sich im Moment beim...« Dieser Idiot sprach wirklich,

ohne vorher nachzudenken. Bevor er alles zunichtemachen konnte, fiel Edward dem jungen Mann ins Wort.
»ARZT«, rief er laut aus, was ja nicht ganz gelogen war. »Er bekommt heute ein neues Medikament. In so einer Situation klammert man sich an jeden Strohhalm.« Taylor guckte jetzt wie ein getretener Hund. Mrs. Warden, die ein Herz für Tiere hatte, zögerte noch kurz, aber dann sagte sie endlich:
»Was soll ich sagen, ich mache es!« Theatralisch breitete sie ihre Arme aus. Aber Edward Taylor wollte auf Nummer sicher gehen.
»Sie machen WAS, Madame?«, hakte er deshalb scheinheilig nach.
»Wenn es Freddies Leben verlängert, werde ich morgen die Rolle der Miss Sophie spielen.«
Yes, geschafft. Taylor war am Ziel, oder zumindest bei fünfzig Prozent davon. Denn immerhin musste jetzt noch Freddie überzeugt werden.
»Das ist nicht möglich«, mischte sich King staunend ein.
»Immerhin geht es darum, einem Sterbenden seinen letzten Wunsch zu erfüllen. Es gibt Momente im Leben, da muss man die persönliche Zwietracht vergessen«, erklärte die Diva mit der ihr eigenen Selbstverständlichkeit. Dass Gipsy in diesem Augenblick passend dazu miaute, unterstrich ihren Entschluss noch.
»Ich bin ganz ihrer Meinung... und deshalb habe ich auch schon mal etwas vorbereitet.« Feierlich zog der Direktor ein gefaltetes Papier aus der Innentasche seines Jacketts. Als Mrs. Warden das Blatt sah, hielt sie fassungslos ihre Hand vor den Mund: »Oh, mein Gott! Freddies Testament?«
Taylor sah sie an. Die Frau hatte eindeutig zu viel Phantasie. Na ja, was wollte man von einer Schauspielerin anderes erwarten. »Nein, Ihr Vertrag«, entgegnete er trocken und faltete das Schriftstück in zweifacher Ausfertigung auf.

»Wenn Sie bitte hier unterschreiben wollen? Dann können Sie Freddies letzten Wunsch erfüllen und bekommen sogar noch eine Menge Geld dafür. Ich war so frei, bereits vorhin mit Ihrer Agentur zu telefonieren. Jetzt fehlt nur noch Ihre werte Unterschrift.« In seiner Miene lag nun keine Spur mehr, die auf Trauer oder Tränen hindeutete. Vielmehr lächelte Taylor fast süffisant, was er sich freilich unbedingt verkneifen musste. Er war mindestens ein so gewiefter Geschäftsmann wie Regisseur.

»Also, ich weiß nicht, was ich dazu sagen soll«, zögerte May doch noch, während sie den Vertrag überflog. Augenblicklich setzte der Direktor wieder seine Trauermiene auf.

»Gar nichts. Denken Sie einfach an Freddie, und erfüllen Sie ihm seinen letzten Wunsch.« Er schaute bedeutungsvoll in die Runde der versammelten Mannschaft. »Wir machen das hier alle nur für ihn.« Jetzt kam er sich vor wie der Reverend auf einer Beerdigung. Zustimmend nickten alle stumm, was bei Mrs. Warden wohl den letzten Anstoß gab:

»Sie haben recht. Wo muss ich unterschreiben?«

»Bitte hier, Madame«, sagte Taylor eilfertig, der inzwischen auch seinen schwarzen Montblanc-Füller gezückt und aufgeschraubt hatte. Wohlwollend nahm die Diva zur Kenntnis, dass ihre Gage deutlich höher ausfallen sollte als normalerweise üblich, weshalb sie mit besonders viel Schwung die beiden Exemplare des Vertrages unterschrieb. Edward pustete freudig die Tinte trocken.

»Einer ist für Sie und einer für mich. Ich war so frei und habe bereits unterschrieben.« Er händigte ihr ein Exemplar aus, während er sein Schriftstück genüsslich zusammenfaltete und geschmeidig in der Innentasche seines Sakkos verschwinden ließ.

»Dann wollen wir mal. Wo ist meine Garderobe?« May schnappte sich Gipsy und wollte loslegen.

»Doris wird sie Ihnen zeigen.« Taylor sah sich um.

»Wo steckt sie eigentlich?«
»Ein menschliches Bedürfnis« antwortete Henry King ominös, ohne weiter ins Detail gehen zu wollen.
»Das muss warten. In einer Viertelstunde fangen wir mit der Probe an. DORIS!« Der Chef schrie durchs ganze Theater, aber Miss Cooper blieb verschwunden.
Die Regieassistentin war bereits auf dem Rückweg zur Bühne, als sie laut und deutlich ihren Namen hörte. Normalerweise wäre sie vor Schreck zusammengezuckt, aber jetzt entspannte sie sich fast, bedeutete es doch, dass Mr. Taylor endlich wieder zu seiner alten Form zurückgefunden hatte. Freudig erregt rannte sie über die Seitenbühne durch die Kulissen, bis sie wieder im Scheinwerferlicht stand. Mrs. Warden hatte den Saal noch nicht verlassen, was eindeutig als positives Zeichen gewertet werden konnte. Doris hatte gewusst, dass ihr Chef die Situation retten würde. In puncto Theaterleitung war er einfach unschlagbar. Da machte ihm keiner etwas vor.
Als sie bei Mr. Taylor angekommen war, fragte sie erwartungsvoll: »Ja, Sir?«
Der Theaterdirektor lächelte sie an. Hatte er das überhaupt schon jemals getan?
»Zeigen Sie Mrs. Warden die große Solo-Garderobe. Und kochen Sie ihr gleich eine Kanne Tee«, säuselte er gütig und bei bester Laune.
»Sehr wohl, Sir.« Sie überlegte kurz, ob sie vor ihrem Chef salutieren sollte. Verdient hatte er es jedenfalls. Letztendlich beschränkte sie sich auf ein formvollendetes: »Wenn Sie mir bitte folgen wollen, Madame«, an Mrs. Warden gewandt.
»Aber sicher doch, Kindchen«, antwortete die Diva, und schon setzte sich die Karawane, bestehend aus Doris Cooper, May Warden und Gipsy in Bewegung.
»Ach so, eins noch«, rief Taylor der Diva hinterher, lief ihr

nach und zog sie zu sich heran, was diese mit einem missbilligenden Blick quittierte. Um seine Zudringlichkeit zu rechtfertigen, kam der Direktor noch näher und sprach mit verschwörerischer Stimme. »Sagen Sie bitte Freddie nachher nicht, dass ich Ihnen von seiner Krankheit erzählt habe. Er will, dass niemand etwas davon erfährt. Sie kennen ihn ja…«

»Wem sagen Sie das. Immer eitel. Typisch Schauspieler.« Edward strahlte die Diva an: »Zum Glück sind Sie ganz anders.« Er durfte nicht vergessen, seinen Mund nachher mit Seife auszuspülen. »Ja, nicht wahr?!«, bekam er prompt als Antwort.

Der Direktor flüsterte inzwischen noch leiser: »Also, denken Sie daran, kein Sterbenswörtchen zu Freddie.« Verschwörerisch legte er seinen dicken Zeigefinger auf die Lippen. »Das bleibt unser kleines Geheimnis.«

»Aber natürlich, Mr. Taylor, Sie können sich voll und ganz auf mich verlassen. Meine Lippen sind versiegelt.« Damit war das konspirative Gespräch beendet. »Komm Gipsy, wir machen es uns gemütlich.« Mrs. Warden gab das Zeichen zum Aufbruch.

Allein Edward Taylor hatte noch eine Frage: »Wer ist Gipsy?«

»Mein kleines Schätzchen. Eine norwegische Waldkatze mit Stammbaum.« Mutterstolz schwang in ihrer Stimme mit. Der Direktor war irritiert. »Eine Katze?«

Er konnte nur mit Mühe und Not verbergen, dass er Tiere nicht sonderlich mochte. Sofort machte sich ein Kribbeln in seiner Nase breit. Hoffentlich merkte May Warden nichts von seiner Abneigung. Warum guckte sie so skeptisch?

»Ist sie nicht süß?«, versuchte Doris die unangenehme Situation zu überspielen, wusste sie doch von der Abneigung ihres Chefs. »Ich habe Mrs. Warden schon gesagt, dass Sie Haustiere über alles lieben«, log auch sie weiter.

»Nein«, antwortete Taylor reflexartig. Das Kribbeln in seiner Nase wurde immer schlimmer. Er hatte nun mal eine Allergie.
»Doch, ist sie nicht süß?« Seine Regieassistentin versuchte immer noch, ihn aus der vertrackten Situation zu befreien. Verschwörerisch zwinkerte sie ihrem Chef deshalb zu. Allerdings konnte sich dieser inzwischen nur noch auf seine Nase konzentrieren.
»So süß«, stieß er schließlich gerade noch hervor, bevor er ein paar Mal kräftig niesen musste. Gipsy zog sich verschreckt in die hinterste Ecke ihres Katzenkörbchens zurück und legte sich zum Schutz den buschigen Schwanz vors Gesicht.
»Gesundheit«, sagte die Diva ohne jede Spur von Mitgefühl.
»Danke«, antwortete Taylor, während er aus der Tasche seiner Flanellhose ein Schnupftuch herausfischte. Nachdem er sich kräftig geschnäuzt hatte, erkundigte sich Mrs. Warden danach, ob wieder alles in Ordnung sei.
»Halb so schlimm«, beschwichtigte Edward. Seine Katzenhaarallergie verschwieg er besser.
»Um Sie mache ich mir keine Sorgen«, konterte die Katzenmama. »Bloß Gipsy ist furchtbar sensibel. Ihr dauerndes Geniese hat sie ganz durcheinandergebracht. Gucken Sie mal.« Zur Veranschaulichung hielt sie ihm das Katzenkörbchen samt Gipsy direkt vors Gesicht, worauf er sofort wieder niesen musste.
»Wahrscheinlich habe ich mir bei dem Sauwetter eine Erkältung eingefangen«, versuchte er seine Niesattacken zu rechtfertigen, dann prustete er auch schon wieder los. Schnell brachte die Schauspielerin ihr Baby in Sicherheit. »Das hört ja gar nicht auf.« Sorgenvoll schaute sie in das Körbchen: »Das arme Tier schielt schon.« Taylor riss sich nach Leibeskräften zusammen.
»Ich niese ja gar nicht mehr.« Er klang jetzt so, als ob ihm

jemand eine Wäscheklammer auf die Nase gesetzt hätte.
»Hoffentlich«, war alles, was der Diva darauf einfiel. Schnell schnappte sie sich Gipsy, warf Doris einen vielsagenden Blick zu, und sogleich marschierten die Ladies von der Bühne Richtung Garderobe ab.
Kaum waren die Damen außer Sichtweite, da war es mit der Selbstkontrolle des Chefs vorbei. Er musste abermals lauthals niesen. Kurz darauf ertönte irgendwo aus den Kulissen ein: »Reißen Sie sich zusammen, Mann!«
Diese Frau musste wirklich immer das letzte Wort haben. Ohne irgendwelche Details zu kennen, konnte sich Taylor gut vorstellen, dass ein Zusammenleben mit dieser Person unmöglich sein musste. Die wievielte Scheidung lag gerade hinter ihr? Hatte Doris von der dritten oder vierten gesprochen? Edward Taylor wusste es nicht mehr. Eine Katze im Theater, das hatte ihm gerade noch gefehlt. Aber dafür hatte er einen fabelhaften Ersatz für Betty Rogers gefunden. May Warden war aufgrund ihres fortgeschrittenen Alters die viel bessere Besetzung für die Rolle der Miss Sophie, und zu allem Überfluss war sie auch noch ein Star. Nun musste nur noch Freddie von dem Mitwirken seiner Exfrau überzeugt werden. Schnell klopfte der Theaterdirektor dreimal auf Holz und murmelte dabei: »Toi, toi, toi.«

Viertes Kapitel

Edward Taylor drehte sich wieder zu seinen beiden Schauspielern um. Ausgerechnet eine Katze, heute blieb ihm auch nichts erspart. Obwohl seine Nase noch immer furchtbar kribbelte, nahm er eine allergische Reaktion gerne in Kauf, wenn er dadurch die morgigen Silvester-Vorstellungen retten konnte. So war das bei ihm, an erster Stelle stand immer das Theater, ein Umstand, der seiner Frau Lily zwar nicht immer gefiel, an den sie sich aber in all den Jahren ihrer Ehe gewöhnt hatte. Ohne die Bühne und seine Schauspieler wäre Taylor nur ein halber Mensch, das wusste sie nur allzu gut. Also hatte sie sich damit abgefunden, oft ohne ihren Gatten auskommen zu müssen. Als junge Frau hatte Lily noch damit gehadert, dass ihre Ehe kinderlos blieb, aber dann hatte sie Edward davon überzeugt, ein kleines, viktorianisches Häuschen mit Erker in Little Singleton zu kaufen, das zu ihrem Ein und Alles wurde. Besonderen Wert legte sie seither auf ihren wunderschönen Garten hinter dem kleinen Cottage, dem sie ihre ganze Aufmerksamkeit und Liebe schenkte. Neben ein paar Gemüsebeeten und einigen alten Obstbäumen, deren Früchte sie alljährlich zu Kompott und den leckersten Marmeladen verarbeitete, waren die üppigen Blumen- und Staudenbeete ihr ganzer Stolz. Löwenmäulchen blühten neben Mädchenaugen, Glockenblumen und Akeleien neben Malven. Während amethystfarbener Lavendel und duftende Rosen ihre volle Pracht im Sommer entfalteten, waren die wunderschönen Dahlien im Frühherbst das farbige Highlight der Beete. *Einer der schönsten Wege zu sich selbst führt durch den Garten* war inzwischen zu Lilys Lebensmotto geworden. So hatte sich das Ehepaar Taylor in all den Jahren harmonisch miteinander arrangiert, genoss Edward doch sehr die kulinarischen Erzeugnisse aus dem heimischen Garten, die Lilys Kochkünste regelmäßig veredelten. Dafür übernahm er im Sommer auch gerne die Pflege des englischen Rasens, mit der es seine Frau gottlob nicht allzu ernst nahm. Immerhin handelte es sich um einen Cottage-Garten und nicht den Park von Windsor-Castle.

Der Theaterdirektor zog die silberne Taschenuhr aus seiner Weste und warf einen Blick darauf. Inzwischen war es kurz vor elf. In einer Viertelstunde wollte er endlich mit der Probe beginnen, aber noch immer waren nicht alle Ensemblemitglieder eingetroffen. Wahrscheinlich hatte der Schneeregen für Verspätungen bei Bus und Bahn gesorgt, beruhigte sich Edward. Er selbst war ja auch nur im Schritttempo in seinem Wagen vorangekommen. Zum Glück handelte es sich nur um eine Wiederaufnahme und keine neue Produktion. Alle Schauspieler, bis auf May Warden, hatten ihre Rollen bereits unzählige Male auf verschiedenen Bühnen gespielt, und die Lady hatte kaum Text. Nur deshalb blieb Taylor noch relativ entspannt, was den Probenbeginn betraf. Lediglich die bevorstehende Ankunft von Freddie bereitete dem alten Theaterhasen Kopfzerbrechen. Wenn Frinton ähnlich negativ auf das Mitwirken seiner Exfrau reagieren würde, wie es bei ihr der Fall gewesen war, als sie erfahren hatte, dass ihr Exmann mit von der Partie sein würde, stand Edward noch ein erhebliches Problem bevor. Angestrengt dachte er nach, was für eine Notlüge er dem Schauspieler auftischen konnte, damit dieser nicht Hals über Kopf das Theater verließ. Allerdings kam er mit seinen Gedanken nicht weit.

»Um Himmels Willen, Edward, warum hast du uns nichts gesagt?«, unterbrach Henry King vorwurfsvoll die Stille auf der Bühne.

»So schlimm ist meine Katzenhaarallergie auch nicht«, antwortete Taylor noch ganz in Gedanken.

»Mensch, die meine ich nicht«, konterte Henry. Als hätten sich die beiden Kollegen abgesprochen, schaltete sich auch

Laurence ein: »Wir sind davon ausgegangen, dass Mr. Frinton mit Mortimer beim Tierarzt ist.«
King nickte zustimmend: »Du hättest uns gleich die Wahrheit sagen sollen.«
Welche Wahrheit? Langsam tauchte Edward aus seinen trüben Gedanken auf, die zu keinem Einfall geführt hatten: »Das habe ich doch.« Er verstand nicht, worauf die beiden Schauspieler hinauswollten.
»So?«, fügte Henry skeptisch hinzu: »Was fehlt dem armen Teufel denn?«
»Was weiß ich!? Vielleicht ist er kastriert worden« fügte der Direktor genervt hinzu.
King starrte seinen Chef fassungslos an, meinte er doch, anders als dieser, nicht Mortimer, sondern dessen Herrchen. Immerhin hatte Taylor vorhin May Warden gegenüber gesagt, dass Freddie beim Arzt sei. Deshalb fragte er auch völlig folgerichtig: »Was, DAS haben sie mit ihm gemacht?« Er konnte sich ja eine Menge vorstellen, aber das verschlug sogar ihm die Sprache.
»Macht man das nicht immer?«, konterte sein Chef lapidar.
»Bei mir bestimmt nicht«, war Kings unmissverständliche Antwort, die wie aus der Pistole geschossen kam. Was waren das nur für Ansichten?
»Also, ich würde so etwas auch nicht mit mir machen lassen«, fügte Laurence Hill bekräftigend hinzu.
»Wovon sprecht ihr zwei?« Edward Taylor konnte der Unterhaltung nicht folgen.
»Na, von schnipp, schnapp«, deutete Henry King eine Kastration an.
Taylor stand noch immer auf der Leitung.
»Seit wann habt ihr Hunde?«
»Wieso Hunde?«, inzwischen kapierte Hill auch nichts mehr.
»Na, weil Freddies Hund Mortimer kastriert wurde«, fügte

Taylor erklärend hinzu. Er war mit seiner Geduld allmählich am Ende.
»Ach, Freddies Hund.« Der Tenor ohne Stimme war sichtlich erleichtert.
»Was hast du denn gedacht?« Der Chef legte seine Stirn in Falten.
»Na ja... wie soll ich sagen... ach, schon gut... aber was fehlt denn Freddie?«, fragte King ernstlich an der Gesundheit seines Kollegen interessiert.
»Nichts«, war alles, was Taylor daraufhin erwiderte.
Laurence Hill gab sich mit dieser Antwort jedoch nicht zufrieden: »Uns können Sie es ruhig sagen, Mr. Taylor, wir sind mindestens so verschwiegen wie Mrs. Warden.«
Na schön, er winkte die beiden Schauspieler dichter zu sich heran, damit er so leise wie möglich sprechen konnte:
»Das will ich stark hoffen, Laurence, denn ihr zwei müsst die Posse hier mitspielen. Sonst fliegt alles auf.«
King verstand inzwischen auch nur noch Bahnhof: »Was fliegt auf? Könnest du dich bitte etwas deutlicher ausdrücken.«
»Na, das Märchen von Freddies tödlicher Krankheit.«
Das war geschmacklos. Zeichnete sich da etwa ein Grinsen auf dem Gesicht des Chefs ab? Henry King wollte es jetzt ganz genau wissen, und auch Laurence Hill fragte nach, ob Mr. Frinton gar nicht sterben müsse? »Irgendwann sicher, wie wir alle«, sagte Taylor höchst amüsiert.
»Dann fehlt ihm gar nichts?«, fragte King völlig folgerichtig.
Doch, bis vor ein paar Minuten hatte Freddie Frinton noch eine passende Miss Sophie gefehlt, aber die war ja inzwischen engagiert. Langsam kam der Tenor ohne Stimme seinem Chef auf die Schliche:
»Dann hast du uns das ganze tränenreiche Drama eben nur vorgespielt?«

Taylor bedeutete ihm, dass er etwas leiser sprechen sollte und zuckte mit den Achseln. »Was willst du? Wir sind am Theater.«
King war fassungslos, der arme Freddie.
»Wird nichts davon mitbekommen, solange wir alle schön dichthalten«, ermahnte der Theaterdirektor die beiden Schauspieler.
In diesem Augenblick kam Doris Cooper zurück auf die Bühne. Die junge Frau wirkte ganz benommen.
»Es tut mir so leid, Mr. Taylor«, war alles, was sie hervorbrachte. Dann fasste sie sich und fuhr fort: »Der arme Mr. Frinton... Mrs. Warden hat mir in der Garderobe alles erzählt.«
So viel zur Verschwiegenheit der Diva, dachte King.
Miss Cooper war inzwischen den Tränen nahe: »Ich kann es nicht fassen, das ist so unglaublich traurig.«
Taylor bot der Regieassistentin sein Taschentuch an, das diese allerdings dankend ablehnte, trug sie doch stets ein spitzenbesetztes Tüchlein in ihrem rechten Ärmel bei sich. Eine Marotte, die sie von ihrer seligen Großmutter übernommen hatte. Da Röcke meist keine Taschen besaßen und man nicht immer ein passendes Necessaire bei sich trug, eignete sich der eigene Ärmel hervorragend zum Aufbewahren eines einzelnen Taschentuches, das auf diese Weise jederzeit einsatzbereit war.
Unbemerkt von den Personen auf der Bühne hatte Freddie Frinton so leise wie möglich die Tür des Zuschauerraums geöffnet und den Saal, durch das Foyer kommend, betreten. Der Schauspieler wollte nicht stören. Während Regisseur Taylor den beiden Kollegen King und Hill augenscheinlich etwas auf der Bühne erklärte, sah Frinton sich leise um. Er kannte das *Pavilion Theatre* bereits aus zahlreichen Produktionen, die er hier in den vergangenen Jahrzehnten gespielt hatte. Zuletzt vor zwei Jahren den Schriftsteller Charles

Condomine in der bekannten »Geisterkomödie«. Das leichte, aber intelligent geschriebene Stück war eines von Noël Cowards besten Lustspielen. Freddie hatte die Rolle des verwitweten Autors geliebt, und das Publikum in Blackpool hatte das gesamte Ensemble damals gefeiert. Auch die »Geisterkomödie« hatten sie Silvester gespielt. Es war rundherum ein Erfolg gewesen, an den Frinton in diesem Jahr mit »Der 90. Geburtstag« anknüpfen wollte. Aber war ein solcher Triumph wiederholbar? Immerhin handelte es sich bei dem Werk lediglich um einen kleinen Sketch, kein abendfüllendes Stück. Freddie war sich unsicher. Schon in den vergangenen Nächten hatte er deshalb unruhig geschlafen, so sehr beschäftigte ihn diese Frage. Schließlich hatte er sich ein wenig damit beruhigt, dass sie den Sketch bereits seit Jahren auf den unterschiedlichsten Bühnen erfolgreich gespielt hatten. Es gab also keinen Grund zu der Annahme, dass die Produktion in Blackpool nicht funktionieren würde, und trotzdem hatte der gestandene Schauspieler schon jetzt Lampenfieber. Als junger Mann hatte Frinton noch gedacht, dass die Aufregung vor jeder Premiere mit zunehmendem Alter und größerer Routine abnehmen würde. Aber da hatte er sich geirrt. Vielmehr war das Gegenteil der Fall. Während er noch darüber nachdachte, weshalb das so war, ging er dicht an den leeren Stuhlreihen vorbei, die Bühne fest im Blick. Noch immer erklärte Edward Taylor den beiden Schauspielern etwas. Allerdings sprach der Theaterdirektor so leise, dass Freddie kein Wort verstehen konnte. Während er seinen Weg fortsetzte, fuhr er mit der rechten Hand über die mit grünem Samt bespannten Rückenlehnen und dachte an die unzähligen Menschen, die hier in den mehr als achtzig Jahren seit der Eröffnung des Theaters gesessen hatten. Egal ob sie »Charleys Tante« gesehen hatten oder »König Lear«, stets waren sie durch den Kauf ihrer Eintrittskarte in eine andere Welt entführt worden. Das Publikum hatte mit den Figuren auf der Bühne gelitten oder gelacht, doch wenn sich am Schluss jeder Aufführung der grüne Samtvorhang mit seinen goldenen Stickereien schloss, war das Abenteuer zu Ende, unwiederbringlich vorbei. Dieser Umstand begeisterte Freddie auch nach all den Jahren noch am meisten. Jede Vorstellung war wie das Leben selbst nur von begrenzter Dauer. Vielleicht faszinierte das die Menschen insgeheim auch so sehr an der Schauspielerei. Ein Roman oder ein Bild, selbst ein Kinofilm oder eine in Stein gemeißelte Skulptur, all diese Kunstwerke überdauerten die Zeit. Nur Theateraufführungen mussten immer wieder von Neuem erschaffen werden, wie das Leben selbst waren auch sie vergänglich. Die alten Griechen hatten der Menschheit einen großen Dienst erwiesen, als sie das Theater vor mehr als zweitausend Jahren erfanden, und unwillkürlich dachte er an Aristophanes und Euripides, zwei griechische Dichter, die bis heute gespielt wurden. Seine fast philosophischen Betrachtungen gefielen dem Schauspieler.

Doris Cooper entdeckte Freddie Frinton zuerst dort unten im Halbdunkel des leeren Zuschauersaals. Wenn man ihn so ansah, wirkte der kleine Mann mit den schwarzen Haaren in seinem dunkelgrünen Regenmantel von *Barbour*, einer schottischen Traditionsmarke für Wachsjacken, fast zerbrechlich. An seinen Füßen trug er schwarze *Hunter*-Gummischuhe, in welche er die Enden seiner Hosenbeine gesteckt hatte. Zum Schutz vor dem Schneeregen hatte er eine alte *Balmoral*-Flatcap aus dickem Tweet tief ins Gesicht gezogen, die er jedoch beim Betreten des Foyers unmittelbar abgenommen hatte. Theaterleute waren sehr abergläubisch. Ähnlich wie in einer Kirche, so durfte man auch in Thalias Tempel nicht mit einer privaten Kopfbedeckung herumlaufen. Außerdem war es verboten, auf der Bühne privat zu essen, und, um Himmels Willen, durfte niemand im Theater pfeifen. All das brachte Unglück. Ebenso war es bei Strafe verboten, in einem englischen Theater das Wort *Macbeth* in den Mund zu nehmen. Alle Welt sprach nur ehrfürchtig von *The Scottish Play*. So war das am Theater, Gott weiß warum. Freddie Frinton nahm seinen dicken braunen Schal ab und öffnete die Knöpfe seines Regenmantels. Wenn man den Schauspieler so sah, kam man nicht auf die Idee, dass dieser unscheinbare Mann einer der besten Bühnen-Komiker des Landes war. Lediglich die zahlreichen Lachfältchen um seine Augen sowie die neckische Zahnlücke zwischen seinen Schneidezähnen ließen erahnen, dass in diesem Menschen weitaus mehr steckte, als der erste Eindruck vermuten ließ. Wie viele Komiker, so war auch Freddie privat eher unauffällig und zurückhaltend. Böse Menschen hätten ihn auf den ersten Blick durchaus als spießig bezeichnen können. Mit seinem kleinen braunen Koffer in der linken Hand, den er von seiner Mutter bereits zu seinem ersten Engagement geschenkt bekommen hatte, wirkte er eher wie ein Vertreter auf dem Weg zum Bahnhof. Bei diesem Anblick dachte man unweigerlich an das Stück »Tod eines Handlungsreisenden« von Arthur Miller, schwang doch auch bei Freddie stets ein wenig Melancholie mit.

»Oh, Mr. Frinton, da sind Sie ja! Wie geht es Ihnen?«, fragte die Regieassistentin sichtlich besorgt. Doch da wurde sie auch schon von ihrem Chef unterbrochen:

»Doris, lassen Sie Freddie doch erst mal ankommen.« Er machte ein paar Schritte auf den Bühnenrand zu, wobei er erneut das Tigerfell übersah und stolperte. »Himmel!«, schrie Taylor noch im Flug. »Warum liegt das Vieh hier immer noch herum?«

Freddy musste schmunzeln. Solche unfreiwilligen Eskapaden gefielen dem Komiker.

»Vorhin wollten Sie nicht, dass ich... aber ich packe es sofort weg.« Die Regieassistentin wirkte mehr als eingeschüchtert, was Frinton nicht gefiel.

»Warten Sie, Miss…?«, rief er aus dem Parkett nach oben.
»Cooper«, antwortete Doris, während sie ihren Blick, mit der Hand vor den Scheinwerfern schützend, hinunterspähte.
Taylors Stolpern über den Tigerkopf hatte dem Komiker so gut gefallen, dass er überlegte, die Aktion als Running Gag in den Sketch einzubauen. Warum sollte er als Butler James beim Servieren des Dinners oder der Getränke nicht hin und wieder über das Fell stolpern? Was bei seinem Chef urkomisch ausgesehen hatte, würde bestimmt auch bei ihm während der Aufführungen das Publikum auflachen lassen. Komik funktionierte nun mal zum großen Teil über Schadenfreude. Er musste seinen neuen Einfall unbedingt bei der Probe ausprobieren.
»Guten Morgen, allerseits!«, sagte Frinton fröhlich in die Runde, als er an der Treppe zur Bühne angekommen war. Beschwingt nahm er die Stufen nach oben.
»Morgen, Freddie!«, erwiderte der Tenor ohne Stimme ebenfalls zur Begrüßung.
»Hey, Henry! Schön dich zu sehen«, antwortete er an King gewandt, während er zu der Tafel ging, um seinen Koffer dort abzustellen. Mit einem routinierten Blick inspizierte der Komiker den Tisch sowie sämtliche Stühle. Zum Glück lag auf der Bühne ein Bodentuch, sodass es nicht rutschig war. Im vergangenen Jahr hatten sie mit ihrem Sketch in Glasgow gastiert, und dort war es auf der Bühne sehr glatt gewesen. Als Butler musste Frinton damals auf jeden seiner Schritte höllisch achten, damit er nicht ausrutschte, was sich unweigerlich auf die Art und Weise seines Spiels ausgewirkt hatte. Er konnte nicht mehr so unbeschwert agieren, und schon war ein Großteil seiner Komik im Eimer gewesen. Das Publikum spürte instinktiv, wenn sich ein Schauspieler nicht voll und ganz auf seine Rolle konzentrieren konnte, weil er, wodurch auch immer, abgelenkt wurde. Zum Glück war das bei den morgigen Vorstellungen nicht zu befürch-

ten. Ein kurzer Blick auf das Bühnenbild verriet Freddie, dass die Dekoration beim Transport aus Brighton nicht allzu sehr gelitten hatte. Wenn man die einzelnen Sperrholzwände im LKW fein säuberlich mit Wolldecken voneinander trennte, konnten sie noch jahrelang mit diesen Kulissen auf Tournee gehen. Lediglich am weißen Treppengeländer war ein bisschen Farbe abgeplatzt, aber das ließ sich schnell reparieren. Ein Pinsel mit der passenden Binderfarbe lag in der Requisitenkiste, das würde Frinton nachher selbst ausbessern. Ansonsten war er sehr zufrieden. Die Bühnenhelfer des *Pavilion Theatres* hatten wirklich gute Arbeit geleistet. Mit einem aufmunternden Blick zu seinem Chef sagte er:
»Eddie, wir machen das!«
Nachdem der Komiker auch noch Laurence Hill begrüßt hatte, öffnete er seinen Koffer auf dem Tisch. Der Inhalt war das Herzstück dieser Produktion, handelte es sich doch um die wichtigsten Requisiten. Während Freddie aus dem Handgepäck jede Menge zerknülltes Zeitungspapier kramte, näherte sich die Regieassistentin interessiert. Frinton nahm die Silhouette der Blondine bereits aus dem Augenwinkel wahr. Wie viele Komiker hatte auch er einen besonderen Schlag bei Frauen, die oft Männer mit Humor bevorzugten. Das wusste er nur allzu gut.
»Oh, ein neues Gesicht«, stellte er freudig fest und reichte ihr aufmerksam die Hand.
»Doris Cooper«, entgegnete diese.
Streichelte Mr. Frinton gerade mit seinem rechten Daumen zärtlich über ihren Handrücken, während er ihr die Hand gab? Warum tat ein todkranker Mann so etwas? Oder äußerten sich die Nebenwirkungen seiner zahlreichen Medikamente auf diese Weise? Wie auch immer, Doris bekam eine Gänsehaut, und plötzlich wurde ihr ganz heiß. Der alte Hase kannte scheinbar nicht nur auf der Bühne alle Tricks, sondern wusste auch bestens, wie man abseits des

Rampenlichtes bei der Damenwelt punkten konnte, ohne allzu plump zu wirken. Kurz bevor Doris das Gefühl hatte, mit hochrotem Kopf vor dem Hauptdarsteller zu stehen, zog sie ihre Hand aus seiner Umklammerung und wechselte das Thema: »Wie war's beim Arzt?«, fragte sie immer noch ehrlich besorgt.
»Nicht schön«, antwortete Freddie und verzog dabei sein Gesicht, während er an die tierärztliche Behandlung seines Rüden dachte. Da Doris ja von ihrem Chef wusste, dass der Hauptdarsteller aufgrund einer mehr als ernsten Erkrankung soeben erst vom Arzt gekommen war, redeten die beiden völlig aneinander vorbei. »Aber wie hat der Doktor so richtig gesagt: Es gibt Dinge, da muss man durch!«
Die Regieassistentin sah den Komiker heldenhaft an: »Sie sind so tapfer.« Frinton fand das übertrieben, war doch lediglich sein Hund in Behandlung gewesen, darum erwiderte er knapp: »Ich sage immer: Was weg ist, ist weg.«
»Geht's denn jetzt besser?«, interessierte sich Doris aufrichtig, sie war eben ein mitfühlender Mensch.
Freddie sah die junge Frau an. »Man hängt immer erst mal durch nach so 'ner Kastration«, erklärte er sachlich.
Unbewusst guckte die Regieassistentin Mr. Frinton auf den Schritt. »Kastration?«, fragte sie anschließend ungläubig.
Der Hauptdarsteller, der ihren Blick nicht deuten konnte, antwortete mit einer Gegenfrage:
»Ja, was gucken Sie so? Das war längst fällig.«
Nun verschlug es Doris beinahe die Sprache: »Macht man denn so was heute noch?« Sie bekam ihren Mund kaum zu.
»Aber ja, immer öfter. Der Arzt hat mir schon lange dazu geraten. Aber ich hatte meine Bedenken.«
»Verständlich...«, stammelte die Assistentin: »Das hat ja auch so etwas Endgültiges.«
Dem konnte Frinton nur zustimmen. »Jedenfalls bin ich froh, dass man nun wieder ganz in Ruhe durch den Park ge-

hen kann, ohne an jedem Weibchen schnüffeln zu müssen.«
Fast hätte sich Doris Cooper bei dieser Antwort verschluckt. Während die junge Frau immer ratloser aussah, konnten sich Henry King und Laurence Hill das Lachen nur schwer verkneifen.
Miss Cooper nahm all ihren Mut für eine letzte Frage zusammen: »War der Trieb denn so stark?«
Freddie winkte ab. »Und ob, manchmal hatte ich einen richtig steifen...«
»Mr. Frinton!«, unterbrach die Assistentin ihn schroff.
»Arm! Vom Ziehen an der Hundeleine«, vervollständigte der Schauspieler seinen Satz. Warum echauffierte sich die Regieassistentin so sehr?
»Nun reicht's aber, Doris. Lassen Sie den armen Freddie erst mal zu sich kommen«, setzte der Chef dem merkwürdigen Gespräch endlich ein Ende. Nicht unamüsiert war auch er der Unterhaltung gefolgt, dachte Miss Cooper doch tatsächlich, dass Frinton soeben von seiner eigenen ärztlichen Behandlung gesprochen hatte.
»Schon gut, Eddie. Am besten fangen wir gleich mit der Probe an, dann komme ich auf andere Gedanken.« Sogleich wandte er sich wieder seinem Requisitenkoffer zu. Nachdem er jede Menge Zeitungspapier aus dem Gepäckstück entfernt hatte, förderte der Schauspieler sechs silberne Becher zutage, die für die Aufführung unerlässlich waren. Fünf der Trinkgefäße waren für die Gäste und Miss Sophie bestimmt. Der sechste Becher stand als Blumenvase in der Mitte der festlichen Tafel. Während Freddie die Silberbecher mit einem weichen Tuch polierte, das er ebenfalls seinem Koffer entnommen hatte, atmete der Theaterdirektor tief ein. Es half alles nichts, Taylor musste umgehend mit seinem Hauptdarsteller über die Umbesetzung sprechen, am besten so schnell wie möglich, bevor May Warden aus ihrer Garderobe zurückkehrte. Aus diesem Grund nahm der Re-

gisseur Frinton beiseite und ging mit ihm zum rechten Bühnenportal.

»Gute Idee, Freddie, aber bevor wir anfangen, muss ich noch eine Kleinigkeit mit dir besprechen.« Er versuchte so unbekümmert und gelassen wie möglich zu klingen. Zwar standen sie inzwischen am äußersten Rand der Bühne, aber irgendwie hielten sich für Taylor immer noch zu viele Menschen in der Nähe auf. Darum drehte er sich zu den Kollegen um. »Henry und Laurence, zieht euch schon mal für die Probe um!« Entgeistert sah King seinen Chef an:

»Ich soll im Kostüm probieren? Ohne mich. Dann ist ja schon vor der ersten Vorstellung alles durchgeschwitzt. Du weißt doch, wie sehr ich auf der Bühne immer transpiriere.« Edward ließ nicht locker. »Henry, bitte, zieh dir wenigstens das Jackett vom Kostüm über.« Es war ihm egal, was der Möchtegern-Caruso während der Probe trug, Hauptsache er verschwand endlich von der Bühne.

Laurence Hill verstand die Abneigung seines Kollegen nicht: »Ich find's toll. Im Kostüm bewegt man sich gleich ganz anders.«

»Das kennt Henry nicht«, sagte Taylor süffisant: »Sänger bewegen sich auf der Bühne nicht.«

Das konnte King unmöglich auf sich sitzen lassen. »Deine kleinen Sticheleien kannst du dir sparen, Edward, ich kann nichts dafür, dass ich bei dem Sketch die ganze Zeit am Tisch sitze. Beschwer dich bei Lauri Wylie. Das ist der Autor.«

»Kommen Sie schon«, versuchte Hill seinen aufgebrachten Kollegen zu besänftigen und nahm ihn beruhigend bei den Schultern, was Henry sichtlich genoss.

Augenblicklich gab er klein bei. »Wenn es dich glücklich macht, ziehe ich mir gerne das Kostüm über.«

»Danke, ganz lieb«, antwortete sein Chef, der endlich ungestört das Gespräch mit seinem Hauptdarsteller fortsetzen wollte.

»Immer wieder gerne«, erwiderte King flötend und ließ sich bereitwillig von Laurence hinter die Kulissen führen.

Taylor atmete schnell noch mal durch. Es half alles nichts, unangenehme Dinge erledigte man am besten, indem man sie umgehend hinter sich brachte. Sofort wandte er sich wieder Freddie zu, immer noch um einen harmlosen Tonfall bemüht: »Weißt du, wir mussten leider eine kleine Umbesetzung vornehmen.« Sein breites Lächeln sollte Frinton zeigen, wie unwichtig die ganze Angelegenheit eigentlich war, und es schien zu wirken.

»Das ist doch kein Problem«, entgegnete der Profi, während er wieder zu seinem Koffer ging, um ihn weiter auszupacken.

»Mein Reden, sonst hätten die morgigen Vorstellungen ausfallen müssen«, setzte Edward nach.

»Bloß nicht, der Tierarzt verlangt ein kleines Vermögen von mir.«

»Das Theater steht auch mit dem Rücken an der Wand«, stieß Taylor ins selbe Horn. Am besten verbrüderte man sich, das war immer gut. Freddie entnahm dem alten Koffer silbernes Besteck für fünf Personen, das er ebenfalls zu polieren begann. Die Messer, Gabeln und Löffel hatte er vor Jahren bei einem Antiquitätenhändler in Weymouth gekauft, ebenso wie die silbernen Becher. An der Ausstattung eines Theaterstückes durfte nicht gespart werden, das war immer schon Frintons Credo. Wie sollte er glaubhaft den Butler der adeligen Miss Sophie spielen, wenn das Publikum merkte, dass es sich bei dem Geschirr und Besteck lediglich um billige Versionen aus Blech handelte? Dann konnte man sich als Schauspieler noch so sehr ins Zeug legen, die Zuschauer glaubten einem nicht. Deshalb hatte Freddie für den Sketch auch Geschirr aus der Porzellanmanufaktur *Royal Worcester* gekauft, bei der es sich immerhin um einen Hoflieferanten der königlichen Familie handelte. Vorsichtig packte er die Teller mit dem feinen Muster aus, die ebenfalls üppig in Zeitungspapier eingewickelt waren. Taylor sah seinem Schauspieler dabei zu, wie er routiniert den Tisch deckte. Frinton ließ sich bei seinen Handlungen nicht stören. Jeder Handgriff saß, sodass der Komiker eher an einen Priester erinnerte, der alles für die Feier des Gottesdienstes vorbereitete. Es bestand kein Zweifel, aber Freddie liebte das Theater ebenso sehr wie Edward, da war sich dieser sicher. Hoffentlich ließ der Schauspieler keinen seiner teuren Teller fallen, wenn er erfuhr, mit wem er zusammen auf der Bühne stehen sollte.

»Eine Umbesetzung werden wir schon hinkriegen«, setzte Frinton das Gespräch fort, während er begann, die Silberbecher auf dem Tisch zu verteilen.

»Es freut mich, dass du so professionell mit der Situation umgehst. Kann ich dir irgendwie helfen?«, versuchte Taylor weiterhin für eine ungezwungene Atmosphäre zu sorgen.

»Nein, danke, ich weiß am besten, wo alles stehen muss«, entgegnete Freddie, während er auch die Teller peinlichst genau platzierte. »Wer ist denn ausgefallen?«, wollte er wissen.

»Betty«, antwortete der Theaterdirektor so beiläufig er konnte.

»Betty Rogers?«, nun unterbrach der Schauspieler seine Arbeit und sah seinen Chef an.

»Genau, Betty Rogers«, wiederholte Taylor so leichtfertig wie möglich. »Das heißt, wir bekommen eine neue Miss Sophie?«, fragte Frinton lauernd.

»Du sagst es.« Taylor war auf alles gefasst. Nur darauf nicht. Freddie tat einen Luftsprung. »Yes«, stieß er mehr als erfreut aus. »Jede ist besser als die!«

Mit dieser Reaktion hatte Edward nicht gerechnet, sodass er sich etwas entspannte.

»Du kannst dir gar nicht vorstellen, was für eine Freude mir

deine Nachricht bereitet.« Wer hätte das gedacht? Freddie kam auf seinen Chef zu und umarmte ihn.
Der Regisseur war auf dem richtigen Weg, bis plötzlich May Warden auf die Bühne gestürmt kam. Dem alten Theaterhasen wurde für einen Moment lang schwarz vor Augen.
»Mr. Taylor! Ist das Ihr Ernst? Die Garderobe ist eine Zumutung! Gypsy und ich können da unmöglich bleiben. Wir holen uns sonst noch eine Staublunge. Und überall wimmelt es von Spinnen. Ich bin Schauspielerin, kein Arachnologe.« Wenn die Diva einmal in Fahrt war, war sie nicht mehr zu bremsen, das musste man ihr lassen. Nun erst sah May ihren Exmann, der sich inzwischen wie in Trance aus der Umarmung mit dem Direktor gelöst hatte. Er sah auf einmal wirklich todkrank aus, sodass die Schauspielerin sofort sanftere Töne anschlug.
»Oh, Freddie, schön dich zu sehen. Entschuldige bitte, ich wollte hier keine Szene machen. Das sind ja alles keine wirklichen Probleme, nicht wahr?« Fast schämte sie sich dafür, einen Sterbenden mit ihren Nichtigkeiten zu belästigen. Die Diva wartete auf eine Antwort ihres Exmannes, doch dieser bekam keinen Ton heraus, so sehr hatte ihn die überraschende Ankunft seiner Exfrau durcheinander gebracht, was May noch mehr verunsicherte. Er sah wirklich schrecklich krank und mitgenommen aus. Sie musste jetzt stark sein. »Du brauchst nichts zu sagen. Schone deine Kräfte lieber für die Probe«, säuselte sie voller Mitgefühl. Dann wandte sie sich an Taylor. »Wann fangen wir an?«
»In ein paar Minuten«, antwortete der Angesprochene so positiv wie möglich.
»Wunderbar. Kindchen, geben Sie mir doch eben schnell einen Lappen, dann putze ich in meiner Garderobe. Was Marlene Dietrich kann, kann ich schon lange.«
Ohne eine Antwort der Assistentin abzuwarten, die die ganze Zeit lang das Treiben vom Rand der Bühne verfolgt hatte,

machte May Warden auf dem Absatz kehrt und rauschte von der Bühne. Freddie Frinton stand noch immer sprachlos am Tisch. Dann drehte er sich langsam zu Taylor. Man sah, dass er innerlich bebte.

Fünftes Kapitel

Der Komiker sah alles andere als komisch aus. »Eddie...!?«, stieß er schließlich bedrohlich hervor.
»Ja?«, entgegnete dieser, ohne zu wissen, wie das Gespräch weiter verlaufen sollte.
»Hast du mir irgendetwas zu sagen?«
Peinliche Stille machte sich auf der Bühne breit.
»May Warden wird morgen die Rolle der Miss Sophie spielen«, antwortete Edward Taylor schließlich kleinlaut, während seine Hände eine entschuldigende Geste der Verlegenheit versuchten. Dem Theaterleiter versagte fast die Stimme, und das war diesmal nicht gespielt. Er war mit seinem Latein am Ende. Etwas Besseres als die Wahrheit fiel ihm nicht mehr ein.
Augenblicklich wurde Frinton zum Vesuv, an dessen Brodeln sich die Neapolitaner in mehr als zweitausend Jahren zwar gewöhnt hatten, aber dessen Ausbruch nicht zu ignorieren war. Die Eruption stand unmittelbar bevor, und Taylor kam sich vor wie einer der Römer vor zweitausend Jahren in Pompeji, der ahnte, dass sein letztes Stündlein geschlagen hatte.
»Vergiss es! Im Leben nicht! Keine zehn Pferde kriegen mich zusammen mit dieser Frau noch mal auf eine Bühne!«
Der Ausbruch des Schauspielers war kurz, aber heftig gewesen. Um seinen Worten Nachdruck zu verleihen, nahm er die Becher vom Tisch und wollte sie zurück in seinen Koffer packen. Für den Komiker waren die Silvester-Vorstellungen hiermit gestorben. Verdammt, schlechter hätte es kaum laufen können, dachte Taylor. Er musste unbedingt Zeit gewinnen.
»Freddie, nun beruhig dich wieder!« Er nahm dem Schauspieler vorsichtig die Becher aus der Hand und stellte sie zu-

rück auf den Tisch. Immerhin waren sie erwachsene Menschen, und die konnten doch über alles reden. Prinzipiell stimmte Frinton seinem Chef zu, aber bei May Warden sah der Fall anders aus. Das Biest war einfach unberechenbar.
»Übertreibst du nicht ein bisschen?«, versuchte Taylor die Wogen zu glätten. Über diese Frage konnte Freddie nur höhnisch lachen.
»Ich untertreibe eher. Hast du nicht gemerkt, wie zuckersüß sie eben zu mir war?«
»Allerdings«, versuchte der Regisseur es weiter auf die sanfte Tour: »Sie war sogar ausgesprochen nett zu dir. Überhaupt kein Biest.« Er musste seinen Hauptdarsteller unbedingt bei der Stange halten. Solange er das Theater nicht verließ, gab es noch ein Fünkchen Hoffnung. Aber der Komiker war eine harte Nuss, die nicht so leicht zu knacken war.
»Alles Heuchelei. Ich weiß nur noch nicht, was sie vorhat.« Frinton ließ nicht mit sich reden.
»Gar nichts, das versichere ich dir. Du siehst Gespenster. Sie will unsere Vorstellungen retten. Das ist doch sehr nett von ihr«, wagte der Direktor einen erneuten Vorstoß. Freddie glaubte kein Wort davon. Deshalb wollte er es ganz genau wissen. »Hast du ihr von Anfang an gesagt, dass ich mitspielen werde?«
Es half alles nichts, Edward musste weiter lügen.
»Natürlich. Ich verheimliche doch nichts.«
Frinton zögerte kurz. »Und trotzdem hat sie die Rolle angenommen?« Taylor zog als Beweis die zusammengefaltete Vereinbarung aus der Innentasche seines Jacketts und zeigte sie seinem verblüfften Gegenüber. »Hier ist der unterschriebene Vertrag« sagte er, nicht ohne Stolz in seiner Stimme. »Wenn Du mich fragst, freut sich deine Exfrau sogar auf eure Zusammenarbeit, nach all den Jahren.«
Freddie lachte erneut verständnislos.

»Menschen ändern sich im Laufe ihres Lebens«, versuchte Taylor dem Gespräch eine positive Wendung zu geben.
Der Schauspieler begriff nicht, wie ein gestandener Theaterdirektor so naiv sein konnte. »Menschen ja, DIE nicht.« Damit war das Thema für ihn erledigt. »Tut mir leid, Eddie, du wirst dir auch noch einen neuen Hauptdarsteller suchen müssen.« Und schon begann er erneut damit, die bereits ausgepackten Requisiten wieder in seinem Koffer zu verstauen. Diesmal nahm sein Chef ihm die Becher nicht wieder aus der Hand. Stattdessen versuchte er ein letztes Mal an die Vernunft des Kollegen zu appellieren.
»Fünf Vorstellungen an nur einem Tag. Mensch, denk an die Gage.« Wenn Argumente nicht mehr weiterhalfen, so erinnerte Taylor unentschlossene Verhandlungspartner manchmal etwas plump an das vereinbarte Geld, eine Taktik, die ihn schon oft weitergebracht hatte, wenn künstlerische Rechtfertigungen versagten. Aber dieses Mal schien alles anders zu sein.
»Glaub mir, Eddie, das tue ich, und mir blutet das Herz. Aber ich muss auch an meine Lebenszeit denken. Die kannst du nicht bezahlen.« Der Schauspieler war wirklich ein harter Brocken. Edward verstand die Welt nicht mehr, immerhin ging es, inklusive der Proben, um nur zwei Tage. Aber das waren für Freddie gefühlte drei zu viel. Konzentriert packte er sein Geschirr wieder in das gebrauchte Zeitungspapier ein und legte alles wohlgeordnet in seinen Koffer zurück. Jedes Requisit hatte dort seit Jahren einen festen Platz, das verdeutlichten die vielen Dellen im Deckel des alten Gepäckstücks anschaulich. Taylor musste unbedingt noch ein überzeugenderes Argument einfallen, sonst saß sein Hauptdarsteller im nächsten Zug nach London. Bloß, was sollte er sich noch ausdenken? Dem gewieften Theaterprofi fiel einfach nichts mehr ein, so sehr er sich auch den Kopf zermarterte. Freddie war inzwischen schon damit beschäftigt,

die letzten Teile des Bestecks einzupacken. Plötzlich hatte Edward eine Idee, wenn man den Gedanken denn so nennen konnte. In jedem Fall klammerte er sich an den Einfall wie ein Ertrinkender an den sprichwörtlichen Strohhalm.
»Hast du schon mal darüber nachgedacht, dass May Warden deine Absage unter Umständen äußerst gelegen kommen könnte?«, begann er seine vorerst letzte Schwindelei ganz nebenbei.
»Was meinst du damit?«, erkundigte Frinton sich. Er schien den Köder tatsächlich geschluckt zu haben. Nun holte Taylor die Leine ein, was natürlich so behutsam wie möglich geschehen musste, damit ihm der Fang nicht wieder vom Haken entwich. Zum Glück hatte er als kleiner Junge bei seinem Großvater auf der Isle of Wight das Fischen gelernt. Vorsichtig begann er mit dem Aufwickeln der Angelschnur:
»Na ja, kurz nachdem deine Exfrau den Vertrag bei mir unterschrieben hatte, kam ein Anruf für sie.«
»Von wem?«, wollte Freddie unumwunden wissen, was genau die richtige Frage war.
»Von der BBC«, schoss es aus Edward heraus, und dann fügte er sogleich hinzu: »Der Sender wollte sie kurzfristig für die große Silvester-Gala im Fernsehen verpflichten.« Gab sich der Komiker mit dieser Antwort zufrieden? Normalerweise überschlugen sich Schauspieler regelrecht, wenn sie das Wort *Fernsehen* auch nur aus der Ferne hörten. Die meisten von ihnen ließen dann alles stehen und liegen, nur um es einmal in die Flimmerkiste zu schaffen. Freddie schien da keine Ausnahme zu sein, jedenfalls schaute er seinen Chef aufmerksam an, weshalb dieser hinzufügte: »Denen ist auch jemand ausgefallen. Deswegen wollen sie jetzt deine Exfrau engagieren.« Dabei versuchte Edward so unschuldig wie möglich auszusehen, während sein Herz wie wild pochte. Langsam schien Freddie zu begreifen, jedenfalls wandelte sich die Skepsis in seinem Blick hin zu einem

verschlagenen Grinsen. Er rieb sich die Hände.

»Eddie, das hast du fabelhaft gemacht!«, fügte er freudig erregt hinzu. »Wahrscheinlich war deine Exfrau eben deshalb so zuckersüß zu dir«, spann Taylor die Geschichte weiter. »Wenn du uns jetzt im Stich lassen würdest, müsste ich die Vorstellungen hier absagen, und May Warden könnte bei der BBC-Gala auftreten. Einen größeren Gefallen könntest du ihr kaum machen.«

»Ja, das hätte sie wohl gern, das kann ich mir vorstellen.« Allerdings genügte dem Direktor Frintons Empörung nicht. Er musste unbedingt einen Schritt weitergehen. »Unter Umständen würde sie sogar vor laufenden Kameras erzählen, dass DU die Aufführungen bei uns geschmissen hast.« Der Komiker war sprachlos. Das sah ihr ähnlich, diesem hinterhältigen Aas. Aber um Freddie Frinton hinters Licht zu führen, musste man früher aufstehen. Zum Glück hatte Taylor ihm die Augen geöffnet. Es ging eben nichts über wahre Männerfreundschaften, das wusste er nicht erst seit seiner Scheidung. Freddie nahm in aller Ruhe die Requisiten wieder aus seinem Koffer heraus und wickelte sie ganz selbstverständlich aus dem Zeitungspapier aus. Taylor glaubte seinen Augen nicht zu trauen. Sollte das tatsächlich bedeuten, dass sein alter Weggefährte nicht abreisen wollte? Er konnte sein Glück kaum fassen. Gleichzeitig wagte er es jedoch nicht, Freddie konkret danach zu fragen. Stattdessen half er stumm beim Auspacken des Geschirrs. Es gab Situationen im Leben, da bedurfte es nicht vieler Worte. Trotzdem sah der Komiker seinen Chef kurz darauf an und sagte: »Eddie, ich bleibe!«, was dem Angesprochenen Tränen der Rührung in die Augen trieb. Am liebsten hätte Taylor ihn jetzt in den Arm genommen, aber als echtem Briten waren ihm übertriebene Emotionen fremd, schließlich war er kein Franzose oder Italiener. Die umarmten sich bei jeder erstbesten Gelegenheit, aber diesseits des englischen Kanals war das anders, und das war auch gut so. Während sich Taylor noch beim Schicksal dafür bedankte, nicht auf dem Kontinent geboren zu sein, kamen plötzlich Henry King und Laurence Hill zurück auf die Bühne.

»Wir wären dann soweit«, rief der ältere Kollege in die Runde. Die beiden Mimen hatten sich tatsächlich ihre Kostüme übergezogen, das heißt, eigentlich hatte nur der junge Schauspieler die Uniform des Admiral von Schneider angezogen. King hatte sich lediglich in das Sakko von Mr. Pomeroy gezwängt, sodass er kaum noch atmen konnte. Seine Jacke war mindestens zwei Nummern zu klein, das sah jeder. Während Kings Arme leicht abstanden, weil die Nähte unter den Achseln zu eng waren, drehte er sich unruhig von links nach rechts und wieder zurück. »Kann es sein, dass das Sakko in der Zwischenzeit für einen anderen Kollegen enger gemacht wurde?« Mit aller Macht versuchte Henry den mittleren Knopf seiner Jacke zuzuknöpfen. Um jedoch nicht zu riskieren, aus dem Knopf ein unfreiwilliges Geschoss zu machen, sah der Tenor ohne Stimme schließlich von seinem hoffnungslosen Vorhaben ab. Das konnte unmöglich sein Blazer sein. Oder war das Kleidungsstück von der Garderobiere in Brighton vielleicht versehentlich vertauscht worden?

»Kann es sein, dass du in der Zwischenzeit zugenommen hast?«, unterbrach der Theaterdirektor vehement Kings Gedanken. Diese Frage empörte den Tenor ohne Stimme zutiefst. Natürlich konnte es nicht sein, dass er zugenommen hatte. Das war in seinem ganzen Leben noch nicht passiert. Aber mit zunehmendem Alter schrumpfte man doch, das war bekannt. Wahrscheinlich war er inzwischen zu klein für sein Gewicht. Ja, so musste es sein.

»Also mein Kostüm sitzt wie angegossen«, beendete Laurence Hill die unnötige Diskussion. In der schnittigen dunkelblauen Marineuniform mit ihren zahllosen Mes-

singknöpfen und den goldenen Streifen an der äußeren Hosennaht, sah Admiral von Schneider tadellos aus. Um dessen fortgeschrittenem Alter gerecht zu werden, trug der junge Schauspieler eine graue Perücke mit angedeuteter Halbglatze sowie einen Gehstock aus schwarzem Ebenholz mit silbernem Knauf. Unsicher setzte er beim Gehen einen Fuß vor den anderen und hustete ab und zu dabei. Auf eine gewisse Entfernung nahm man Laurence den längst pensionierten Offizier tatsächlich ab, musste Taylor anerkennend feststellen.
Nun wandte sich Freddie Frinton den beiden Schauspielern zu. »Kollegen, ich werde die Rolle spielen!«
»Und was ist mit deiner Exfrau?«, fragte King vorsichtig.
Frinton begann, amüsiert zu lachen: »Keine Angst, May stört mich nicht. Ich bin schließlich Profi.«
Die Erleichterung war Henry King anzusehen, seine Gage war gesichert und damit auch erstmal die Miete seines kleinen Apartments. Besser konnte 1963 für ihn kaum beginnen. Zwar wusste er nicht, wie Taylor dieses Wunder vollbracht hatte, aber das war ihm auch egal. Hauptsache, der Vorhang öffnete sich morgen fünfmal. Übermorgen würde er dann bereits wieder im Überlandbus Richtung Newcastle sitzen und ein neues Radiohörspiel von Agatha Christie vorbereiten, mit welchem er Ende Januar bei der BBC in London live auf Sendung gehen sollte. Das unglaubliche Engagement verdankte der Mime einem alten Kollegen, der inzwischen zum Redaktionsleiter aufgestiegen war und ihn hin und wieder mit einer kleinen Rolle besetzte.
»Wann fangen wir endlich mit der Probe an?«, erkundigte sich Laurence Hill, den die positive Nachricht von Freddie Frinton auch sehr gefreut hatte.
»Umgehend«, erwiderte Taylor mit einem Blick auf seine Taschenuhr. Inzwischen war es fast halb zwölf, und er bekam langsam Hunger. Zum Glück hatte ihm Lily, wie jeden

Morgen, zwei Sandwiches geschmiert. Zielstrebig ging er zur Treppe, die ihn in den Zuschauerraum führte.
»Dann drück mal die Daumen, dass ich in dem Jackett Luft bekomme.« Henry sah in seinem Sakko aus wie eine frisch gestopfte Leberwurst, was Taylor wieder an seinen knurrenden Magen erinnerte.
»Lass den Knopf auf«, war alles, was der Chef auf dem Weg ins Parkett entgegnete. Er war in Gedanken bereits bei seinem Sandwich.
»Danke für den Tipp.« Henry King war mal wieder beleidigt, was sich meist in seinen schnippischen Antworten zeigte. Da Edward Taylor den Schauspieler jedoch lange genug kannte, überhörte er generell dessen Befindlichkeiten. Stattdessen rief er:
»Doris! DORIS!« Wo steckte die Regieassistentin bloß wieder? Immer, wenn man sie brauchte, war sie nicht da. Taylor öffnete seine Aktentasche und entnahm ihr eine alte Lunchbox, die ihm schon im Krieg ein treuer Begleiter gewesen war. Nachdem er den Deckel aufgeklappt hatte, roch er sofort, dass Lily ihm heute sein Lieblingssandwich eingepackt hatte: Thunfisch aus der Dose mit einem Blatt grünem Salat zwischen zwei frischen Scheiben Toastbrot, natürlich ungetoastet, und dazu jede Menge Majonäse, was gab es Schmackhafteres? Genüsslich biss Edward in die Stulle hinein, wobei er aufpasste, dass die Majonäse nicht auf den samtbezogenen Theatersitz tropfte. Dazu gab es, wie jeden Tag, eine kleine Flasche Cola. Henry liebte das süße, schwarze Getränk, sehr zum Leidwesen seiner Frau, über alles. Irgendwann hatte sie aufgehört, ihren Mann von den Vorzügen eines frischen Pfefferminztees überzeugen zu wollen. Wahrscheinlich verbrauchte Edward bei den Proben jede Menge Energie, die er seinem Körper am besten in Form von zuckerhaltiger Limonade wieder zuführte. Zumindest hatte er sich selbst diese Theorie schon vor Jahren zurechtgelegt,

um damit seinen Cola-Konsum zu rechtfertigen. Gerade als er das Fläschchen mit einem Feuerzeug öffnen wollte, kam Doris im Laufschritt auf die Bühne.
»Sie haben mich gerufen, Sir?«, schnaufte die junge Frau außer Atem. »Allerdings«, konterte Taylor mürrisch, irgendwie bekam er den Kronkorken heute nicht ab. »Wo haben Sie schon wieder gesteckt?« »Ich… «, weiter kam Doris nicht.
»Ersparen Sie mir Ihre jämmerlichen Erklärungsversuche. Holen Sie lieber Mrs. Warden. Wir fangen mit der Probe an.« Endlich, der Kronkorken sprang von der Flasche und fiel unter irgendeinen der zahlreichen Sitze in der ersten Reihe, was der Direktor ignorierte. Er nahm einen großen Schluck und genoss ihn, wie immer. Die Regieassistentin nutze die Pause, um schnell von der Bühne zu laufen. »Moment«, schrie Taylor hinter ihr her und verschluckte sich dabei, sodass das kohlensäurehaltige Getränk, anstatt die Kehle hinunter, seine Nase hinauflief. Verdammt. Er prustete und hustete. Nachdem Edward sich geschnäuzt hatte, konnte er endlich fortfahren. »Wo stecken eigentlich Mr. Brown und Mr. Turner?«
»Stimmt«, ergänzte Henry King. »Ohne Sir Toby und Mr. Winterbottom können wir nicht anfangen.«
Doris sah ihren Chef verständnisvoll an. »Mr. Turner hat doch bereits vor Tagen telegrafiert, dass er erst heute Abend zur Probe kommen kann. Seine Maschine aus Toronto ist erst heute, am frühen Morgen, in Heathrow gelandet.«
»Ach ja, richtig. Er war ja auf Tournee in Kanada«, entgegnete Taylor missmutig, die Kohlensäure brannte noch immer in seiner Nase.
»Genau«, sagte Doris in einem Tonfall, der stark an eine Krankenschwester oder Pflegekraft in einem Altenheim erinnerte. Zum Glück bekam Edward Taylor die Sprachfärbung seiner Assistentin nicht mit, zu sehr kreisten seine

Gedanken noch um das leckere Thunfischsandwich.
»Wo Mr. Brown allerdings bleibt, kann ich Ihnen beim besten Willen nicht sagen. Eigentlich müsste er längst hier sein.« Diesmal musste Doris nicht auf eine Antwort ihres Chefs warten. Da niemand wusste, wie lange sich die beiden Streithähne auf der Bühne vertragen würden, wollte Taylor die Gunst der Stunde nutzen und so schnell wie möglich mit der Probe beginnen. Deshalb befahl er, ohne lange nachzudenken: »Doris, bei der Probe lesen Sie den Text von Sir Toby rein.«
Die Assistentin schaute ihren Chef mit großen Augen an. Zwar war es allgemein üblich, dass Regieassistenten bei den Proben fehlende Schauspieler ersetzten, indem sie deren Texte einfach an der passenden Stelle von unten laut hereinlasen, allerdings hatte Doris so etwas noch nie gemacht, und schon gar nicht im Beisein eines echten Stars. Deshalb war sie mehr als perplex.
»Ich?«
»Ja, Sie. Sie können doch lesen?«, war alles, was Taylor auf den dusseligen Kommentar einfiel.
»Ja, ja, aber...«, Doris versuchte irgendwie ihren süßen Kopf aus der Schlinge zu ziehen, was allerdings keinen Zweck hatte.
»Diskutieren Sie nicht mit mir. Haben Sie Mrs. Warden Bescheid gesagt?«
»Nein, Sir, noch nicht.«
»Warum nicht? Wir wollen endlich anfangen.« Langsam, aber sicher schwand die Geduld des Chefs, und er fragte sich, ob es gut gewesen war, eine unerfahrene Regieassistentin einzustellen, die zuvor in einem Schuhgeschäft gearbeitet hatte. Gerade als Doris überlegte, ob sie Mr. Taylor etwas antworten sollte oder ob es doch besser war, sofort von der Bühne abzugehen, mischte sich Laurence Hill ein.
»Lassen Sie nur, Miss Cooper. Ich hole Mrs. Warden schon.

Ich bin ja noch nicht dran.« Selbst in dieser Situation begann der junge Mann wieder mit ihr zu flirten.
»Dankeschön«, war jedoch alles, was die Blondine erwidern konnte. Sie mochte Laurence, so viel stand fest, sah er doch nicht nur sehr gut aus, sondern benahm sich auch wie ein echter Gentleman. Das imponierte der jungen Frau, weil die meisten Männer ihres Alters heutzutage nicht mehr viel von gutem Benehmen hielten. Wahrscheinlich sahen sie zu viele Filme mit Marlon Brando.
Mit großen Schritten lief Laurence von der Bühne ab. Sehnsüchtig sah zwar nicht Doris hinter ihm her, was er sich gewünscht hätte, aber Henry Kings Blick fixierte die Ansicht von Hills durchtrainiertem Po messerscharf, bis dieser um die Ecke des Bühnenbilds verschwunden war. Unweigerlich fiel dem Möchtegern-Caruso Italien ein. Gab es dort nicht die Po-Ebene? Zwar war King nie dort gewesen, aber er stellte es sich einfach paradiesisch vor. Nomen est omen.
»Können wir dann beginnen, Sir?«, fragte Doris inzwischen ganz bei der Sache.
»Wir warten nur auf Sie«, antwortete Taylor, während er ein letztes Mal herzhaft in sein Thunfischsandwich biss und dabei selig an Lily dachte. Ein Teil der Majonäse hatte sich bereits auf seiner Krawatte verteilt, wurde aber sogleich von Edward abgeleckt. Was würde es nachher daheim wohl zum Dinner geben? Vielleicht *Bangers and Mash*? Edward liebte das Gericht, das aus Cumberland-Würstchen auf einem großen Berg Kartoffelbrei bestand, wobei das Highlight eine würzige Zwiebelsoße war, mit der das ganze Essen großzügig übergossen wurde. Als Gemüse aß er dazu am liebsten reichlich grüne Erbsen. Allein wenn er an diesen Gaumenschmaus dachte, lief ihm bereits das Wasser im Mund zusammen.
Doris räusperte sich und sprach dann so deutlich wie möglich. »Bitte alle auf die Bühne, wir fangen jetzt mit der Probe

an.« Zwar rief die Regieassistentin immer noch nicht sehr laut, aber es genügte, um den Chef aus seinen kulinarischen Träumen zu reißen, und fort waren Kartoffelbrei und Würstchen. Zügig verstaute er die Lunchbox und legte die Aluminiumdose neben seine Aktentasche, die auf einem hochgeklappten Sitz in der ersten Reihe stand. Er leckte sich nachlässig die Finger ab und wischte sich mit seinem karierten Taschentuch über den Mund. Anschließend stellte er sich mitten in die erste Reihe, direkt vor den Orchestergaben. Edward hasste Regisseure, die während der gesamten Proben gemütlich auf einem der Plätze im Parkett saßen. Das war nicht sein Ding, dafür war er zu temperamentvoll. Da er in jungen Jahren selbst Schauspieler gewesen war, durchlebte er auch als Regisseur alle Emotionen der Kollegen auf der Bühne unten im Parkett mit. Oft bewegte er sich sogar analog zu den Schauspielern vor der Bühne. Darsteller, die das erste Mal mit dem Direktor arbeiteten, waren oft über seine Energie verwundert oder irritiert, wenn er sogar den entsprechenden Text halblaut von seinem Regieplatz aus mitsprach. Er lebte einfach Theater, dagegen konnte man nichts machen, und da er der Chef des Hauses war, wagte niemand, ihm diese Eigenheiten abzugewöhnen.

In der Zwischenzeit war Doris von der Bühne heruntergestiegen. Zusammen mit ihrem Textbuch, das sie zum Soufflieren benötigte, setzte sie sich in die zweite Reihe. Anfangs hatte sie den Fehler begangen, sich neben Mr. Taylor in die erste Reihe zu setzen, aber diese war dem Regisseur vorbehalten. Und so war sie postwendend in die zweite Reihe verbannt worden. Die Hierarchie am Theater war klar gegliedert.

»Können wir?«, fragte Miss Cooper, so laut es ihre dünne Stimme zuließ, Richtung Bühne.

»Unsere Hauptdarstellerin ist noch gar nicht da«, schnauzte Edward sie an, während er einen letzten Schluck seiner

Cola trank. Wenn er nicht aufpasste, würde er sich jeden Augenblick wieder verschlucken. Deshalb stellte er die Flasche lieber zu Seite.
Doris war auf dem besten Wege, endgültig ihre Nerven zu verlieren: »Aber Sie haben doch gerade zu mir…«, doch weiter kam sie auch diesmal nicht, weil ihr Chef sie sofort unterbrach.
»Ich geb's auf. Freddie geh bitte schon mal auf deine Position.«
»Längst da«, entgegnete dieser, der den Sketch ja im Schlaf beherrschte. Mit einem prüfenden Blick stellte Taylor erfreut fest, dass sein Hauptdarsteller tatsächlich schon am Fuß der Treppe stand und wartete. Er hatte die vornehme Haltung eines Butlers eingenommen, der auf das Eintreffen seiner Herrschaft wartete.
»Deine Exfrau muss gleich hier sein«, rief Edward Freddie zu, der soeben einen prüfenden Blick auf seine Armbanduhr warf. Inzwischen hatte auch Henry King auf seinem Chesterfield-Stuhl an der Tafel Platz genommen. Er saß die ganze Zeit mit dem Gesicht zum Publikum. Auf dieser Position hatte er bestanden. Sollten doch zwei der Kollegen mit dem Rücken zum Zuschauerraum sitzen, er sicher nicht. Wenn er schon nicht besonders viel Text hatte, so wollte er zumindest den ganzen Sketch lang physisch präsent sein. Während man auf die Hauptdarstellerin wartete, fiel Taylor auf, dass die tote Raubkatze noch immer auf der Bühne lag.
»Verflixt, Doris, wann verschwindet das Tigerfell endlich?«, riss er seine Assistentin aus ihren Träumen, die soeben mit Bleistift kleine Herzchen an den Rand ihres Textbuches gemalt hatte. Wahrscheinlich war sie in Gedanken bei Laurence Hill, der seine Wirkung bei ihr offensichtlich nicht verfehlt hatte.
»Entschuldigung! Sofort, Sir!«, versuchte sie sich zu rechtfertigen und sprang von ihrem Platz auf, sodass der Klapp-

sitz nach oben schnellte. Dass ihr dabei das Textbuch vom Schoß fiel, merkte sie gar nicht. Sie musste auf schnellstem Wege auf die Bühne. Freddie Frinton stoppte die junge Frau jedoch noch vor dem Erreichen der ersten Treppenstufe.
»Wieso lassen wir das Fell nicht liegen? Vielleicht kann ich es später in die Handlung einbauen«, sagte der Komiker nun an seinen Regisseur gewandt.
»Kommt nicht in Frage. Nachher stolperst du wirklich, und wir haben noch eine Umbesetzung.« Es kostete den Darsteller eine Menge Überzeugungskraft, aber schließlich stimmte Taylor dem Vorschlag des Mimen zu. Der Tiger blieb auf dem Bühnenboden liegen. Besser gesagt platzierte Freddie ihn augenblicklich auf halbem Weg zwischen Anrichte und Tisch, sodass er als Butler James auf dem Weg zu den Speisen und Getränken unweigerlich darüber stolpern musste. Als er Edward demonstrierte, wie er sich die Aktion vorstellte, konnte dieser sich ein Lachen nicht verkneifen. Zuerst blieb der Butler wie zufällig mit seinem Schuh an dem großen Kopf des Raubtiers hängen, was schon ulkig war. Aber bei jeder Wiederholung dachte sich der Komiker neue Varianten aus. Mal stolperte er so sehr, dass die Überreste von Miss Sophies Hähnchen vom Teller flogen, mal machte er, wie zufällig, ohne hinzugucken, einen großen Schritt über den Tigerkopf, sodass er überhaupt nicht ins Straucheln kam, und ein andermal hüpfte er sogar im Schlusssprung über das Hindernis, was ebenfalls sehr komisch war. In jedem Fall überraschte Frinton immer wieder mit einer neuen, verblüffenden Variante, was die Aktion zum echten *Running Gag* machte. So entstanden zusätzliche Lacher und Pointen oft erst während der Probenarbeit. Taylor war sehr zufrieden mit den Vorschlägen seines Hauptdarstellers. Er wäre auch dumm gewesen, wenn er sie nicht in die Handlung integriert hätte, und da der Regisseur nicht unter einer Profilneurose litt, hatte er kein Problem damit, wenn gute

Einfälle während der Proben nicht von ihm, sondern von einem der Ensemblemitglieder kamen. Letztendlich war es immer eine Teamleistung, das wusste Edward nur zu gut. Inzwischen war auch Laurence Hill zurückgekehrt und amüsierte sich ebenfalls sehr über die Slapstick-Einlage. Er nahm seinen Platz an der Tafel gegenüber von King ein, der nur gelangweilt sein Gesicht verzog. Er hasste es, wenn andere Schauspieler auf der Bühne komischer waren als er, das wusste Taylor nur allzu gut. Aber damit musste Henry in diesem Fall leben. Außer bei Stan & Ollie konnte es in jeder Komödie nur einen Komiker geben, und bei »Der 90. Geburtstag« war das nicht Mr. Pommeroy. Der Neid, der aus Kings Zügen sprach, versicherte dem Regisseur allerdings, dass Freddie die richtige Idee gehabt hatte und sein Stolpern beim Publikum bestens ankommen würde. Hätte Henry darüber gelacht, wäre der Direktor misstrauisch geworden. So war das am Theater, ein Komiker gönnte dem anderen nicht den kleinsten Lacher. Nachdem Frinton ein paarmal über den großen Tigerkopf gestolpert war, erschien May Warden endlich auf dem obersten Treppenabsatz im Bühnenbild. Instinktiv hatte sie für sich den wirkungsvollsten Auftritt gewählt, obwohl nichts davon im Textbuch stand und sie den Sketch nie zuvor gesehen hatte.
»Da bin ich«, sagte die Diva mit gebieterischer Stimme. »Meinetwegen können wir anfangen.« Sie hatte inzwischen ihre extravagante Federkappe abgenommen, sodass ihre grauen Haare zum Vorschein kamen. Deshalb hatte sich die eitle Schauspielerin also für den eigentümlichen Kopfschmuck entschieden, der ihr Haupthaar ganz und gar verdeckte. »Wo ist Freddie? Geht's ihm gut?«, erkundigte sich Mrs. Warden mit einem Blick ins Parkett. Hätte sie einfach die Treppe hinuntergeschaut, hätte sie unweigerlich gesehen, dass ihr Exmann dort bereits auf ihren Auftritt wartete. Handelte es sich dabei um eine Unachtsamkeit, oder war es

wieder ihre natürliche Boshaftigkeit, die May Warden ihren Exmann übersehen ließ? Edward Taylor hatte keine Ahnung, und er wollte auch nicht länger darüber nachdenken. Deshalb antwortete er schnell: »Alles bestens. Freddie steht schon auf seiner Position.«

»Er wartet«, knurrte der Komiker in Richtung seines Regisseurs. Er übersah seine Exfrau jetzt ebenfalls. Auch den missbilligenden Tonfall seines Hauptdarstellers hätte Edward am liebsten überhört, aber dazu war dieser zu eindeutig gewesen. Trotzdem wollte er erst gar keine schlechte Stimmung aufkommen lassen. Bester Laune bat er Freddie noch ein wenig um Geduld und erklärte Mrs. Warden dann, dass sie über die große Treppe schreitend auftreten sollte, sobald sich der Vorhang geöffnet hatte. Das gefiel der Diva. Sie hatte gern den ersten Auftritt, und da ein altes Bühnengesetzt sagte, dass Bewegung stets vor Sprache ging, war sie sich sicher, dass das Publikum zuerst nur sie beachten würde. Anders als beim Film, wo Kameraführung und Schnitt dafür verantwortlich waren, was die Zuschauer zu sehen bekamen, konnte sich das Publikum im Theater frei dafür entscheiden, wohin es seine Blicke schweifen ließ. Deshalb musste man als erfahrener Regisseur und Schauspieler stets darauf achten, wie man unmerklich die Aufmerksamkeit der Zuschauer gewann, möglichst ohne, dass diese es merkten. Am sichersten funktioniert das stets mit Bewegungen, die vom menschlichen Auge stärker wahrgenommen werden als das gesprochene Wort. Wenn man also während einer Aufführung dafür sorgen wollte, dass die Pointe eines Kollegen nicht ihre gewünschte Wirkung erzielte, so musste man sich als missgünstiger Darsteller nur kurz bewegen, bevor der Kollege seine Pointe aussprach. Auf diese Weise hatte man die Aufmerksamkeit des Publikums abgelenkt, und der Lacher verpuffte. Natürlich hätte kein Schauspieler jemals zugegeben, dass er zu solch unlauteren Mitteln griff, da bildete May Warden keine Ausnahme. Umso mehr freute sie sich jetzt über ihren großen Auftritt gleich zu Beginn des Sketches, was sie mit einem wohlwollenden »Wunderbar« zum Ausdruck brachte. Anschließend verschwand sie hinter dem Bühnenbild.

Der Regisseur gab Doris ein Zeichen, die daraufhin aus der zweiten Reihe auf die Bühne rief:

»Ruhe bitte! Wir fangen jetzt mit der Probe an. Vorhang auf! Licht! Bitte!« Unsicher schaute sie zu Mr. Taylor, der jedoch bereits seine ganze Aufmerksamkeit auf die Bühne gerichtet hatte.

Allerdings passierte nichts. Freddie stand am Fuß der Treppe, aber niemand rührte sich. Der Schauspieler warf einen verärgerten Blick zu seinem Regisseur, der auch nicht verstand, warum May Warden ihren Auftritt verzögerte. So gut gelaunt wie möglich rief er:

»Mrs. Warden?«

»Ja?«, die Diva guckte sogleich hoch motiviert um die Ecke des Bühnenbildes.

»Wenn der Vorhang offen ist, tritt der Butler auf und begibt sich zur Treppe. Sobald er dort angekommen ist, treten Sie bitte auf«, erklärte Taylor der Schauspielerin nochmals, was diese mit einem motivierten »Okay« zur Kenntnis nahm. Sofort verschwand sie wieder hinter der Kulisse.

»Wir wiederholen das noch mal«, rief Taylor für alle hörbar.

»Soll ich den Gang noch mal machen?«, erkundigte sich Freddie, dem offenbar jede Bewegung zu viel war.

»Nein, nur die letzten Schritte. Also, bitte!«, antwortete Taylor, der jegliche Diskussion vermeiden wollte. Frinton machte demonstrativ ein paar Schritte auf der Stelle. Dazu setzte er ein besonders gelangweiltes Gesicht auf. Ein paar Sekunden verstrichen, wieder passierte nichts.

»Mrs. Warden?«, klang es nun schon etwas lauter aus der ersten Reihe, aber immer noch betont freundlich.

»Ja«, kam erneut als Antwort der Diva, die abermals wie ein kleines Springteufelchen um die Ecke schaute.
»Das wäre Ihr Auftritt gewesen.« Nun verlor auch der Regisseur langsam die Geduld, was er sich jedoch auf keinen Fall anmerken lassen wollte. May Warden war perplex.
»Ach so!? Woher soll ich das wissen? Es gibt ja kein Stichwort. Wie soll ich das timen?«
Frinton verdrehte die Augen, sodass sie fast herausquollen.
»Könnte Freddie nicht mit seinem Fuß gegen die Treppe treten? Dann weiß ich wenigstens, wann ich auftreten muss.«
Noch bevor Taylor etwas erwidern konnte, mischte ihr Exmann sich ein. »Wie blöd ist das denn? Ich soll mit meinem Fuß gegen die Treppe treten, damit du weißt, wann du auftreten musst?« Mit einer Handbewegung und einem verständnisvollen Blick brachte der Regisseur seinen Hauptdarsteller zum Schweigen. Er hatte eine bessere Idee. Auf dem Kaminsims stand ein kleiner Gong, warum sollte der Butler diesen nicht zu Beginn des Sketches schlagen? Dann hatte Miss Sophie ein eindeutiges Signal für ihren Auftritt, und außerdem war es durchaus üblich, dass man so in feinen Kreisen zum Dinner läutete oder in diesem Fall gongte. Dann konnte jedenfalls nichts schiefgehen. May Warden war augenblicklich von dem Einfall begeistert. Nur Freddie sperrte sich, schließlich hatte er bei mehr als eintausend Vorstellungen dieses Sketches noch nie einen Gong geschlagen, und trotzdem war Betty Rogers immer pünktlich zu ihrem Auftritt am oberen Ende der Treppe erschienen. Taylor setzte den Widerworten seines Hauptdarstellers ein Ende. Er bestand darauf, dass der Gong geschlagen wurde und damit basta. Solche Petitessen hielten nur unnötig auf.
»Wir machen weiter ab Ihrem Auftritt, Mrs. Warden. Freddie, du bist gerade an der Treppe angekommen«, setzte Edward sich vehement durch.
»Schon vor Stunden«, antwortete Frinton verschnupft.

»Und Auftritt! Doris macht den Gong«. Taylor war jetzt ganz in seinem Element.
»Gong!«, rief die Regieassistentin zaghaft aus der zweiten Reihe.
»Ich gonge aber zweimal«, konnte sich Freddie eine Antwort nicht verkneifen.
»Gong, Gong!«, schlussfolgerte Doris ganz richtig daraus. Augenblicklich trat May Warden in der Rolle der Miss Sophie auf und trällerte dabei fröhlich den Refrain des Schlagers »Tea for two« aus dem gleichnamigen Filmmusical, mit dem Doris Day vor Jahren großen Erfolg gefeiert hatte. Beschwingt kam sie ein paar Stufen herunter. Offensichtlich war sie bester Laune, aber sie spielte ja auch eine Lady, die auf dem Weg zu ihrer Geburtstagsfeier war. Warum sollte sie da nicht singen?
»Was wird das, wenn es fertig ist?«, unterbrach Frinton den Auftritt seiner Exfrau.
»Ich trete auf, das siehst du doch«, antwortete diese lapidar, während sie ihr angebotenes Spiel unterbrach.
»Und warum singst du dabei? War das deine Idee, Edward?« Frinton kam jetzt richtig in Fahrt. Schnell verneinte der Regisseur die Frage. Er wollte weiterproben, doch da hatte er die Rechnung ohne seinen Hauptdarsteller gemacht. Lauthals führte dieser aus, dass Miss Sophie noch nie gesungen habe, da es sich bei »Der 90. Geburtstag« ja nicht um ein Musical handele. Diese Provokation konnte May Warden natürlich nicht unkommentiert im Raum stehen lassen, sodass es unweigerlich zu einer Auseinandersetzung der beiden Mimen kam. Wenn das so weiterging, würde keiner der Anwesenden auch nur die erste Probe überstehen, dachte Taylor, immerhin befanden sie sich erst am Beginn des Sketches, und bereits morgen sollten die Aufführungen stattfinden. Er musste eingreifen, wenn es weitergehen sollte. »Sie singen wirklich zauberhaft«, flötete er an May

Warden gewandt. »Aber wir wollen doch nicht gleich zu Beginn das ganze Pulver verschießen. Treten Sie einfach auf, und kommen Sie die Treppe herunter. Der stumme Gang ist wirkungsvoll genug«.

»Meinetwegen, wenn Sie es so haben wollen, kann ich das natürlich so machen«, entgegnete die Diva.

Edward Taylor hielt nun nichts mehr in der ersten Reihe. Zügigen Schrittes eilte er auf die Bühne, wobei seine Krawatte im Takt wippte und so den Majonäsefleck besonders zur Geltung kommen ließ. May Warden schaute sich hilfesuchend um.

»Und wo gehe ich hin, nachdem ich die Treppe mucksmäuschenstill heruntergekommen bin?«

»Meine Güte, guck doch ins Buch, da steht alles drin«, zischte Freddie durch die Zähne, was der Adressatin glücklicherweise entging. Edward deutete auf den großen Stuhl am Kopfende der Tafel.

»Sie kommen bitte hier bis zu diesem Platz«, verdeutlichte er seine Anweisung. Man musste kein Regisseur sein, um zu sehen, dass der Diva der Einfall wenig zusagte. Sie wäre lieber vorne an der Rampe entlanggelaufen und mindestens bis zur Bühnenmitte gekommen, damit jeder der Zuschauer eine Chance hatte, ihr Kostüm zu bewundern. Sich sofort nach Erreichen der untersten Treppenstufe hinzusetzen, war alles andere als wirkungsvoll, das wusste May Warden aus jahrelanger Erfahrung. Während seine Exfrau mit dem Regisseur für ihren Auftritt um jeden Meter feilschte, verlor Freddie Frinton langsam, aber sicher die Nerven. Obwohl sie sich jahrelang nicht gesehen hatten, erinnerte er sich noch allzu gut an das zickige Verhalten seiner Exfrau. Er hatte vorhergesehen, dass die Proben genauso verlaufen würden. Dabei hatten sie noch gar nicht richtig angefangen. Freddie versuchte wirklich, sich nicht einzumischen, aber Edward Taylor war viel zu nachsichtig. Wenn der Regisseur

nicht endlich ein Machtwort sprach, würden sie vor lauter Diskussionen nie richtig zum Proben kommen.
Was machte King denn da mit seinem Kopf an der Tischkante? Zuerst dachte Frinton, dass sein Kollege inzwischen eingeschlafen war, wer hätte es ihm in dieser Situation verübeln können. Aber dann erkannte der Komiker, dass der Tenor ohne Stimme sich extra versteckte, um heimlich einen ordentlichen Schluck aus seinem Flachmann zu nehmen, den er anschließend, so unauffällig wie möglich, unter der weißen Stoffserviette auf dem Tisch verschwinden ließ. Der Schauspieler trank also immer noch, stellte Freddie resigniert fest, aber warum hätte er auch damit aufhören sollen? In kaum einer Branche gab es so viele Alkoholiker wie am Theater. Wahrscheinlich lag es an dem permanenten Druck zu versagen, irgendwie musste man das Lampenfieber vor einer Vorstellung ja unter Kontrolle bekommen. Oder es hatte etwas mit der Einsamkeit zu tun, führten neue Engagements die Schauspieler doch immer wieder an bislang unbekannte Theater und in fremde Städte. Dort probte man dann zwar für ein paar Wochen, aber spätestens nach der Premiere hatte man tagsüber frei und wartete nur noch auf den Beginn der abendlichen Aufführung. Irgendwie musste man also tagsüber die Zeit totschlagen. Da konnte es schon passieren, dass Alkohol zu einem verlässlichen Freund wurde. Abends nach der Vorstellung verhielt es sich dann ganz ähnlich. Wenn normale Menschen vor Müdigkeit ins Bett fielen, endete für Theaterleute gerade der Arbeitstag. Also ging man entweder mit den Kollegen in den nächsten Pub, um die Einsamkeit noch ein wenig aufzuschieben, oder verkroch sich in seinem möblierten Zimmerchen, das während des Aufenthalts in einer fremden Stadt zwangsläufig zum Heim auf Zeit geworden war, ohne natürlich jemals ein wirkliches Zuhause zu sein. Dann war die Realität mit Alkohol oft besser zu ertragen als ohne, das wusste Frinton

nur zu gut. Auch er hatte als junger Mann gerne und oft zu tief ins Glas geblickt, aber diese Zeiten lagen glücklicherweise Jahrzehnte hinter ihm. Nicht zuletzt deshalb hatte er sich irgendwann einen Hund angeschafft. Den konnte man zu jedem Engagement mitnehmen, und selbst auf Tournee war für das Tier ein Platz im Autobus. Der Vierbeiner sorgte dafür, dass man sich disziplinierte, denn schließlich musste so ein Tier mindestens dreimal am Tag vor die Tür. Da war es unmöglich, bis mittags im Bett liegen zu bleiben, um seinen Rausch auszuschlafen. Mit einem Hund musste Herrchen bei Wind und Wetter Gassi gehen, und auch nach der Vorstellung konnte Freddie nicht in irgendeiner Kneipe versacken, weil er zu Hause bereits winselnd erwartet wurde. Frinton wandte sich wieder der Probe zu, obwohl man davon eigentlich noch gar nicht sprechen konnte. Noch immer diskutierte May Warden mit Regisseur Taylor über ihren ersten Auftritt.

Ihr Exmann holte tief Luft. Nein, er wollte sich nicht einmischen, das hatte er sich fest vorgenommen. Aber es half alles nichts, er konnte einfach nicht anders. Freddie musste die angestaute Wut loswerden, sonst platzte er noch.

»Ich werd' verrückt. Was willst du in der Mitte der Bühne, May?« Entschlossen rannte der Komiker zum Sitzplatz am Ende des Tisches und rüttelte demonstrativ an dem imposanten Stuhl.

»Dein Platz ist hier, am Kopfende der Tafel. Du bist die Gastgeberin. Nachdem du die Treppe heruntergekommen bist, rücke ich den Stuhl zurecht, du setzt dich hin, und dann schiebe ich dich an den Tisch. So war es, und so bleibt es. Bums! Aus!«

Hatte sich tatsächlich Schaum vor seinem Mund gebildet? Edward Taylor versuchte, den Schauspieler zu beruhigen, der sich während seines kurzen Monologes völlig in Rage geredet hatte.

Nur May Warden war inzwischen wieder die Ruhe in Person. Man sah ihr an, dass sie sich um ihren Exmann sorgte, sie wollte sich auf keinen Fall erneut von ihm provozieren lassen. Nach dem, was Taylor ihr vor Beginn der Probe anvertraut hatte, musste sie damit rechnen, dass Freddie jeden Augenblick zusammenbrach, und dafür wollte sie nicht verantwortlich sein. Ehrlich besorgt erkundigte sie sich bei ihrem Exmann, warum er so nervös war.

Nun platzte ihm endgültig der Kragen. »Ich bin nicht nervös«, schrie er sie an, worauf er sich sogleich wieder zur Ruhe zwang. Bestimmt waren die Nebenwirkungen seiner zahlreichen Medikamente schuld an den unerwarteten Wutanfällen, da war sich die Diva sicher. Sie kannte ein solches Verhalten nur zu gut von ihrer Katze Gipsy, die auch immer unberechenbar war, wenn sie vom Tierarzt irgendein Medikament verordnet bekommen hatte. Insofern konnte sie Freddie in diesem Fall gar nicht böse sein, sondern lächelte ihn nur milde an, was diesen abermals provozierte. Er konnte einfach nicht an sich halten.

»Hör zu, wir haben diesen Sketch bereits mehr als eintausendmal gespielt, und immer war er fabelhaft. Wenn du alles neu machen willst, schreib ein eigenes Stück. Aber ich bezweifle, dass es so gut sein wird wie dieser Sketch.«

Während seines erneuten Monologes war Freddie Frinton im Gesicht puterrot angelaufen, sodass seine Halsschlagader sichtbar wurde. May Warden durfte nichts mehr riskieren, dessen war sie sich bewusst, obwohl ihr selbstverständlich diverse Gegenargumente auf der Zunge lagen. Stattdessen erwiderte sie in aller Seelenruhe:

»Meinetwegen, also alles wie gehabt.«

Frinton sah sie sprachlos an. Was war das jetzt schon wieder für ein Trick von seiner Exfrau?

»Dankeschön«, schaltete sich Taylor ebenfalls ein.

Nur Henry King und Laurence Hill interessierten sich wenig

für die Auseinandersetzung, hatten die beiden doch in der Zwischenzeit ein Kartenspiel herausgeholt, um sich so die Zeit zu vertreiben. Gin Rommé eignete sich dafür besonders gut, da man es nur zu zweit spielte und eine Partie in keinem Fall länger als fünfzehn Minuten dauerte. Insofern war es auch der perfekte Zeitvertreib für die zwanzigminütige Pause während eines Theaterstückes. Nicht zuletzt deshalb hatte Laurence Hill stets die nötigen zweiundfünfzig Blatt bei sich, war das Kartenspiel, neben dem Flirten, doch seine zweite Leidenschaft.
Henry hatte einer Partie sofort zugestimmt, wusste er doch durch seine jahrzehntelange Erfahrung am Theater, dass man sich am besten niemals in Streitigkeiten zwischen Kollegen einmischte, solange man nicht persönlich davon betroffen war. Zwar fehlte Laurence Hill diese Berufserfahrung noch, aber instinktiv hielt er sich auch heraus. Momentan hatte er sowieso nur Augen für Doris, die das Geschehen schüchtern aus der zweiten Reihe verfolgte und deshalb nicht merkte, dass der junge Kollege schon während der ganzen Zeit versuchte, mit ihr Blickkontakt aufzunehmen.
May Warden ging wieder die Treppe im Bühnenbild hinauf. Oben angekommen sagte sie:
»Ich komme also die Treppe herunter und gehe zum Stuhl.«
»Gong, Gong!«, rief Doris schnell dazwischen, wollte sie doch keinen Fehler begehen.
Professionell stieg Freddie in die Probe ein: »Guten Abend, Miss Sophie, guten Abend!« Es war erstaunlich, wie schnell der Schauspieler zum Butler James wurde. Obwohl er seine graue Perücke noch nicht trug und auch noch kein Kostüm anhatte, schlüpfte er perfekt in den Charakter des gealterten Hausdieners, der das ganze Leben bei seiner Herrschaft verbracht hatte. Frinton strahlte perfekt eine Mischung aus herablassender Arroganz und humorvoller Verschlagenheit aus. Mit seinem Spiel erwachte sogleich das gesamte Büh-

nenbild zum Leben. Waren es eben noch simple Kulissen gewesen, so hatte man jetzt das Gefühl, sich wirklich im Inneren des adeligen Landsitzes von Miss Sophie zu befinden. Für den Theaterdirektor war diese Verwandlung auch nach all den Jahren noch ein Wunder. Heimlich stahl der Regisseur sich von der Bühne, um die Schauspieler nicht bei ihrer Arbeit zu stören. Wenn bei der Probe alles lief, war sein Platz unten im Parkett.

Während der Butler würdevoll den prächtigen Stuhl von Miss Sophie vom Tisch wegzog, um ihrer Ladyschaft Platz zu machen, saßen Henry King als redseliger Mr. Pommeroy und Laurence Hill in der Rolle des zackigen Admiral von Schneider bereits an der festlich gedeckten Tafel und warteten voller Vorfreude auf ihre Gastgeberin. Um nicht den Zorn der Diva auf sich zu ziehen, hatten sie das Kartenspiel kurz zuvor ebenfalls schnell unter einer der weißen Servietten versteckt, die neben den dekorativen Porzellantellern lagen. May Warden schritt nun als Miss Sophie ganz ladylike die Treppe hinunter, es stand außer Frage, dass sie ihrem Exmann auch in schauspielerischer Hinsicht absolut das Wasser reichen konnte. Nicht nur ihr Gang und ihre gesamte Ausstrahlung wirkten vornehm, sondern auch ihre Sprache war es.

»Guten Abend J-a-m-e-s!« Ohne weiteres hätte man ihr so auch die Großmutter der Queen abgenommen. Edward war im Stillen dankbar dafür, dass es ihm gelungen war, May Warden kurzfristig zu engagieren, wenngleich es eigentlich die Idee von Doris gewesen war. »Stop, was soll das?« Warum unterbrach Freddie schon wieder die Probe? Der Regisseur hatte nicht die leiseste Ahnung, und auch seine Assistentin guckte nur hilflos zu ihm hinüber.

»Was soll was?«, erkundigte sich auch die Diva bei ihrem Exmann, offensichtlich hatte sie ebenfalls keine Erklärung für die Störung ihrer Kunst.

»Warum sagst du: Guten Abend, J-a-m-e-s!«, äffte der Komiker sie nun nach, indem er den Vornamen ebenfalls unnatürlich in die Länge zog. »Anstatt ganz einfach: Guten Abend, James.« Freddies Kopf war schon wieder auf dem besten Wege, sich rötlich zu verfärben.
»Ich fand das lustig«, entgegnete May. Man sah ihr an, dass sie gerne weiterproben wollte.
»Ich hab' sehr gelacht«, konterte Frinton ebenso knapp wie ironisch.
Nun ergriff Taylor das Wort und plädierte für etwas mehr Gelassenheit, immerhin wollte man erstmal durch das Stück durchkommen. Für den Feinschliff war noch etwas Zeit bei der abendlichen Generalprobe.
»Stimmt, wir werden auch nicht jünger«, gab nun auch Henry King seinen Senf dazu. Mit einem Blick auf seine Taschenuhr bestand Taylor darauf, augenblicklich mit der Arbeit fortzufahren.
»Sie sehen heute Abend sehr gut aus, Miss Sophie«, setzte der Butler sein Spiel fort, was von Mr. Pommeroy und Admiral von Schneider höflich beklatscht wurde. May Warden errötete leicht vor Scham. Es war einfach toll, welche schauspielerischen Mittel der Frau zur Verfügung standen.
»Ich weiß«, sagte sie verlegen wie ein Backfisch. »Nun, ich fühle mich auch...«
»Nein, so nicht, Freunde. Schluss, Aus, Feierabend!« Frinton unterbrach schon wieder die Probe. Seine Nerven lagen blank, was niemand verstand. Nur seine Exfrau schob Freddies cholerische Anfälle auf die Nebenwirkungen seiner starken Schmerzmittel. Ansonsten wäre sie kaum so ruhig geblieben.
»Was ist denn nun schon wieder?«, erkundigte sich der Regisseur bei seinem Hauptdarsteller. Langsam, aber sicher zehrte die Probe auch an seinen Nerven.
»Hast du nicht zugehört?«, brüllte Frinton als Antwort

ins Parkett. »Warum sagt sie: Ich weiß? Das steht nicht im Text.« Er wandte sich der Regieassistentin zu: »Oder steht das im Text, Doris?«

Panisch suchte die junge Frau in ihrem Manuskript nach der besagten Passage. Als sie diese endlich gefunden hatte, antwortete sie pflichtschuldig: »Nein, Mr. Frinton, das steht nicht im Text.«

»Natürlich nicht. Ich weiß«, schnauzte er nun auch die eingeschüchterte Blondine an.

Die Diva verstand das ganze Drama nicht: »Was regst du dich so auf, Freddie? Anschließend kam doch wieder der Originaltext. Dein Stichwort hat sich also nicht verändert.«

Taylor bewunderte die Schauspielerin dafür, dass sie noch immer so ruhig blieb, was man von ihrem Exmann leider nicht behaupten konnte, war er doch gerade dabei, die nächste Runde einzuläuten:

»Mein Stichwort nicht, aber der ganze Rhythmus geht flöten. Da kann man nicht einfach was dazu dichten. Du bist nicht Shakespeare!« Inzwischen sah sein Kopf aus wie eine große, überreife Fleischtomate. Edward versuchte seinen Hauptdarsteller zu beruhigen, was dieser jedoch vollkommen überhörte.

Stattdessen fuhr er, immer noch an seine Exfrau gerichtet, fort: »Warum hältst du dich nicht an das, was im Textbuch steht? Vergiss nicht, dass du hier nur die Zweitbesetzung bist, meine Liebe.«

Autsch, das hatte gesessen. Taylor kniff vor Schreck seine Augen zusammen, und auch Doris war inzwischen ganz hinter ihrem Textbuch verschwunden, sodass sie in der zweiten Reihe praktisch unsichtbar war. Zwar blieb die Diva äußerlich gelassen, aber es war ihr anzusehen, dass es in ihr brodelte.

»Das ist mir bewusst, Freddie«, zischte sie zurück. »Deshalb spiele ich hier ja auch mit drittklassigen Schauspielern.«

Langsam, aber sicher wurde ihre Stimme lauter: »Nur zu deiner Information, es heißt Probe, weil es von ausprobieren kommt. Deine andauernden Unterbrechungen sind sehr unprofessionell.« Die letzten Worte schrie die Diva regelrecht.
Taylor war machtlos. Noch bevor er wieder versuchen konnte, die Wogen zu glätten und für eine bessere Stimmung zu sorgen, herrschte Freddie seine Exfrau direkt an. Unter lautstarkem Protest war der Komiker dabei, die Bühne Richtung Garderoben zu verlassen. Nun schrie auch noch Henry King auf. Was war denn jetzt mit dem Kollegen los? Taylor sah irritiert zu Doris, die auch nicht mehr verstand, was sich da oben auf der Bühne abspielte.
»Oh, mein Gott!«, meldete sich Laurence Hill zu Wort, der Henry King am Tisch gegenübersaß. »Wir brauchen einen Arzt«, fügte er panisch hinzu. Nun sah Taylor, was passiert war, der Tenor ohne Stimme war am Tisch zusammengebrochen. Offenbar hatte er einen Schwächeanfall erlitten.
»Auch das noch«, war Edward Taylors spontane Antwort. Hoffentlich blutete der Kollege nicht, konnte der Theaterdirektor doch alles, nur kein Blut sehen. »Kümmern Sie sich um ihn«, fuhr er deshalb sogleich Doris an, die blitzschnell aufsprang und die Treppe hinauflief. Wäre das Treiben auf der Bühne Teil einer Komödienhandlung gewesen, so hätte jetzt, auf dem Höhepunkt des Tumultes, der Vorhang fallen müssen, und der erste Akt wäre damit beendet gewesen. Warum hatte er sich in jungen Jahren bloß für eine Laufbahn am Theater entschieden? Regisseur Taylor konnte sich diese Entscheidung momentan beim besten Willen nicht mehr erklären.

Sechstes Kapitel

Langsam kam Henry King wieder zu sich. Aus diesem Grund verzichtete man darauf, einen Arzt zu verständigen. Nachdem kein Blut geflossen war, hatte sich auch Taylor endlich auf die Bühne bemüht, um sich den zusammengebrochenen Schauspieler aus der Nähe anzusehen. Kaum war der Regisseur bei King angekommen, da zwinkerte dieser ihm verschwörerisch zu, schloss aber sofort wieder seine Augen. Jetzt war dem Theaterdirektor alles klar, und er drückte King, quasi zum Dank und als Zeichen, dass er ihn verstanden hatte, die Hand. Natürlich spielte Taylor das Theater umgehend mit, schließlich hatte der Schwächeanfall dazu geführt, dass Freddie Frinton seine Flucht unterbrach und sich alle Beteiligten nur noch sorgenvoll um den Tenor ohne Stimme kümmerten.

»Am besten schaffen Sie ihn auf das Sofa in meiner Garderobe«, riss Mrs. Warden mal wieder das Kommando an sich. »Eine der alten Sprungfedern wird ihn garantiert unverzüglich wiederbeleben.«

Laurence Hill griff entschlossen nach Kings rechtem Arm, Doris schnappte sich dessen linken. Gemeinsam versuchten sie, den Kollegen von seinem Platz hochzuziehen, aber er war zu schwer.

»Kommen Sie zu sich«, redete die Regieassistentin auf ihn ein. Taylor konnte nicht fassen, dass alle den Schwächeanfall für echt hielten. Als die beiden jungen Leute ein zweites Mal versuchten, das Schwergewicht von seinem Stuhl hochzuwuchten, spielte er mit, indem er endlich wieder zu sich kam, und stand zitterig auf. Benommen schaute er aus zwei kleinen Sehschlitzen, die vormals seine Augen gewesen waren. Bislang hatte Taylor nicht geahnt, welches dramatische Talent in King steckte.

»Wo bin ich?«, fragte der Möchtegern-Caruso benommen, während er sich mit dem Handrücken über die Stirn fuhr. Edward Taylor überlegte, aus welcher bekannten Oper dieser Satz wohl stammte, vielleicht aus »La Traviata«? Nein, da starb am Ende ja eine Frau, Violetta, wenn er sich recht erinnerte. All das sagte der Theaterdirektor jedoch nicht, sondern nur: »In Blackpool«, worauf Henry King gleich wieder zusammenbrach. Diese Reaktion fand Taylor zwar übertrieben, aber noch immer schienen seine Kollegen die Situation für real zu halten.
»Kommen Sie mit, Sie müssen sich erstmal hinlegen, dann wird's gleich besser gehen«, versuchte Laurence ihn zu motivieren. Das musste Hill nicht zweimal sagen. Prompt schlug Henry die Augen auf. »Aber nur, wenn du mitkommst«, tölte er in Laurences Richtung, und flugs setzten sich die drei in Bewegung. Es fiel King sichtlich schwer, nicht allzu begeistert von der Bühne abzugehen, genoss er doch die Nähe zu dem jungen Kollegen sehr. Wie zufällig streifte Henrys rechte Hand mehrmals den Hintern von Hill im Abgehen. Dabei musste der Tenor ohne Stimme erneut unweigerlich an die italienische Po-Ebene denken, *la Dolce Vita* lag nun vor ihm. Hätte er noch eine Singstimme gehabt, hätte er spätestens in diesem Augenblick »O sole mio« oder etwas ähnlich Schmalziges geschmettert, so sehr genoss er die Nähe des jungen Kollegen. Während der Theaterdirektor amüsiert dem skurrilen Krankentransport nachsah, der langsam hinter den Kulissen verschwand, dachte er, dass er sich vorkam wie im Irrenhaus. Müde setzte er sich auf einen der Chesterfield-Stühle am Tisch. Er war jetzt alleine mit seinen beiden Hauptdarstellern auf der Bühne. Einen Moment lang genoss er, dass keiner der beiden Streithähne auch nur ein Wort sagte.
»Für die Silvester-Vorstellungen sehe ich dunkel bis schwarz«, fand Freddie Frinton als Erster seine Sprache

wieder. Immerhin hatte der Schwächeanfall seines Kollegen dazu geführt, dass der Komiker nicht mehr so angriffslustig war, und auch seine Gesichtsfarbe hatte inzwischen wieder einen normalen Ton angenommen.
»Ich bin ausnahmsweise deiner Meinung. Die Aufführungen werden wohl ausfallen müssen«, pflichtete May ihrem Exmann bei. Man merkte den beiden immer noch an, dass sie absolut keine Lust hatten, gemeinsam auf der Bühne zu stehen, aber Taylor wollte davon nichts wissen.
»So, jetzt passt mal auf«, knöpfte sich der Chef die beiden Mimen vor. »Ihr haltet jetzt endlich den Mund. Ist das klar? Darf ich euch daran erinnern, dass ihr beide einen Vertrag unterschrieben habt? Wenn ihr meint, hier weiterhin die Probe sabotieren zu müssen, dann werde ich euch verklagen. Und ich habe genügend Zeugen, sodass mir jedes Gericht des Vereinigten Königreiches Recht geben wird.«
May und Freddie schwiegen betreten, was Edward in die Lage versetzte, ungestört fortfahren zu können. »Dann zahlt mir jeder von euch eine saftige Konventionalstrafe. Ist euch die Sache das wert?« Voller Genugtuung schaute er von einem zum anderen.
»Wie kommst du denn auf die Idee?«, entgegnete Frinton angriffslustig.
»Weil es so in deinem Vertrag steht. Du solltest genauer lesen, was du unterschreibst«, ergänzte Taylor.
Ungläubig hatte in der Zwischenzeit May Warden ihre Vereinbarung aus der Handtasche geholt und las nach.
»Tatsächlich, hier steht es schwarz auf weiß.« Weil die Diva zu eitel für eine Lesebrille war, wurden ihre Arme immer länger. »Sollte der Partner vorsätzlich vertragsbrüchig werden, so hat er dem Produzenten eine Konventionalstrafe in Höhe von eintausend Pfund zu zahlen.«
Ungläubig sah sie ihren Exmann an und fügte dann entsetzt hinzu: »Ich dachte, das wäre meine Gage.«

Resigniert faltete sie den Vertrag wieder zusammen. Taylor war sichtlich erfreut darüber, dass endlich Ruhe herrschte. Es ärgerte ihn, dass man oft mit Druck arbeiten musste, anstatt mit guten Worten. Aber so war es eben. Ein Großteil der Schauspieler wollte unbedingt bei der Arbeit leiden, sonst waren sie nicht zufrieden. Die Probenarbeit musste sich für sie in etwa so schmerzvoll wie Geburtswehen anfühlen, nur dann hatten sie das Gefühl, an einem schöpferischen Prozess beteiligt zu sein. Edwards Ansicht nach war das vollkommener Blödsinn. Durch jahrzehntelange Erfahrung wusste er, dass man am meisten durch positive Motivation erreichte, aber das war ein anderes Thema. In diesem speziellen Fall halfen nur Drohungen weiter, das hatte sich ja soeben gezeigt. Der Theaterleiter ließ seine beiden Hauptdarsteller auf der Bühne stehen. Er fühlte sich jetzt wie Feldmarschall Wellington nach der gewonnenen Schlacht bei Waterloo. Zügigen Schrittes verschwand auch er hinter den Kulissen, um in der Garderobe nach Henry King zu sehen. Aus taktischen Gründen wollte er May Warden und Freddie Frinton ein paar Minuten Zeit geben, damit sie in aller Ruhe ihre Wunden lecken konnten, aber anschließend musste er endlich mit der Probe fortfahren. Kurz nachdem er den Ort des Geschehens verlassen hatte, klingelte am Rand der Bühne das Telefon, welches Taylor dort immer hinstellen ließ, damit er während der Probenarbeit nicht für jeden Anruf zum Pförtner oder gar in sein Büro laufen musste. Frinton sah zu dem Apparat hinüber. Was sollte er tun? Noch während er darüber nachdachte, kam der Theaterdirektor schnellen Schrittes zurück. Zum Glück klingelte es so lange, bis er das Telefon erreicht hatte. Eilig nahm er den Hörer ab und meldete sich. »Hallo?« Jemand schien etwas zu erwidern. Mrs. Warden konnte zwar hören, dass es sich bei dem Anrufer um eine männliche Stimme handelte, mehr war aber leider nicht zu verstehen.

»Am Apparat. – Ach, Sie sind es, Mr. Brown«, fragend sah Taylor zu Freddie Frinton hinüber. »Wo stecken Sie denn? – Ja, wir haben bereits mit der Probe begonnen. – Ja, alles läuft bestens.« Jetzt verdrehte der Theaterdirektor die Augen. »Was? Warum soll ich mich hinsetzen?« Demonstrativ blieb er stehen, während er dem Schauspieler am anderen Ende der Leitung weiter angestrengt zuhörte, die Verbindung schien nicht die beste zu sein. »Das darf nicht wahr sein.« Nun setzte sich Edward doch auf den Hocker, der neben dem Telefon stand. »Sie liegen mit doppeltem Bänderriss im Krankenhaus und können morgen unmöglich auftreten?!« Taylor verschlug es für einen Augenblick die Sprache. Dann sagte er müde: »Ja, danke für Ihren Anruf«, und fügte fast mechanisch hinzu: »Gute Besserung.« Damit war das Gespräch beendet und er legte den Hörer zurück auf die Gabel. Einen Moment lang war alles still. Bis Freddie Frinton May Warden am Arm beiseitezog und ihr zuraunte: »Ich glaube, das nennt man höhere Gewalt.« Eine gewisse Schadenfreude konnte der Schauspieler nicht unterdrücken. Seiner Exfrau ging es genauso, weshalb sie ebenso leise erwiderte: »Nein, glückliche Fügung.« Sie rieb sich insgeheim die Hände.

»Jetzt müssen wir keine Konventionalstrafe zahlen.«

Es war nicht zu übersehen, dass die eben noch zerstrittenen Mimen sich diebisch über diese für sie positive Entwicklung der Ereignisse freuten. Lediglich der Theaterdirektor saß noch immer reglos auf dem Hocker am Rand der Bühne. Der Anruf soeben hatte all seine Anstrengungen zunichte gemacht. Freddie sah zu seinem Chef hinüber. Dann fügte er heuchlerisch hinzu: »Ach, das tut mir so leid für dich.«

»Und erst für uns«, setzte die Diva noch einen drauf. Sie guckte mindestens genauso heuchlerisch. »Da kann man nichts machen.« Langsam bewegte sie sich Richtung Bühnenausgang. »Gerissen ist gerissen.«

Edward sah der Schauspielerin nach. Müde fragte er sie, wo sie jetzt hinwolle?
»Ich hole Gipsy aus meiner Garderobe, und dann reisen wir ab«, sagte sie gelassen.
Taylor stand plötzlich auf. Irgendwie schien er zumindest wieder ein bisschen Energie zu verspüren.
»Moment. Wer hat gesagt, dass die Vorstellungen ausfallen?« Fragend sah er Mrs. Warden an, der auf die Schnelle nichts einfiel, weshalb ihr Exmann das Wort ergriff.
»Was willst du denn ohne Sir Toby machen? Er ist für den Sketch unerlässlich.«
»Ich weiß«, reagierte der Regisseur umgehend. »Darum wird Doris seine Rolle übernehmen.«
May Warden reagierte entsetzt darauf, dass das *Kindchen* nun Sir Toby spielen sollte. Doris, die bereits aufgrund des Telefonklingelns aus der Garderobe zurückgekehrt war, hatte das Treiben auf der Bühne aus sicherer Entfernung verfolgt. Allerdings kam die Assistentin erst jetzt näher. Flehend sah sie dabei zu ihrem Chef hinüber.
»Mr. Taylor, tun Sie mir das nicht an. Bitte! Ich kann nicht spielen. Schon gar keinen Mann.«
Diesen Einwand ließ Edward nicht gelten. Wie immer, so hatte er auch diesmal einen pragmatischen Vorschlag zur Lösung des Problems.
»Wir machen ganz einfach aus Sir Toby eine Sister Tilda.«
Damit war für ihn der Fall erledigt. Taylor wäre nicht Taylor gewesen, wenn ihm nicht auch für diese Misere ein Ausweg eingefallen wäre. Langsam fand er zu seinem alten Elan zurück. Der Vorhang musste aufgehen, das stand fest, sonst war sein Theater bankrott. Verdutzt ließ er alle Beteiligten zurück und ging eiligen Schrittes von der Bühne. Er war jetzt nicht mehr zu bremsen, Wellington war wieder zurück. Da half es auch nichts, dass Doris noch flehend hinter ihm herlief.

May Warden und Freddie Frinton standen inzwischen wieder alleine auf der Bühne. Ratlos sahen sie sich an. Man merkte, dass besonders die Diva sich ärgerte.
»Verdammt, wir waren so nah dran«, eröffnete sie das Gespräch. Ihr Exmann sah sie lange an. Dann fragte er:
»Wieso hast du den Vertrag eigentlich unterschrieben? Du hast doch gewusst, dass ich mitspiele.«
»Natürlich habe ich das gewusst. Deshalb habe ich ja zugesagt«, antwortete sie umgehend, was Freddie nicht verstand. Zumindest ergab es aus seiner Sicht überhaupt keinen Sinn, denn schließlich war May nicht für ihren Masochismus bekannt.
Erklärend fügte die Diva hinzu, die ihrem Exmann dessen Ratlosigkeit ansah: »Ich wollte dir deinen letzten Wunsch erfüllen, bevor du... na ja... «, irgendwie schienen ihr nicht die richtigen Worte über die Lippen zu kommen. Aber schließlich sagte sie so neutral wie möglich: »Von der Bühne des Lebens abtrittst.«
Ratlos sah er sie an. Zwar hatte er ihre Worte verstanden, aber sie ergaben für ihn keinen Sinn. Hatte sich May womöglich zusammen mit Henry King in der Garderobe dessen Gin hingegeben? Wenn er sich richtig erinnerte, vertrug sie nicht allzu viel Alkohol.
Als er sie kurzerhand danach fragte, verneinte sie diese Unterstellung entschieden und fügte hinzu: »Aber ich habe ein Herz. Man kann doch einem Sterbenden keinen Wunsch abschlagen.«
Nun begriff Frinton überhaupt nichts mehr. »Wer stirbt denn hier?«, fragte er geradeheraus.
»Na, du!«, erwiderte May Warden unverzüglich, wobei Trauer und Fassungslosigkeit in ihrer Stimme mitschwangen. Wahrscheinlich hatte ihr armer Exmann inzwischen schon geistige Aussetzer, das war bei der Einnahme starker Medikamente möglich. Oder weigerte er sich vehement,

den eigenen Tod zu akzeptieren? Erst neulich hatte die Diva im Wartezimmer ihres Hausarztes gelesen, dass das Gehirn Sterbender das eigene Ende durchaus leugnen konnte. War es etwa bei Freddie unterdessen soweit? Auch wenn die Scheidung schmerzhaft und wenig schön verlaufen war, den baldigen Tod wünschte sie ihm deshalb noch lange nicht, das stand fest. Nur mit Mühe konnte sie ihre Tränen unterdrücken, aber sie wollte einem sterbenskranken Menschen den Abschied von dieser Welt nicht noch schwerer machen als er ohnehin schon war. Also riss sie sich zusammen.
»Wann soll ich sterben?«, fragte Frinton interessiert.
May sah ihn voller Mitleid an. Ohne Zweifel, jetzt war es so weit, er wurde langsam schwachsinnig, der armer Kerl.
»Schon gut, du musst es nicht leugnen. Mr. Taylor hat mir alles anvertraut. Ich erzähle es auch bestimmt nicht weiter. Versprochen«, versuchte sie Freddie Frinton zu beruhigen, doch der Schauspieler schien seinen Ohren nicht zu trauen. Darum wollte er auf der Stelle von ihr wissen, was der Chef ihr genau erzählt hatte.
Zwar hatte sie keine Ahnung, warum er ihr jetzt diese Frage stellte, aber pflichtschuldig gab sie ihm eine Antwort:
»Mr. Taylor hat mir gesagt, dass du todkrank bist.«
Frinton konnte es nicht fassen.
»Es ist dein Magen. Der hat dir ja schon früher immer zu schaffen gemacht«, fuhr die Diva fort. Freddie musste sich erstmal hinsetzen, so sprachlos war er nach der Enthüllung seiner Exfrau, aber die war noch nicht fertig: »Und dass die Silvester-Vorstellungen hier dein Leben unter Umständen ein wenig verlängern würden.« Schweigend sah sie Frinton an, der inzwischen noch blasser geworden war.
»Das alles hat dir Mr. Taylor gesagt?«, fragte er ruhig, nachdem er den ersten Schock überwunden hatte.
»So in etwa«, resümierte sie.
Freddie stand von dem Chesterfield-Stuhl auf und ging

langsam bis vorne an die Bühnenrampe. Schweigend sah er in den leeren Zuschauersaal. Irgendwann drehte er sich zu May um und fand endlich seine Sprache wieder:
»Diese miese, kleine Ratte!« Mehr sagte er nicht.
Augenblicklich versuchte seine Exfrau ihn wieder zu beruhigen: »Er wollte dir nur helfen.«
Ironisch antwortete Freddie Frinton nach einem verächtlichen Schnauben: »Ganz bestimmt. Weißt du, was der Mistkerl mir erzählt hat?«
»Nein.« Die Diva hatte keine Ahnung, worauf der Komiker hinauswollte. Diesmal spielte sie nicht die Ahnungslose, sondern war es wirklich.
»Dann will ich es dir sagen«, spannte ihr Exmann sie nicht länger auf die Folter. »Mir hat unser Chef nämlich erzählt, dass ich die Rolle unbedingt spielen soll, damit du nicht an der BBC-Silvester-Gala teilnehmen kannst.« Das Gespräch nahm für May absurde Züge an, immerhin hatte die BBC sie überhaupt nicht eingeladen.
»Merkst du was?«, fragte Frinton sie und setzte gleich noch nach: »Und ich bin nicht krank.«
»Was?« Mrs. Warden stand das blanke Entsetzen ins Gesicht geschrieben. Fassungslos fügte sie hinzu:
»Aber du warst doch vorhin beim Arzt.«
Freddie nickte: »Ja, beim Tierarzt.«
Bestürzt hielt sich die Diva ihre Hand vor den Mund und schluchzte auf. »Haben die anderen Ärzte dich bereits aufgegeben?«
Entgeistert sah der Schauspieler seine Exfrau an. Dann erklärte er ihr noch mal, dass ihm nicht das Geringste fehlte und er lediglich mit Mortimer beim Tierarzt war. Interessiert erkundigte sich May, wer denn Mortimer sei oder ob Freddie auf seine alten Tage noch das Ufer gewechselt habe? Nun konnte der Schauspieler nicht mehr an sich halten: »Mensch, kapier doch, Mortimer ist mein Hund. Ich war mit

meinem Hund beim Tierarzt.« Dabei wusste er nicht, ob er sich mehr über die Begriffsstutzigkeit seiner Exfrau ärgerte oder über die Gerissenheit seines Chefs. Dass Taylor ein ausgekochtes Schlitzohr war, wusste Frinton, sonst hätte er nicht einundzwanzig Jahre lang erfolgreich ein Privattheater leiten können. Aber, dass selbst er ihm auf den Leim gegangen war, brachte ihn am meisten aus der Fassung.
»Das gibt's doch nicht«, echauffierte sich nun auch die Diva, offensichtlich hatte sie inzwischen ebenfalls begriffen, welchem Schwindel sie aufgesessen war.
»Dieser miese, kleine... «
»Mistkerl«, vervollständigte Frinton den Satz.
»Na warte, das zahle ich ihm heim.« Sie war nicht mehr zu bremsen. Als Schauspielerin von Rang und Namen war sie es nicht gewohnt, hintergangen und ausgenutzt zu werden. Normalerweise spielte sie dieses Spielchen mit anderen Menschen. Dass man sie in diesem Fall manipuliert hatte, ließ sie vor Wut schäumen. So hatte Freddie sie nur zweimal erlebt. Einmal als sie in London als Lady Macbeth auf der Bühne brillierte, und das andere Mal, als er ihr gesagt hatte, dass er die Scheidung einreichen wollte. Insofern wusste der Schauspieler, dass in diesem Moment mit May Warden nicht zu spaßen war. Trotzdem fragte er sie, wie sie sich ihre Rache vorstellte?
»Wir haben den Vertrag unterschrieben, also müssen wir auch spielen«, fügte Frinton resigniert hinzu, schließlich konnte keiner der beiden beweisen, dass er unter Vortäuschung falscher Tatsachen dazu überredet worden war. Clever wie er war, hatte Taylor darauf geachtet, dass möglichst keine Zeugen gegen ihn aussagen würden. Auf King, Hill und Cooper konnte man jedenfalls nicht bauen, waren die drei Kollegen doch abhängig vom Theater und würden wahrscheinlich deshalb nicht gegen ihren Chef aussagen. Wohl oder übel mussten sich May und Freddie ihrem

Schicksal fügen und morgen gemeinsam »Der 90. Geburtstag« spielen.

Aber so schnell gab die Diva nicht auf, war sie doch immer noch voller Kampfeslust.

»Wenn die Aufführungen stattfinden«, orakelte sie und grinste dabei diabolisch.

»Wie willst du das denn verhindern?«, fragte Freddie kopfschüttelnd. Er hatte sich bereits mit der Situation abgefunden.

»Abwarten«, war alles, was May dazu sagte. Offenbar hatte sie noch ein Ass im Ärmel.

Siebtes Kapitel

Freddie Frinton war sprachlos. Er stand noch immer alleine mit seiner Exfrau auf der Bühne. Obwohl er ziemlich sauer auf Edward Taylor war, nötigte es ihm Respekt ab, dass seinem Chef in jeder noch so ausweglos scheinenden Situation etwas einfiel, um die Vorstellungen zu retten. Dieser Kampfgeist zeugte zumindest von dessen großer Liebe zum Theater. Insofern fühlte sich der Komiker dem Direktor sogar verbunden, ansonsten hätte er ja auch nicht all die zurückliegenden Jahre immer wieder am *Pavilion Theatre* gespielt.

May Warden unterbrach die melancholischen Gedanken ihres Exmanns, ohne etwas davon zu ahnen, indem sie ihn darauf hinwies, dass man den Feind am besten mit seinen eigenen Waffen schlug. Da Freddie keine Ahnung hatte, wie er sich das vorstellen sollte, ließ sie ihn an ihren Überlegungen teilhaben. Wenn Taylor sein Ziel nur so durchsetzen konnte, indem er immer wieder log, dass sich die Balken bogen, dann mussten sie es ihrem Chef eben gleichtun und ebenfalls schwindeln, was das Zeug hielt. Und zwar so lange, bis die Aufführungen endgültig nicht mehr stattfinden konnten. Allerdings durfte dabei keinerlei Verdacht auf die beiden Hauptdarsteller fallen, damit sie trotzdem die vereinbarte Gage erhielten und keine Konventionalstrafe zahlen mussten.

Okay, diese Überlegung klang zwar plausibel, aber Frinton konnte sich beim besten Willen nicht vorstellen, wie sie die Idee seiner Exfrau praktisch umsetzen sollten.

»Das Telefonat mit Mr. Brown hat mich eben auf den Einfall gebracht«, sagte May Warden, ohne dass Frinton jetzt schlauer war als zuvor. Geduldig erklärte die Diva ihm, dass Doris zwar die Rolle von Sir Toby als neue Sister Tilda übernehmen konnte, aber was würde passieren, wenn auch noch die anderen Kollegen, einer nach dem anderen, ausfallen würden? Früher oder später müsste Taylor wohl oder übel die geplanten Silvester-Aufführungen absagen. Das leuchtete sogar Freddie ein.

Mrs. Warden atmete auf, endlich hatte ihr Exmann verstanden, was sie vorhatte. Bereits während ihrer Ehe war sie meist schlauer gewesen als er, was ihn oft zur Weißglut getrieben hatte. Vielleicht hatte sie deshalb auch eine größere Karriere gemacht als er. Freddie war sein Leben lang viel zu genügsam gewesen, um taktisch vorzugehen, das hatte die Diva schon damals gestört. Ihm reichte es vollkommen aus, auf irgendeiner Provinzbühne zu stehen, Hauptsache, er hatte Publikum, egal wo. May Warden konnte diese Einstellung beim besten Willen nicht nachvollziehen, hatte es sie doch immer nach London gezogen. Sie wollte mindestens das West End erobern, wo sich die berühmtesten Bühnen des Landes befanden, besser noch den Broadway in New York, während ihm das Theater von West Bromwich, einem Kaff in der Nähe von Birmingham, vollkommen ausreichte. Freddie Frinton war lieber der *Somebody* irgendwo in den West Midlands als ein *Nobody* an den bedeutendsten Bühnen des Landes. Trotzdem konnte er sich noch immer nicht vorstellen, wie die Kollegen zur Absage ihres Engagements gebracht werden sollten, bestimmt befanden sich auch in ihren Verträgen Paragrafen, die eine saftige Konventionalstrafe beinhalteten, so gut kannte er Taylor.

»Willst du den Rest des Ensembles um die Ecke bringen?«, fragte er seine Exfrau deshalb provokant, aber nicht ernst gemeint.

»Ja, genau das«, antwortete sie freudig.

»Was?«, entfuhr es Frinton entsetzt.

»Natürlich nicht«, beruhigte die Diva ihn. »Bei unserem

Glück kommen wir sonst noch in dasselbe Gefängnis«, fügte sie halb amüsiert hinzu.

Freddie schmunzelte ebenfalls und ergänzte: »Womöglich noch in eine Zelle.« Er lächelte schelmisch, wobei die Zahnlücke zwischen seinen Schneidezähnen sichtbar wurde. Genau in dieses verschmitzte Lächeln hatte May sich damals verliebt, als sie sich kennengelernt hatten, am *Playhouse Theatre* in Bradford. Sie standen damals gemeinsam in dem bekannten Schwank »Der Mustergatte« von Avery Hopwood auf der Bühne. Die Hauptrolle des biederen Ehemanns Billy Bartlett hatte Freddie gespielt, während May die Rolle von Doddy, der verführerischen Ehefrau seines besten Freundes, übernommen hatte.

Liebe auf den ersten Blick war es seinerzeit bei den beiden nicht gewesen. Noch während der Proben hatten sie sich andauernd gestritten, doch nachdem sie, zur großen Erheiterung des Publikums, allabendlich auf der Bühne zusammen im Bett gelandet waren, wurde im Laufe des Engagements auch privat ein Paar aus ihnen, und sie spielten die Handlung des Schwankes quasi in der heimischen Koje weiter. So war das eben in diesem Beruf, manchmal ließ man die Rolle nicht im Kostüm, das man nach der Aufführung in der Garderobe an den Haken hängte, sondern trennte sich nicht so schnell von ihr.

Meist war solchen Affären jedoch keine allzu lange Dauer beschieden, denn irgendwann merkten die Betroffenen, dass sie sich nicht mehr auf der Bühne, sondern im eigenen Leben befanden und der Katzenjammer war umso größer. Das hatte auch May damals schmerzvoll am eigenen Leib erfahren. Trotzdem musste die Diva schmunzeln, wenn sie an diese stürmische Zeit zurückdachte. Ob es ihrem Exmann wohl ebenso ging? Egal. Da sie keine Frau von allzu großer Sentimentalität war, musste man romantischen Erinnerungen nicht länger nachhängen. Vorbei war nun mal vorbei. Dass Männer ihr kein Glück brachten, war ihr spätestens vor ein paar Wochen klargeworden, als ihre vierte Scheidung hinter ihr lag. Besser spät als nie dachte sie und schmunzelte erneut. Ein Happy End gab es für sie sowieso nur auf der Bühne oder im Film, dessen war sich die Diva inzwischen bewusst geworden, hatten sie speziell ihre beiden letzten Scheidungen doch viel zu viel Geld gekostet. Leider verliebte sie sich nur allzu oft in mittellose Bohemiens, was sie früher oder später teuer zu stehen kam. Nicht zuletzt aus diesem finanziellen Grund hatte sie das Silvester-Engagement überhaupt in Erwägung gezogen. Normalerweise wäre ein dreißigminütiger Sketch für sie nie in Frage gekommen. Aber bei fünf Vorstellungen an nur einem Tag versprach der 31. Dezember in diesem Jahr ganz lukrativ zu werden, denn auf die langweilige Provinz-Party in ihrem Hotel mit den traditionellen *Auld Lang Syne*-Gesängen um Mitternacht hatte sie absolut keine Lust, und auch die Aussicht darauf, den obligatorischen Heringssalat zum Jahresende allein mit Katze Gipsy zu löffeln, war wenig aufmunternd.

»Wie willst du die Kollegen denn aus der Welt schaffen?«, fragte Frinton schließlich und holte die Diva damit unbeabsichtigt in die Realität zurück.

Für sein Alter hatte sich ihr Exmann eigentlich noch gut gehalten, dachte May flüchtig, sagte dann aber:

»Ganz einfach, wir lügen ihnen auch etwas vor.«

»Aha«, war Frintons wenig aufschlussreicher Kommentar dazu.

In diesem Augenblick klingelte das Telefon erneut. Wie passend, dachte Freddie, und ihm fielen augenblicklich zahlreiche Lustspiele ein, deren komödiantischer Motor es stets war, dass sich die handelnden Personen immer knapp verfehlten oder eben das Telefon im falschen Augenblick läutete. Zwar hatte sich der Schauspieler darüber noch nie Gedanken gemacht, aber augenscheinlich war das im realen

Leben gelegentlich auch so. Oder war das gesamte menschliche Dasein vielleicht nichts weiter als eine göttliche Komödie, deren ahnungslose Protagonisten wir alle waren? Noch bevor Frinton seine fast philosophische Überlegung weiterdenken konnte, unterbrach May ihn:

»Es geht schon los. Hast du mich verstanden?«, fragte sie ihn.

»Na ja... so in etwa.«

»Dann zeig mal, was du kannst«, sagte sie auffordernd, nahm den Hörer ab und drücke ihn Freddie Frinton umgehend in die Hand.

Der Komiker hatte gerade noch Zeit, tief einzuatmen. Da ihm das Improvisieren auf der Bühne lag, würde er auch dieses lächerliche Telefonat hinbekommen, immerhin schlüpfte er für sein Leben gern in andere Charaktere. Wieso Frinton genau in diesem Augenblick die Charlie-Chan-Filme einfielen, die er bereits als junger Mann gesehen hatte, wusste er auch nicht, aber einen Chinesen hatte er noch nie gespielt. Deshalb war es jetzt endlich Zeit dafür.

»Hallo?«, meldete er sich deshalb mit hoher Stimme am Telefon. Offensichtlich war am anderen Ende der Leitung erneut eine Männerstimme zu vernehmen, so viel konnte May Warden hören. Allerdings verstand sie auch diesmal kein einziges Wort.

»Nein, ich bedauele, abel Sie können Mistel Taylol leidel momentan nicht splechen.« Kaum zu fassen, aber Freddie klang tatsächlich wie ein Chinese, der statt R nur L sprechen konnte. Mrs. Warden grinste hocherfreut, was Frinton signalisierte, dass er auf dem richtigen Weg war. »El ist gelade nicht auf del Bühne«, fuhr er fort, und als sein Gegenüber sich danach erkundigte, wer er denn sei, antwortete Freddie wie aus der Pistole geschossen: »Mein Name ist Loo Peng, ich bin Mistel Taylols chinesischel Maskenbildnel. Mit wem spleche ich bitte?«, erkundigte er sich nun endlich nach der

Identität seines Gesprächspartners. »Ach, Mister Turner«, rutschte es ihm unwillkürlich ohne chinesischen Akzent heraus. May hielt sich vor Schreck die Hand vor den Mund, aber immerhin wusste sie nun, wer am anderen Ende der Leitung war. Sofort signalisierte sie ihrem Exmann, dass er fortfahren musste, worauf Freddie sich schnell wieder fing und verbesserte: »Mistel Tulnel. Wil haben Sie schon vel-misst.« Beruhigend fügte er hinzu: »Nein, keine Solge, Ihl Mistel Wintelbottom wal noch nicht dlan.« Nun berichtete Kollege Turner dem mitfühlenden Chinesen, dass er in London seine Bahn verpasst habe, und der nächste Bummelzug nach Blackpool erst in einer Stunde abfuhr. Das Schicksal meinte es wirklich gut mit May und Freddie, insofern hatte der Komiker leichtes Spiel: »Gut, dass Sie angelufen haben, Mistel Tulnel«, machte er seinem Kollegen Mut. »Abel Sie können wiedel nach Hause fahlen. Die Silvestel-Volstellungen fallen aus.« Mrs. Warden freute sich diebisch über das Improvisationstalent und motivierte ihn. Er spielte seine Rolle als chinesischer Maskenbildner einfach großartig. Auch deshalb hatte sie sich seinerzeit in Freddie verliebt, er war schon in jungen Jahren ein exzellenter Schauspieler gewesen. Niemals hätte sie für einen unbegabten Kollegen wirkliche Gefühle aufbringen können, das wusste die Diva. Bereits mittelmäßige Schauspieler fand sie wenig attraktiv. »Stellen Sie sich vol, wil haben einen liesigen Wasselschaden im Theatel. Elinnelt stalk an Venedig. Bloß ohne Gondeln«, erklärte der Chinese Mr. Turner am anderen Ende der Leitung. Augenscheinlich war der Kollege in London sogar erleichtert über die Auskunft des netten Maskenbildners, fiel so doch seine Verspätung nicht weiter ins Gewicht und ersparte ihm eine Standpauke von Theaterdirektor Taylor. Als der freundliche Asiate ihm auch noch versicherte, dass seine Gage aufgrund des Wasserschadens auf jeden Fall von der Versicherung übernommen würde, freute sich der Kol-

lege umso mehr. Manchmal wandten sich die Dinge doch zum Guten, dachte Robert Turner, ohne Schadenfreude zu empfinden. Deshalb hatte er auch keine weiteren Nachfragen, als Frinton das Gespräch mit den Worten:
»Hölen Sie, ich muss jetzt Schluss machen, ich will wiedel Wassel schippen. Guten Lutsch« beendete.
Er musste den Hörer sofort auf die Gabel legen, da er andernfalls laut losgelacht hätte. Auch May konnte sich ein Schmunzeln nicht verkneifen und meinte anschließend nur, dass der *gute Lutsch* vielleicht ein bisschen dick aufgetragen war. Sie hatte inzwischen doch ein wenig Angst davor, dass der ganze Schwindel aufflog. Aber jetzt war ihr Komplize die Ruhe in Person.
»Oh, er wird bestimmt auffliegen, aber erst nach Silvester«, versuchte er sie zu beruhigen. »Wichtig ist im Moment nur, dass Mr. Turner nicht kommt, und wir keinen Mr. Winterbottom auf der Bühne haben«, stellte er zufrieden fest.
Bewundernd betrachtete Mrs. Warden Freddie. So viel Selbstsicherheit und Souveränität hätte sie ihm gar nicht zugetraut. War er als junger Mann auch bereits so gewesen? Sie konnte sich nicht mehr daran erinnern. Wenn man sich mit einem Rosenkrieg von seinem Partner trennte, blieben anschließend nur noch die negativen Gedanken an den ehemals geliebten Menschen, das wusste die Diva nur allzu gut.
Zielstrebig ging Freddie Frinton zu seinem alten Koffer, den er neben den Kamin gestellt hatte, und entnahm ihm ein kleines, dunkelbraunes Glasfläschchen.
»Was ist das?«, fragte seine Exfrau.
»Rizinusöl«, antwortete er, und als sie sich weiter danach erkundigte, ob Freddie Verdauungsprobleme habe, erklärte er ihr, dass er das Fläschchen heute Morgen vom Tierarzt für seinen Hund Mortimer bekommen hatte.
»Aber Henry hat es jetzt nötiger«, stellte der Schauspieler entschlossen fest. »Mit heftigem Durchfall wird er den

morgigen Tag garantiert auf der Toilette verbringen, aber bestimmt nicht auf der Bühne dieses Theaters.« Er wirkte sehr zufrieden über seinen neuen Einfall. Zielstrebig ging er zu Henrys Platz am Tisch und schob dessen weiße Stoffserviette zur Seite, sodass der darunter versteckte Flachmann zum Vorschein kam. Nachdem er sich davon überzeugt hatte, dass niemand auf die Bühne kam, kippte er das komplette Abführmittel in die Schnapsflasche. Anschließend schüttelte er die Flasche schnell ein paar Mal und fertig war der *Dünnpfiff-Cocktail*. Mit einem hinterhältigen Lächeln betrachtete der Schauspieler sein Werk und legte den zugeschraubten Flachmann zurück unter die Serviette.

»Du böser, böser Junge«, tadelte die Diva, was jedoch eindeutig als Kompliment gemeint war. Allerdings war damit voraussichtlich nur eines ihrer Probleme gelöst. Viel dringender war die Frage, was sie ihrem Chef jetzt erzählen sollten, warum Mr. Turner unmöglich zur Probe kommen konnte? Taylor durfte auf keinen Fall erfahren, dass sich der Kollege bereits auf britischem Boden aufhielt. Sollten sie unter Umständen einen Flugzeugabsturz erfinden? Nein, das war zu makaber. Langsam erwachte auch May Warden zu neuer Energie und stieß alle Bedenken beiseite.

Inspiriert von Freddies Spielfreude fiel ihr auch etwas ein. »In meiner Garderobe hängt eine Stewardessenuniform, die mir eigentlich passen müsste. Hast du eine Idee, was ich unserem Chef damit vorspielen könnte?« Voller Vorfreude rieb sie sich die Hände, war die Diva doch dafür bekannt, mit großer Virtuosität in die unterschiedlichsten Rollen zu schlüpfen. Anders als andere Kolleginnen liebte sie sogenannte Doppelrollen, die ihr die Möglichkeit gaben, während einer einzigen Vorstellung gleich mehrere unterschiedliche Charaktere zu verkörpern. Oft merkte das Publikum dann nicht mal, dass diese Rollen von nur einer Darstellerin gespielt wurden, was May Warden jedes Mal besonders freute.

Frinton überlegte kurz. »Was hältst du von einem Schneesturm am Flughafen von Toronto? Robert Turner könnte doch nach seiner Kanada-Tournee da drüben festsitzen. Dann kann er es auf keinen Fall pünktlich bis morgen zu uns nach Blackpool schaffen.«

May Warden war begeistert von dem Einfall und versprach, etwas daraus machen zu wollen, schließlich musste sie ihrem Exmann unter allen Umständen beweisen, dass auch sie die hohe Kunst der Improvisation beherrschte, liebte sie den Wettbewerb doch über alles. Sie wollte dieses Match unbedingt gewinnen, so viel stand fest. Während die Diva noch überlegte, wie sie ihre neue Rolle als Stewardess am besten anlegen sollte, immerhin wollte sie Freddies Darbietung eines chinesischen Maskenbildners nach Möglichkeit übertrumpfen, hörte man plötzlich auf der Hinterbühne Stimmen, die näher kamen. Offensichtlich hatte Taylor die Kollegen aus der Garderobe geholt und wollte jetzt endlich mit der Probe fortfahren, was unter allen Umständen verhindert werden musste.

Tatsächlich, angeführt vom Regisseur kamen auch schon seine Assistentin sowie die Schauspieler Henry King und Laurence Hill zurück auf die Bühne.

»Kinder, entschuldigt mich, aber ich muss ganz dringend mal wohin«, rief die Diva zügig aus und drängte sich an dem Tross vorbei Richtung Schauspielergarderoben. Sie durfte jetzt keine Zeit verlieren.

»Wir machen in fünf Minuten weiter«, brüllte Taylor seiner Hauptdarstellerin noch nach, während diese bereits eilig hinter den Kulissen verschwand.

»Geht's dir wieder besser?«, erkundigte sich Freddie Frinton scheinheilig bei Henry King, auch um von dem Verschwinden seiner Kollegin abzulenken.

»Es war nur ein kleiner Schwächeanfall«, erstickte der Möchtegern-Caruso jegliche Diskussion über seinen Ge-

sundheitszustand im Keim. Immerhin hatte seine vorgetäuschte Ohnmacht ihr Ziel erreicht. Zufrieden stellte er, ebenso wie sein Chef fest, dass Frinton das Theater noch nicht verlassen hatte und momentan auch nichts drauf hindeutete, dass der Schauspieler hinschmeißen wollte.
»Habt ihr zwei Streithähne euch wieder beruhigt?«, wagte Taylor den behutsamen Vorstoß einer Frage. Amüsiert sah Freddie den Chef an und versuchte seinen Ausbruch von vorhin zu bagatellisieren. Ja, er ging sogar noch einen Schritt weiter und entschuldigte sich für seine Überreaktion, wobei er sich insgeheim schon auf den Auftritt der Stewardess freute, aber das wusste Taylor ja nicht.
»Schon vergessen«, stieß der Regisseur sogleich in dasselbe Horn. Er war sichtbar froh darüber, seine Arbeit endlich fortsetzen zu können. »Wo waren wir stehen geblieben?«, erkundigte er sich bei seiner Regieassistentin, die daraufhin panisch in ihrem Manuskript blätterte. Kurz darauf fand Doris die entsprechende Textpassage.
»Bei: Nun, ich fühle mich auch schon viel besser. Danke, James«, stellte sie erfreut fest, was von ihrem Chef lobend anerkannt wurde. Nachdem sich die Stimmung eindeutig verbessert hatte, war auch Taylor guter Laune. Freddie Frinton genoss still und heimlich die Vorfreude, seinem Chef die Gemütsverfassung sogleich wieder zu verderben.
»Ach, das hätte ich fast vergessen, Eddie«, begann der Komiker zunächst ganz harmlos. »Eben als du draußen warst, kam noch ein Anruf für dich«, immerhin musste der Stewardessenauftritt entsprechend vorbereitet werden.
»So, wer war es denn?«, fragte Taylor zunächst noch völlig unbeteiligt, ahnte er doch nichts von der Farce, die sich in Kürze vor seinen Augen abspielen sollte.
»Robert Turner«, antwortete Frinton, noch immer um einen möglichst neutralen Tonfall bemüht. Als Edward Taylor sich daraufhin erkundigte, ob der Kollege inzwischen gut in

Heathrow gelandet sei, wusste Freddie, dass sein Chef nicht den leisesten Verdacht hegte, dass irgendetwas nicht stimmen könne. Hoffentlich hatte May inzwischen schon ihr Kostüm angezogen.

Nun ließ Frinton die Bombe platzen: »Robert hat nicht aus Heathrow angerufen, sondern aus Toronto.«

»Aus Kanada?«, erkundigte sich Taylor hellhörig.

»Ja, stell dir vor«, antwortete der Schauspieler mitfühlend. »Schneesturm am Flughafen von Toronto. Bis morgen schafft er es in keinem Fall hierher.« Er war erleichtert, wie flüssig ihm auch diese Lüge über die Lippen gekommen war.

»Verdammt«, verschlechterte sich Taylors Laune schlagartig. »Ich muss sofort beim Airport anrufen. Die müssen einem ja wenigstens sagen können, wann die Maschinen wieder fliegen. Vielleicht gibt es doch noch irgendeine Möglichkeit.«

Verdammt. Mit diesem Echo hatte der Komiker nicht gerechnet, und während die Gedanken in seinem Kopf rotierten, griff Taylor auch schon nach dem Telefonhörer. Panik ergriff Frinton, der seinem Chef schnellstens den Hörer aus der Hand riss.

»Sag mal, glaubst du mir etwa nicht?«, fragte er fast beleidigt.

Natürlich glaubte der Regisseur seinem Hauptdarsteller, aber er hätte gerne noch ein paar Informationen mehr gehabt, worauf er sich den Telefonhörer zurücknahm. Nun wusste Freddie sich keinen Rat mehr. Wo blieb seine Exfrau nur so lange? Reflexartig nahm er seinem Chef den Hörer erneut aus der Hand und sagte, völlig sinnfrei:

»Wozu denn… Schnee… Sturm… Schneesturm.« Dabei kam er sich selbst ziemlich idiotisch vor.

»Weil ich ausschließen will, dass sich Robert das alles nur ausgedacht hat, um lieber noch ein paar Tage länger in Kanada zu bleiben.«

Frinton spielte nun großes Theater, als er Taylor fragte, ob er seinem Kollegen diese Niedertracht tatsächlich zutraute?
»Er war schon immer ein ziemlicher Weiberheld«, antwortete dieser lapidar. Gerade, als er sich den Telefonhörer erneut zurücknehmen wollte, mischte sich King ein:
»Stimmt. Vor dem ist kein Rock sicher. Das habe ich am eigenen Leib erfahren.«
Fragend sahen ihn alle an, worauf Henry King fortfuhr:
»Ja, ich habe mal zusammen mit Robert eine Rolle gespielt, im Schottenrock. Ich sage nur, sah er mich im Kilt, wurde er ganz wild.«
Sogleich war Taylor noch mehr alarmiert und riss den Hörer an sich. Freddie Frinton musste auf der Stelle etwas einfallen, ansonsten waren sie verloren.
»Wollen wir nicht lieber endlich mit der Probe weitermachen?«, fragte er engagiert, wobei er seinem Chef zum dritten Mal den Telefonhörer aus der Hand riss und ihn demonstrativ auflegte. Um dem Regisseur keine weitere Chance zu geben, verwickelte Frinton ihn schnell in ein Gespräch. Er müsse unbedingt noch mit ihm über die Interpretation seiner Rolle sprechen, solange May nicht auf der Bühne war. Dabei zog er den Theaterdirektor am Arm beiseite, damit dieser nicht mehr nach dem Telefon greifen konnte. Müde sah Edward den Komiker an. Jetzt wollte dieser auch noch mit ihm über seine ganz persönlichen Befindlichkeiten quatschen. Heute war wirklich nicht sein Tag.
»Meinetwegen, wo drückt der Schuh?«, erkundigte er sich pflichtschuldig.
»Ja weißt du, Eddie, das ist nämlich so...« Wenn seine Exfrau nicht endlich auftauchte, geriet Freddie ins Schwimmen, das wusste er nur allzu gut. Trotzdem musste er weitermachen: »Eigentlich will ich dich ja nicht damit belasten...«
Der Theaterleiter winkte nur müde ab. Frinton geriet tat-

sächlich ins Schwitzen, wie lange sollte er dieses absurde Spiel noch weiterspielen?
Zum Glück öffnete sich in diesem Augenblick die Saaltür, und eine Stewardess der *Canadian Airlines* betrat den leeren Zuschauerraum. Dabei verhielt sie sich so plump wie möglich. Offensichtlich hatte die Dame keine Ahnung, dass hier gerade eine Probe stattfand. Erbost versuchte Taylor im Halbdunkel des Zuschauerraums den Störenfried ausfindig zu machen, was Freddie die Chance gab, beruhigt durchzuatmen. May Warden war wirklich im allerletzten Moment erschienen, dafür war der Schauspieler zutiefst dankbar.
»Excusez-moi«, ertönte eine Frauenstimme mit französischem Akzent, die nicht im Entferntesten an May Warden erinnerte, sondern sofort an eine aparte Frankokanadierin. Hörbar, und damit wenig Rücksicht auf die Probe nehmend, arbeitete sich die Flugbegleiterin Richtung Bühne vor.
»Ich störe nur très üngern«, versuchte sie sich zu entschuldigen. Als sie endlich vor dem Orchestergraben angekommen war, erblickte Edward Taylor den Störenfried, wobei sich seine Miene sofort aufhellte, und auch Frinton war erstaunt über die Attraktivität seiner Exfrau. Die brünette Perücke mit dem kessen Pagenschnitt schmeichelte nicht nur ihrem Gesicht, sondern ließ sie auch deutlich jünger aussehen. Ein dunkelblaues Kostüm, dessen Rock zwar züchtig die Knie bedeckte, sorgte nicht für allzu viel Aufsehen, aber immerhin betonte er ihre Figur vortrefflich. Vielleicht gehörte Taylor zu der Sorte Mann, welche Frauen in Uniform attraktiv fand. Jedenfalls klimperte die Kanadierin verführerisch mit ihren langen, künstlichen Wimpern, die sie sich zuvor in der Garderobe angeklebt hatte. Auf der Brusttasche der dunkelblauen Jacke prangte das Abzeichen der Airline ebenso wie auf der passenden Kappe, die auf dem Kopf der Stewardess saß. Lediglich die schneeweiße Bluse war etwas weiter als üblich aufgeknöpft, was May Wardens hübsches

Dekolletee gut zur Geltung brachte, ohne tatsächlich etwas preiszugeben. Das seitlich geknotete, rote Halstuch verlieh ihrer Erscheinung sogar etwas Mädchenhaftes, sodass nicht nur Frinton begeistert von dem Auftritt war. In dieser Verkleidung erkannte sie wirklich niemand, da war sich der Schauspieler sicher. Dass zumindest Edward Taylor keinerlei Verdacht schöpfte, sondern sogar sehr angezogen von der Erscheinung war, zeigte sich in seiner überaus freundlichen Begrüßung, pflegte er doch normalerweise jeden Eindringling bei einer Probe aus dem Saal zu werfen. In diesem Fall konnte jedoch keinerlei Rede davon sein.

»Oh, hallo, Sie stören überhaupt nicht«, begrüßte der Theaterdirektor die kanadische Stewardess geradezu überschwänglich und schob dann, von der Bühne herab, nach: »Was kann ich für Sie tun?« Er blinzelte gegen das Scheinwerferlicht an, welches ihn blendete. Um auch weiterhin unerkannt zu bleiben, stieg die Diva absichtlich nicht auf die Bühne, sondern positionierte sich im Halbdunkel des Zuschauersaals unweit des Orchestergrabens. Der Regisseur schien ihr tatsächlich auf den Leim zu gehen.

»Ich suche einen gewissen Monsieur Taylor«, antwortete Mrs. Warden noch immer mit starkem französischem Akzent.

»Das bin ich«, plusterte sich Edward wie ein Pfau auf.

Genüsslich nahm die Diva zur Kenntnis, dass ihr Spiel aufging, ließ sich aber nichts anmerken. Sie war eben eine brillante Schauspielerin, das wusste sie selbst am besten. »Très bien«, fuhr sie deshalb fort. »Mon directeur von der Canadian Airlines hat mich direkt zu Ihnen geschickt, Monsieur. Es geht um eine dümme, dümme Angelegenheit. Comment dites-vous... äh... wie sagt man la force majeure in Ihre Sprache? ...höhere Gewalt, der Wetter...« Um den französischen Akzent perfekt klingen zu lassen, sprach sie jedes H stumm aus.

»Wie bitte?«, fragte Taylor, der nicht verstand, was die attraktive Stewardess ihm mitteilen wollte.
Schnell schaltete sich Frinton ein: »Schnee... Sturm... Schneesturm«, war jedoch alles, was er zu dem Gespräch beitrug.
»Oui, oui«, nahm May den Faden wieder auf. »Die Schneestürm hat leider dazu geführt, dass der gesamte Flugverkehr ist gelegt lahm.« Dabei setzte sie ein trauriges Gesicht auf, das unweigerlich an Jeanne d'Arc erinnerte, der man soeben die Nachricht ihrer Hinrichtung auf dem Scheiterhaufen überbracht hatte. Betroffen erwiderte Taylor den Blick, und gleichzeitig war er entzückt darüber, dass die anmutige Flugbegleiterin den langen Weg von London-Heathrow nach Blackpool nicht gescheut hatte, um ihm die Hiobsbotschaft persönlich zu überbringen. Das war echter Kundenservice, stellte der Theaterdirektor anerkennend fest.
»Non, nicht extra wegen Sie, Monsieur«, relativierte Mrs. Warden sogleich und erklärte: »Mon Cousin wohnt hier ganz in die Nähe, in Little Thornton, und da ich ein paar Tage habe frei, werde ich Silvester verbringen bei ihm. Sie lagen sozusagen pour moi auf der Weg.«
Mit dieser Frau hätte Edward gern einmal ganz woanders gelegen, aber das behielt er diskret für sich, dafür war er zu sehr Gentleman. Außerdem liebte er Lily auch nach all den Jahren noch über alles. Appetit holte sich Taylor gerne mal woanders, aber gegessen wurde noch immer zu Hause.
»Es schien zu sein Monsieur Turner ausgesprochen wichtig, dass Sie die schreckliche Nachricht von seinem Fernbleiben bekommen persönlich«, beendete May ihre abenteuerliche Geschichte.
»Verstehe, das ist sehr nett von Ihnen, Madame«, bedankte sich Taylor.
»Non, Mademoiselle«, verbesserte die Stewardess keck. Auf diesen Zusatz hätte seine Exfrau gut verzichten können,

dachte Freddie, hielt er selbst diese Behauptung doch für mehr als unglaubwürdig. Es war besser, wenn sie in ihrer Situation so wenig wie möglich riskierte, aber May liebte schon immer das Spiel mit dem Feuer, das wusste Frinton nur zu gut. Als die Diva merkte, dass ihr Exmann nicht mit vorwurfsvollen Blicken sparte, wollte sie so schnell wie möglich den Rückzug antreten. Doch das war gar nicht so leicht wie gedacht, denn Edward lud die attraktive Stewardess unvermittelt zum Besuch der Probe ein. Jetzt war selbst Doris sprachlos, denn so etwas hatte ihr Chef noch nie getan. Bislang war vielmehr das Gegenteil der Fall gewesen. Bereits während ihres ersten Arbeitstages hatte Taylor der jungen Frau eingeschärft, dass fremde Personen zu keinem Zeitpunkt bei Proben erwünscht waren. Er hatte seine strikte Anordnung der Regieassistentin damals sogar erklärt. Theaterproben waren etwas zutiefst Intimes. Unter der Anleitung eines Regisseurs gaben die Darstellerinnen und Darsteller ihre Gefühle preis, indem sie verschiedene Variationen ausprobierten. Sie machten sich während ihrer Arbeit auf der Bühne im wahrsten Sinne des Wortes durchlässig für den Text eines Autors, indem sie so sensibel wie möglich versuchten, die Intension des betreffenden Schriftstellers zu erspüren. Für diese Arbeit benötigte jeder von ihnen eine Menge Mut, entblätterte er doch bei der Probe die zahlreichen Facetten seiner Persönlichkeit so sehr, bis irgendwann der Kern seiner menschlichen Seele schutzlos zum Vorschein kam. Erst wenn es einem Regisseur gelang, bis zu diesem Inneren menschlichen Seins vorzustoßen, konnte er wirklich mit der Arbeit an einer Rolle beginnen, um so behutsam den Seelenkern mit neuen Blättern der zu verkörpernden Rolle schützend zu umhüllen. Diese Arbeit war vielleicht sogar vergleichbar mit einer Operation am offenen Herzen, bei der die Pumpe eines Menschen pulsierend und schutzlos vor den Augen des Chirurgen zutage trat. Dieses Gleichnis hätte ihrem Chef gefallen, da war sich Doris sicher, kam Mr. Taylor ihr bei der Probenarbeit doch manchmal wie der Arzt Clarence Dennis vor, der Anfang der fünfziger Jahre in den USA nicht nur die Herz-Lungen-Bypass-Maschine erfunden hatte, sondern als leitender Chirurg auch erstmals eine Operation am offenen Herzen durchführen konnte.

Sobald eine fremde Person bei Theaterproben anwesend war und die Schauspielerinnen und Schauspieler dies wussten, weil sie jemanden im Parkett sitzen sahen oder auch nur dessen Anwesenheit spürten, entzogen sie sich der eigentlichen Metamorphose ihrer Arbeit. Wenn Publikum im Saal saß, und sei es auch nur eine Putzfrau oder irgendein Käufer von Eintrittskarten, der neugierig die Tür zum Saal geöffnet hatte, wollten die Mimen ihm etwas vorspielen. Dagegen konnten sie gar nichts unternehmen, es war sozusagen die DNA ihres Berufes. Dem Publikum wurde etwas vorgespielt, egal wie weit die Proben vorangeschritten waren. Deshalb waren Menschen, die nicht zum Ensemble gehörten, auf jeder Probe unerwünscht. Ausnahmen gab es höchstens gelegentlich bei öffentlichen Haupt- oder Generalproben. Da war die eigentliche und kreative Arbeit bereits abgeschlossen und man wünschte sich sogar Zuschauer im Parkett, um die Reaktionen des Publikums testen zu können. Schließlich mussten sich die Schauspieler, besonders wenn sie Komödien spielten, an das Echo der Menschen im Saal gewöhnen. Funktionierte zum Beispiel eine Pointe, so musste man den Lacher des Publikums abwarten, damit der folgende Text nicht in den Reaktionen unterging. Aber natürlich musste ein Ensemble darin so viel Feingefühl zeigen, dass die Menschen jenseits der Bühne nichts davon mitbekamen. Bei Lustspielen durfte der Schauspieler sich niemals gänzlich in der Darstellung seiner Rolle verlieren, was als Hamlet oder Romeo möglich war. Vielmehr musste der Protagonist einer

Farce stets ein Ohr am Publikum haben, um keine Zuschauerreaktion zu verpassen, und gleichzeitig mit der ihm anvertrauten Rolle verschmelzen. Das machte das Komödienspielen besonders anspruchsvoll. So hatte es jedenfalls der Theaterdirektor Doris zu Beginn ihres Engagements erklärt. Mit den Worten: »Schauen Sie sich doch noch ein wenig unsere Probe an«, versuchte Taylor die kanadische Stewardess zum Bleiben zu überreden und brach damit die von ihm selbst aufgestellte Regel.

»Non, non, das geht wirklich nicht«, wand sich die Angesprochene, sodass Frinton seiner Exfrau zu Hilfe kommen musste: »Ich könnte mir vorstellen, dass May bestimmt etwas dagegen hat.«

Diesen Einwand ließ Edward nicht gelten, immerhin war er der Chef dieses Theaters. Die Diva wurde daraufhin immer nervöser, schließlich konnte sie schlecht als aparte Stewardess im schummrigen Zuschauersaal sitzen und gleichzeitig oben im Scheinwerferlicht als May Warden an der Probe teilnehmen. Je länger Frinton ihr dabei zusah, wie sehr sie sich um Kopf und Kragen spielte, desto besser gefiel ihm diese Situation. Es war zwar nicht nett, aber er genoss sogar ein bisschen ihre Qual. Wahrscheinlich wechselte er auch deshalb die Seiten, als er süffisant bemerkte:

»Ich hab's mir überlegt. Also, meinetwegen können Sie ruhig bleiben, Mademoiselle.«

Innerlich schäumte May vor Wut, ließ sich aber nichts anmerken. Als Frinton schließlich zu ihr ins Parkett hinabstieg, fiel ihm auf, dass ihre Mundwinkel unmerklich zuckten, ein sicheres Zeichen für die Erregung seiner Exfrau. Zum Glück bemerkte auch keines der anwesenden Ensemblemitglieder, wie die Diva ihrem Exmann heimlich, aber sehr gezielt auf den Fuß trat, sodass dieser sich einen Aufschrei nur schwer verkneifen konnte und ihm ein knappes »Aua« entwich.

»Oh pardon, das war keine Absicht«, entschuldigte sich die Stewardess und sah auf ihre Armbanduhr: »Nün muss ich aber wirklich los. Der Büs wartet nicht auf moi.«
»Sie sagen es«, schaltete sich der Theaterdirektor erneut ein. Er blinzelte noch immer ins Parkett hinab, weil die Scheinwerfer ihn blendeten: »Soll ich Sie schnell zum Busbahnhof fahren? Mein Jaguar steht gleich hinter dem Theater.« Es sollte ja Frauen geben, die von solchen Statussymbolen durchaus angetan waren. Seine Gattin Lily war es zwar nicht, der konnte man eher mit einem üppigen Kräuterbeet imponieren, das wusste Taylor nur allzu gut, aber vielleicht konnten sich ja ausländische Stewardessen für britische Limousinen erwärmen.
»Non, non, merci«, gab die Flugbegleiterin Taylor unverblümt einen Korb, bevor der Theaterdirektor noch zu ihr herunterkam.
»Bewegung ist für mich die A und O.« War es Absicht, dass sie das O besonders stöhnte, fragte sich Freddie Frinton?
»Sonst gehe ich auf wie eine Hefekloß«, schloss May den aufreizenden Exkurs ab, wobei sie gleichzeitig lasziv mit den eigenen Händen ihre Silhouette entlangfuhr.
Taylor rutschte ein: »Ich liebe Klöße« heraus, was sicher nicht nur daher kam, dass seine Oma mütterlicherseits aus Böhmen stammte, der Heimat zahlreicher exzellenter Knödel-Rezepte. Die Diva überhörte diese eindeutig zweideutige Anspielung. Stattdessen verabschiedete sie sich endgültig mit den Worten:
»Au revoir! Ich wünsche eine guten Rütsch.« Sofort drehte sie sich um und eilte an den leeren Sitzreihen vorbei Richtung Saaltür, sodass der Direktor ihr nur noch wehmütig nachsehen konnte, bis die Fata Morgana verschwunden war.
»Ist sie nicht bezaubernd?«, fragte er in den Raum hinein, ohne einen der Kollegen konkret anzusprechen. »Solche Frauen gibt es bei uns in England gar nicht. Eleganz pur«,

fügte er verträumt hinzu und rieb sich seine, durch das Scheinwerferlicht arg strapazierten, Augen.
Mit den Worten: »Ich störe Sie ja nur ungern, aber was machen wir denn jetzt? Ich meine, was wird aus unseren Silvester-Vorstellungen? Ohne Mr. Turner in der Rolle des Mr. Winterbottom.«
Noch bevor ihr Chef Doris Coopers Frage beantworten konnte, mischte sich Mr. Frinton in das Gespräch ein. Schnellen Schrittes eilte er die schmale Treppe empor zurück auf die Bühne: »Tja, dann werden unsere Aufführungen wohl ausfallen müssen«, fügte er so betrübt wie möglich hinzu: »Das ist wirklich schade, ich meine, jetzt wo May und ich uns gerade wieder aneinander gewöhnen.«
Spätestens diese Bemerkung seines Hauptdarstellers führte bei Edward Taylor dazu, dass er unsanft in die Realität zurückgeholt wurde. Unmittelbar erwachte sein alter Kampfgeist.
»Nur über meine Leiche. Wir haben fünf volle Vorstellungen. Also werden wir auch spielen, sonst kann ich den Laden hier gleich dicht machen. Nein, so schnell gebe ich nicht auf.«
Freddie glaubte seinen Ohren nicht zu trauen, doch es kam noch besser, als der Chef verkündete:
»Mr. Winterbottom wird gestrichen.«
»Wie gestrichen?«, erkundigte sich jetzt auch Henry King, der die vorige Szene zusammen mit Laurence Hill schweigend aus einiger Entfernung verfolgt hatte.
»Na, das passiert im wirklichen Leben doch auch, dass ein Gast nicht kommt, weil er zum Beispiel krank geworden ist. Warum soll das in unserem Sketch nicht auch der Fall sein? Das Publikum wird gar nichts merken.«
Frinton war sprachlos, dem alten Theaterhasen fiel tatsächlich immer noch etwas ein. Allerdings hatte Laurence Hill einen Vorbehalt:
»Und was passiert mit dem Text von Mr. Winterbottom?«
Warum war der Komiker nicht auf diesen berechtigten Ein-

wand gekommen, fragte er sich selbst und ärgerte sich darüber.
»Den übernimmt Freddie«, antwortete Taylor ohne lange zu überlegen: »Immer, wenn Mr. Winterbottom dran ist, spricht der Butler dessen Text.« Erfreut über seine eigene Idee, lachte er fröhlich auf.
»Das ist doch nicht dein Ernst?«, entfuhr es dem Hauptdarsteller. »Doch, ich stelle mir das ganz lustig vor«, verteidigte der Regisseur seinen spontanen Einfall.
Nun konnte Freddie sich nicht mehr zurückhalten: »Glaubst du, das Publikum ist dämlich?« Er redete sich in Rage:
»Aus Sir Toby machst du Sister Tilda, und weil Mr. Winterbottom krank ist, übernehme ich jetzt dessen Text? Wie soll das gehen?«
Um seinen Vorschlag besser erklären zu können, ließ sich Taylor von seiner Assistentin das Textbuch geben. Offensichtlich suchte er darin nach einer passenden Stelle, die seinen Plan veranschaulichen sollte. »Schau her«, sagte der Regisseur und deutete auf einen Abschnitt im Dialog. »Hier fragt Miss Sophie: Und mein sehr lieber Freund Mr. Winterbottom? Dann stehst du einfach hinter dem Stuhl hier rechts und sagst als Butler James: Zu Ihrer Rechten, wie Sie es wünschten, Miss Sophie. So, als würde Mr. Winterbottom vor dir auf dem Stuhl sitzen. Verstehst du?«
Freddie sah seinen Chef verständnislos an:
»Aber er sitzt da nicht.«
Taylor atmete tief durch, um so gelassen wie möglich zu bleiben. Je länger er über seinen Einfall nachdachte, desto besser gefiel er ihm. »Das ist doch völlig nebensächlich. Für Miss Sophie und ihren Butler sitzt er aber da. Mensch, die Frau ist neunzig und ihr Faktotum auch nicht viel jünger. Mit den Jahren sind die beiden eben etwas kauzig geworden. Das ist ganz normal und wird niemanden stören. Du musst bloß hinter dem Text stehen.«

Auch wenn Freddie Frinton sich noch nicht mit der Idee anfreunden konnte, war der Fall für den Theaterdirektor damit erledigt.
»Das könnte klappen«, schaltete sich jetzt auch Henry King ein, der kurz zuvor, so unauffällig wie möglich, seinen Flachmann unter der weißen Stoffserviette hervorgezogen hatte, um heimlich zwei, drei kräftige Züge zu nehmen.
Als dann auch noch Laurence Hill die Idee des Regisseurs für gut befand, gab es für Frinton kein Entrinnen mehr. Obwohl er es höchst albern fand, die Texte von Mr. Winterbottom hinter dessen Stuhl stehend zu sprechen, musste er der Anweisung seines Chefs Folge leisten. So war das nun mal. Schauspieler waren weisungsgebunden und mussten leider allzu oft die absurden Einfälle von Autoren und Regisseuren umsetzen. Vielleicht liebte Freddie darum Shakespeare über alles. Bei dem englischen Dichter gab es einfach keine konstruierten Szenen. Vielmehr entsprangen all seine Figuren und Handlungen dem prallen Leben, sodass man vom Falstaff in »Die lustigen Weiber von Windsor« bis zum Othello in der gleichnamigen Tragödie sämtliche Rollen selbst im Versmaß wunderbar sprechen und erst recht spielen konnte. Unweigerlich fiel Freddie das bekannte Shakespeare-Zitat ein: *»Die ganze Welt ist Bühne und alle Frauen und Männer bloß Spieler, sie treten auf und gehen wieder ab.«*
»Oder hast du immer noch vor, dich vor den Aufführungen zu drücken?«, unterbrach Taylor seinen Hauptdarsteller in dessen Gedanken über den größten aller englischen Dichter.
»Blödsinn«, log der Angesprochene. »Ich freue mich inzwischen sogar auf die Arbeit mit May, das habe ich dir doch bereits gesagt.« Der Regisseur nahm dieses Statement so hin, verstand aber nicht, warum sich sein Hauptdarsteller so vehement gegen die neue Idee sperrte.
Schließlich gab Frinton nach: »Meinetwegen, wenn ihr alle so begeistert von dem Einfall seid, dann probieren wir es aus.«

Edward nahm den Kollegen freundschaftlich beiseite: »Vertrau mir, Freddie. Ich habe ein Gespür dafür, worüber die Leute lachen, das weißt du doch.« Dann rief er in die Runde: »Können wir probieren?«
Doris räusperte sich: »Sobald Mrs. Warden von der Toilette zurück ist, kann es weitergehen.«
Es war immer dasselbe, irgendeiner fehlte stets. Doch noch bevor Taylor etwas erwidern konnte, kam May aus den Kulissen zurück auf die Bühne gelaufen. Nur Freddie sah seiner Exfrau an, dass sie in der Garderobe sehr schnell das Kostüm gewechselt haben musste. Was trug die Diva denn da um den Hals? War das etwa noch das rote Halstuch der kanadischen Stewardess? Panik stieg in Frinton auf, und er versuchte May, so unauffällig wie möglich, auf ihren Fauxpas aufmerksam zu machen. Gott sei Dank, merkte keiner der anwesenden Kollegen, wie die Schauspielerin das Nickituch ganz dezent in ihrem Ausschnitt verschwinden ließ. Houdini hätte seine helle Freude an diesem Trick gehabt, und Frinton konnte erleichtert aufatmen.
»So, alles erledigt«, stellte die Diva zufrieden fest, um gleich darauf die Überraschte zu spielen: »Was ist denn los? Habe ich etwas verpasst?«
»Nein, nein, alles fabelhaft«, antwortete Taylor, der offensichtlich keine Lust hatte, von seinem kleinen Flirtversuch mit der attraktiven Flugbegleiterin zu berichten. »Wir machen weiter! Alle auf Position«, brüllte er stattdessen quer über die Bühne.
Irritiert sah Mrs. Warden zu ihrem Exmann und raunte ihm zu: »Wir probieren doch weiter? War ich als Stewardess nicht überzeugend?«
Nachdem Freddie ihr zu verstehen gab, dass sie zu laut sprach, erklärte er ihr resigniert im Flüsterton, dass dem großen Zampano schon wieder eine Lösung eingefallen war. »Wir beginnen dort, wo sich Miss Sophie nach Mr. Winter-

bottom erkundigt«, ordnete der Regisseur resolut an. Da Henry King soeben heimlich den x-ten Schluck aus seinem Flachmann genommen hatte, bekam er nichts von der Anweisung mit, und auch Laurence Hill hatte wieder mal nur Augen für Doris.
Mit: »Habt ihr nicht gehört? Wir fangen an zu proben«, schaffte der Regisseur es, auch die Aufmerksamkeit der beiden Nebendarsteller wieder zu gewinnen.
»Mr. Taylor ist ein Stück vorgesprungen, bis zur Suppe«, erklärte die Assistentin augenblicklich, die mitbekommen hatte, dass die beiden Schauspieler am Tisch nicht die leiseste Ahnung hatten, an welcher Stelle des Sketches sie sich gerade befanden.
»Oh, alles klar«, bedankte sich King auf seine Art und nahm sofort den Löffel in die Hand.
»Ich habe jetzt aber noch kein Monokel«, kommentierte Laurence Hill, ohne dass irgendjemand wusste, warum er das Thema überhaupt ansprach. Vielleicht wollte er sich nur in Erinnerung bringen, ganz nach dem Motto: *Seht her, ich spiele auch noch mit.*
»Nicht so wichtig. Das denken wir uns erstmal«, stellte Taylor unmissverständlich klar. Augenblicklich wandte er sich seiner Assistentin zu, die noch immer am Rand der Bühne stand. Er war es leid, sich immer um alles selber kümmern zu müssen. Warum gab es so gut wie nie Menschen in seiner Umgebung, die mitdachten?
»Doris, Sie sitzen längst am Tisch. Als Sister Tilda.«
»Was denn, schon bei der Probe?« fragte die junge Frau mit einer Spur von Panik in der Stimme.
»Klar, die Kollegen brauchen doch einen Anspielpartner.« Einladend rückte er den Stuhl neben Laurence ab, sodass die Blondine Platz nehmen konnte, was die junge Frau auch sogleich schüchtern tat. Obwohl das Mobiliar gepolstert war, saß man sehr unbequem auf dem Chesterfield-Stuhl,

stellte die Assistentin fest. Sofort erinnerte sie sich daran, wie ihr Taylor erst vor kurzem erklärt hatte, dass Sitzmöbel auf der Bühne niemals bequem sein durften. Wenn man als Schauspieler nämlich zu gemütlich saß, war die Körperspannung im Nu im Eimer, dann war man für das Publikum nicht mehr präsent, und es konnte auch ebenso gut der Vorhang fallen. Nichts am Theater war schlimmer als Beliebigkeit. Als Schauspieler musste man von den Zuschauern geliebt oder gehasst werden, dann hatte man Erfolg. War man dem Publikum egal, war es Aus. Doris war all das ganz gleichgültig, wollte sie doch niemals auf die Bühne. Deshalb war sie heilfroh darüber, dass sie an der festlich gedeckten Tafel mit dem Rücken zum Publikum saß. So bekamen die Zuschauer wenigstens nicht mit, wenn sie im Gesicht rot wurde. Angstschweiß ließ bereits bei der ersten Probe Doris' Hände so feucht werden, dass die Seiten ihres Textbuches zusammenklebten, hielt sie sich doch krampfhaft an dem Manuskript fest. Mr. Taylor bestand darauf, dass die Probe endlich fortgesetzt wurde, und flugs legte May Warden los. Die Diva hatte inzwischen auf ihrem prächtigen Armlehnstuhl am Kopfende des Tisches Platz genommen. Sie griff nach ihrem silberfarbenen Becher und prostete Doris zu. Dabei sagte sie aufmunternd: »Sir Toby«, womit sie ihren alten Freund zum Trinken animieren wollte. Der Regisseur unterbrach die Szene.

Freundlich sagte er zu Miss Sophie: »Denken Sie bitte dran, dass es jetzt Sister Tilda heißen muss.«

»Ach so, ja, natürlich«, entschuldigte sich die Schauspielerin schnell und wiederholte den Satz, wobei sie korrekt Sister Tilda zuprostete. May war eben ein Vollprofi, dem man Regieanweisungen nur einmal sagen musste. Edward geriet ins Schwärmen, als er sah, wie perfekt die Diva ihr Handwerkszeug beherrschte. Mit solch begabten Darstellern machte die Arbeit Spaß. Leider hatte er bei seinen Inszenierungen nicht häufig so viel Glück. Dann erinnerte seine Arbeit weniger an die Kür, sondern war oft lästige Pflicht. Aber bislang hatte er sich noch jeder Herausforderung gestellt, schließlich musste er mit den Schauspielern arbeiten, die ihm zur Verfügung standen, und das war in Blackpool allzu oft nicht die allererste Garde der Zunft. Bis zur Premiere versuchte er nichtsdestotrotz alles aus seinem Ensemble herauszuholen, das war er nicht nur den Autoren, sondern auch seinem Publikum schuldig.

»Cheerio, Miss Sophie«, entgegnete Doris jetzt, so laut es ihr möglich war, und hob ebenfalls ihren silbernen Pokal, um der Gastgeberin des heutigen Abends zuzuprosten. Die alte Lady lächelte gütig, worauf die Assistentin so tat, als ob sie einen Schluck trinken würde, und May Warden konnte ihr Spiel fortsetzen.

»Admiral von Schneider«, forderte sie jetzt Laurence Hill zum Trinken auf, worauf sich der Angesprochene von seinem Platz erhob, zackig die Hacken zusammenschlug und ebenso schneidig antwortete:

»Auf Ihr ganz besonderes Wohl. Skol!« Eilig kippte der Offizier den Inhalt des Bechers herunter und setzte sich wieder an den Tisch. Nun war die Reihe an Henry King. Auch ihn bedachte die Diva mit einem gütigen Lächeln und prostete ihm mit einem herzlichen: »Mr. Pommeroy« zu.

»Ein gutes, neues Jahr, Sophie«, antwortete der Schauspieler mit extra hoher Stimme und trank dann ebenfalls. Dabei war lediglich Freddie Frinton aufgefallen, dass King als einziger Kollege das Trinken nicht bloß markierte, sondern seinen Gin hinunterkippte, den er zuvor unbemerkt in den Becher gegossen hatte. Allerdings wusste der Tenor ohne Stimme nicht, dass sein Getränk inzwischen zu einem guten Teil aus Frintons Rizinusöl bestand.

»Und mein lieber Mr. Winterbottom«, sagte Miss Sophie inzwischen. Fast hätte Frinton seinen Auftritt verpasst.

»Was soll ich jetzt machen«, fragte der Komiker mit einem mürrischen Blick zu Taylor, offensichtlich hatte er sich noch immer nicht mit dem Einfall seines Regisseurs anfreunden können. Langsam wurde Edward Taylor ungeduldig:
»Du sprichst ganz einfach den Text von Mr. Winterbottom und trinkst seinen Sherry aus. Das ist doch nicht so schwer.«
Freddie verdrehte innerlich die Augen. »Als Butler James oder wie?«, fragte er, um auf Nummer sicher zu gehen, noch mal nach.
»Ja, genau. Meine Güte, mach es doch nicht so kompliziert«, antwortete sein Chef inzwischen deutlich gereizter.
Frinton stellte sich hinter dem Chesterfield-Stuhl von Mr. Winterbottom auf und nahm den Becher in die Hand. Taylor war erleichtert. Allerdings kam anschließend nicht der passende Text aus Freddies Mund, sondern nur ein abfälliges:
»Das ist doch blöd!«
Taylor führte sich nun auf wie Humpty Dumpty aus »Alice im Wunderland«: »Vielleicht probierst du es einfach mal aus, anstatt hier nur herumzumeckern.« Er atmete tief durch und sagte dann deutlich freundlicher als noch kurz zuvor: »Bitte, Mrs. Warden, geben Sie Freddie noch mal sein Stichwort.«
»Gern«, gab die Diva zurück, und unmittelbar war sie wieder in ihrer Rolle: »Und mein lieber Mr. Winterbottom!«
Bester Laune prostete ihre Ladyschaft Freddie Frinton zu, dem man noch immer ansah, was er von dem neuen Regieeinfall hielt. Da er jedoch keine Wahl hatte, äffte Frinton die Stimme seines Kollegen Robert Turner nach, der die Rolle des Mr. Winterbottom bislang gespielt hatte:
»Tja, da wären wir also, meine alte Liebe«, gab er den Text zwar korrekt, aber so monoton wie möglich, wieder. Dann hob er seinen Silberbecher in Richtung Miss Sophie und trank ihn lustlos aus.
May war *not amused* von dieser Aktion ihres Exmanns. Zwar

gefiel ihr ebenfalls nicht, dass Taylor den der Produktion fernbleibenden Kollegen auf diese simple Art ersetzen wollte, aber ihnen würde schon noch eine Lösung des Problems einfallen, da war sich die Diva sicher. In keinem Fall war es hilfreich, die Proben durch Lustlosigkeit aufhalten zu wollen. Frintons Taktik, wenn man sein kindisches Verhalten überhaupt so nennen konnte, machte den Komiker nur verdächtig, und den Argwohn des Regisseurs heraufzubeschwören machte in dieser Situation überhaupt keinen Sinn, das wusste May. Freddie legte mal wieder ein typisch männliches Verhalten an den Tag, und das ärgerte sie. Das weibliche Geschlecht ging in solchen Situationen weitaus diplomatischer und meist auch cleverer vor. Während die Diva noch darüber nachdachte, wie es Männer seit Jahrtausenden geschafft hatten, Frauen zu unterdrücken, während diese ihnen oft haushoch überlegen waren, knallte Frinton den Pokal zurück auf den Tisch. Er hatte sich mit seiner kurzen Textpassage regelrecht in Rage gespielt:
»Das ist doch alles Schwachsinn! Wer soll denn das witzig finden? Verdammt noch mal!« Zur abschließenden Bekräftigung seiner kleinen Rede schlug er kräftig mit seiner Faust auf den Tisch.
Wie in Zeitlupe gaben die Beine der festlich gedeckten Tafel daraufhin nach, und der Tisch brach, samt dem Geschirr, der Becher, Kerzenleuchter und Blumenvase, in sich zusammen. Einen Augenblick herrschte auf der gesamten Bühne eisiges Schweigen. Dann aber war es um den Regisseur geschehen. Taylor schrie seinen Hauptdarsteller an, wobei er aus seinem Herzen keine Mördergrube machte. Da Frinton eine solche Attacke nicht auf sich sitzen lassen konnte, selbst wenn sie von seinem Chef stammte und mehr als gerechtfertigt war, kam es zu einem heftigen Wortgefecht zwischen den beiden Männern, in das sich schließlich auch noch Mrs. Warden einmischte. Unmöglich zu beurteilen,

für welche der beiden Seiten die Diva Partei ergriff. Wahrscheinlich war ihr Dazwischenfunken rein olympischer Natur, ganz nach dem Motto: *Dabeisein ist alles.* Lediglich die beiden Kollegen King und Hill beteiligten sich nicht an dem Streit. Völlig unerwartet übertönte Henry plötzlich sämtliche Kontrahenten, als er ausrief:

»Platz da, ich muss auf's Klo! Sonst passiert ein Unglück!«

Ebenso unerwartet, wie der Tenor ohne Stimme losgeschrien hatte, sprang er auf, wobei er seinen Stuhl rücksichtslos umwarf und von der Bühne Richtung Toilette rannte. Voller Genugtuung stellte Freddie fest, dass das Rizinusöl endlich eine durchschlagende Wirkung zeigte. Nur ihr gezielter Hechtsprung Richtung Anrichte hatte dazu geführt, dass Doris nicht von der Naturgewalt des Kollegen überrollt worden war. Kopfschüttelnd sah Mrs. Warden dem flüchtenden Schauspieler nach und schrie ihm hinterher:

»Das ist ja hier das reinste Laientheater!«

Ihr Exmann glaubte seinen Ohren nicht zu trauen, was ihn seinerseits zu einem Gegenangriff nötigte: »Laientheater? Ich geb' dir Laientheater! Mehr als tausend Vorstellungen hat dieser Tisch gehalten. Kaum kommst du, ist alles im Eimer!«

»Ich?«, entgegnete die Diva fassungslos, immerhin hatte Freddies Faust die Tafel zum Einsturz gebracht, das stand außer Frage. Davon wollte dieser allerdings nichts hören, weshalb er nachschob:

»Ja, du! Wenn ich nur einen Tag länger mit dir verheiratet gewesen wäre, hätte ich dir Zyankali in deinen Tee gekippt.«

Diese Boshaftigkeit konnte May unmöglich auf sich sitzen lassen. Darum brüllte sie zurück.

»Und wenn ich auch nur einen Tag länger mit dir verheiratet gewesen wäre, hätte ich den Tee sogar getrunken.« Damit stand es eins zu null für die Diva.

Clever wie Laurence Hill war, hatte er das Tohuwabohu genutzt und sich unauffällig in die Nähe von Doris geschlichen. Während sich die älteren Kollegen lauthals stritten, wollte er lieber seinen Flirt mit der Regieassistentin fortsetzen, was bei ihr sogar auf Gegenliebe stieß. Immerhin war er ein gut aussehender, athletischer Vertreter seines Geschlechtes, und Doris war eine verborgene Schönheit, die endlich zum Erblühen gebracht werden wollte. Junge Männer wie Laurence spürten, wenn eine Frau nur auf ihre Eroberung wartete. Behutsam nahm er daher den Kopf der Regieassistentin in seine warmen, großen Hände. Er fühlte die zarte Haut ihres Gesichts zwischen seinen Fingern und näherte sich seelenruhig mit seinem Mund dem ihren. In diesem Augenblick vergaßen die beiden jungen Leute alles um sich herum, sodass die Erde stillzustehen schien. Doris nahm den markanten Geruch von *English Leather* wahr. Sein After Shave gefiel ihr, und sie hoffte, dass auch ihm ihr Duft nach Maiglöckchen positiv auffiel. Alles in ihrem Körper verzehrte sich jetzt nach einem Kuss von ihm, nichts wünschte sich Doris in diesem Augenblick sehnlicher, und auch Laurence fühlte so. Beide schlossen die Augen, als ihre Münder aufeinandertrafen. Seine weichen Lippen spielten mit den ihren. Dabei wirkte er alles andere als schüchtern oder unerfahren. Einen Moment lang genoss Doris diesen ersten Kuss unglaublich, aber dann kam ihr doch wieder das Theater in den Sinn. Sie hatte jetzt wirklich keine Zeit für zwischenmenschliche Gefühle, wenngleich sich ihr Körper danach sehnte. Abrupt löste sich die Regieassistentin aus der Umarmung.

»Ich verbitte mir diese Annäherungsversuche«, schrie sie den jungen Kollegen eine Spur zu laut an, der nicht so recht wusste, wie ihm geschah. Dann griff sie im Affekt nach einer Buttercremetorte, die auf der Anrichte stand, und schmiss sie Laurence samt Cocktailkirschen ins Gesicht.

Da Taylor versucht hatte, den Streit zwischen den beiden

Hauptdarstellern zu schlichten, hatte er die Tortenschlacht nur aus dem Augenwinkel gesehen. Völlig erledigt ließ sich der Theaterdirektor auf einen der Chesterfield-Stühle fallen, der augenblicklich unter ihm nachgab und zusammenbrach. Noch im freien Fall dachte Taylor, dass dies das endgültige Ende seiner diesjährigen Silvester-Vorstellungen war.

Achtes Kapitel

Widerwillig verließ Alister Davis seine Pförtnerloge am Bühneneingang des *Pavilion Theatres* und folgte der aufgebrachten Regieassistentin, die kurz zuvor an seinem kleinen Fenster aufgetaucht war. Zwar hatte er die Lektüre seiner Zeitung bereits beendet, aber Mr. Davis war gerade damit beschäftigt, seinem Wellensittich das Sprechen beizubringen. Wie Doris feststellen konnte, zeigte Cookie bislang allerdings keinerlei linguistische Begabung, was sicher daran lag, dass der Pförtner erst seit ein paar Monaten mit dem Vogel trainierte, wie er ihr entschuldigend erklärte. Im Wartezimmer des Tierarztes hatte Alister von einer zufällig neben ihm sitzenden Wellensittich-Halterin, deren gefiederter Freund an einer Depression litt, erfahren, dass man den putzigen Piepmätzen tatsächlich das Sprechen beibringen konnte, wenn man nur genug Zeit und Geduld aufbrachte. Von beidem hatten der Pförtner und Cookie genug, sodass sie mit dem Unterricht im vergangenen Sommer begonnen hatten. Da Alister glaubte, didaktische Fähigkeiten zu besitzen, hielt er sich durchaus für qualifiziert, seine Arbeit als Sprachlehrer aufzunehmen. Wie er ornithologischer Fachliteratur aus der Stadtbücherei entnommen hatte, war dabei vor allem wichtig, dass man das tägliche Training nicht übertrieb. Überforderung führte auch bei Sittichen zu Stress, der im schlimmsten Fall den Verlust des Federkleides zur Folge haben konnte, und daran hatten weder Cookie noch Mr. Davis Interesse. Eine halbe Stunde war vollkommen ausreichend, wusste auch die Dame im Wartezimmer von Dr. Farnon zu berichten, sonst wurden die gefiederten Freunde schnell rebellisch und wollten sich lieber bewegen, was in dem kleinen Käfig neben Alisters Schreibtisch auch keine gute Idee war. Zu Beginn der Sprecherziehung sollte man am besten mit vokalreichen Wörtern anfangen. E, I, und U gingen den kleinen Tieren am besten über den kurzen Schnabel. Deshalb übten die beiden seit Monaten täglich das Wort *icecream*. Ob es an der winterlichen Jahreszeit lag oder an Cookies genereller Abneigung gegenüber gefrorenen Süßspeisen, konnte er nicht sagen. Jedenfalls weigerte sich der Vogel beharrlich, das Wort auch nur ansatzweise in den zierlichen Schnabel zu nehmen. Langsam machte sich außerhalb des Käfigs Frustration breit. Deshalb überlegte der Pförtner schon seit Weihnachten, ob er es nicht vielleicht mit einer sprachlichen Variante versuchen sollte, die dem Wellensittich mehr lag. *Teatime* würde einem Vogel auf den britischen Inseln unter Umständen eher aus dem Schnabel kommen, dachte Mr. Davis. Allerdings wollte der alte Herr seinen gefiederten Freund auch nicht überfordern. Der Glanz seines Federkleides durfte keinesfalls aufs Spiel gesetzt werden, wollte er doch im kommenden Jahr mit Cookie an der Ziervogel-Schau in Liverpool teilnehmen. Enormes Fingerspitzengefühl war also gefragt, wenn es um ein angemessenes Sprachtraining ging.

Über all das dachte Mr. Davis nach, während er verdrießlich hinter Doris Richtung Bühne herlief. Ihm war noch immer nicht klar, was die junge Frau eigentlich von ihm wollte. Aber da sie zu verstehen gegeben hatte, dass Mr. Taylor nach ihm verlangte, hatte der Pförtner seinen Sprechunterricht kurzerhand unterbrochen. Immerhin ging es um seinen Chef, und den konnte selbst er nicht ignorieren. Damit während seiner Abwesenheit niemand ungesehen ins Theater gelangen konnte, während die Pförtnerloge nur von Cookie bewacht wurde, hatte Alister Davis schnell noch die Tür des Bühneneingangs abgeschlossen und war der jungen Frau anschließend gefolgt. Dabei musste er anerkennend feststellen, dass die Assistentin auf ihren hochhackigen Pumps ein ziemliches Tempo an den Tag legte, ohne auch nur ein einziges Mal umzuknicken. Außer Atem erreichte das Gespann schließlich die Bühne. Die grellen Scheinwerfer blendeten Mr. Davis, sodass sich seine alten Augen erst einmal an das helle Rampenlicht gewöhnen mussten. Als sich seine Pupillen entsprechend verengt hatten, bot sich dem Pförtner ein Bild der Verwüstung. In der Mitte der Szenerie stand bzw. lag ein großer, zusammengebrochener Tisch unter einer weißen Damastdecke. Rundherum verteilten sich zerschlagenes Porzellan, silbernes Besteck, ebensolche Becher sowie Leuchter samt gesplitterter Kerzen. Inmitten des Durcheinanders kniete Freddie Frinton und versuchte, einzelne Scherben wieder zu vollständigen Tellern zusammenzusetzen. Unwillkürlich erinnerte der Komiker den alten Pförtner dabei an einen Archäologen, der soeben auf wertvolle Artefakte aus längst vergangenen Zeiten gestoßen war, vielleicht wertvolles, chinesisches Porzellan aus der frühen *Ming-Dynastie*. Allerdings freute sich der Finder nicht, sondern wirkte vielmehr verzweifelt. Mrs. Warden saß, wie die Sphinx oberhalb der Ausgrabungsstätte, kreidebleich auf ihrem dekorativen Stuhl, der ehemals am Kopfende der Tafel gestanden hatte. Entgeistert blickte sie auf ihren Exmann und das Chaos zu ihren Füßen herab. Auf der anderen Seite stand Laurence Hill und wischte sich mit einer Stoffserviette die Überreste einer Buttercremetorte aus dem Gesicht, wobei vereinzelte Cocktailkirschen noch in seinem Haar klebten. Wahrscheinlich handelte es sich dabei um das Backwerk, das Mr. Davis am gestrigen Samstag im Auftrag seines Chefs aus dem *Cake-Shop* in der *St. Anne's Road* abgeholt hatte. Man spielte nicht mit Lebensmitteln, dachte der alte Mann, der zwei Weltkriege miterlebt hatte, unwillkürlich. Während der Pförtner die Szenerie noch zu deuten versuchte, war Doris sogleich zu ihrem Chef geeilt. Mr. Taylor hatte sich inzwischen aus den Trümmern des Chesterfield-Stuhls befreit. Bei dem Sturz musste sich der Regisseur den

Steiß geprellt haben, denn er humpelte und hielt sich immer wieder seine Hand an den Po. Trotz der Schmerzen versuchte Edward Taylor die Einzelteile des Stuhls zusammenzusetzen, sodass das antike Stück wieder einsatzfähig war. Alister Davis sah jedoch, dass dieses Unterfangen zwecklos war. Das Sitzmöbel war hinüber, da war nichts mehr zu retten. Als er seinen Chef darüber informierte, berichtete dieser ihm, wie es zu dem Desaster gekommen war. Taylor war ratlos, was er jetzt tun sollte, praktisches Arbeiten lag ihm nicht. Zum Glück war der Pförtner ein Mann der Tat, das wusste der Direktor. Immerhin hatte er schon ein paar Mal bei den Taylors zu Hause tapeziert und Malerarbeiten ausgeführt, sodass sogar Lily zufrieden gewesen war, die bei solchen Dingen sehr anspruchsvoll sein konnte.
Irgendwie war Freddie Frinton durch den Zusammenbruch des Tisches geläutert worden. Jedenfalls sah er nun ein, dass es keinen Zweck hatte, sich auch weiterhin gegen die Proben zu sperren. Deshalb hatte der Schauspieler reumütig zugestimmt, die Arbeit fortzusetzen. Er erklärte sich sogar dazu bereit, den zusätzlichen Text von Mr. Winterbottom zu übernehmen, auch wenn er dabei hinter dessen Stuhl stehen musste. Aber wie sollten sie jetzt weiterprobieren, ohne Tisch, Stuhl und Geschirr? Alister Davis erfasste die Lage mit wenigen Blicken. Der Stuhl war nicht mehr zu retten, so viel stand fest. Aber die Tafel würde man mit ein paar Metallwinkeln und verstrebenden Leisten unterhalb der Tischplatte retten können. Immerhin lag ein großes Tischtuch über ihr, sodass man die Reparaturarbeiten aus dem Zuschauerraum nicht sehen konnte. Zum Glück waren die aufwendig gedrechselten Beine des Tisches nicht gesplittert, sodass die Optik des Möbelstückes nicht beeinträchtigt war. Was den Stuhl betraf, so erinnerte sich die Regieassistentin daran, dass ein ganz ähnlich mit grauem Stoff bezogenes Exemplar noch in einer der Garderoben stand. Zwar handel-

te es sich dabei nicht um einen aufwendigen Chesterfield-Stuhl, aber das würde auf die Entfernung nicht sonderlich auffallen, war sich die junge Frau sicher. Passendes Geschirr gab es noch reichlich im Fundus, stellte Taylor abschließend fest, hatte er doch erst im vergangenen Frühjahr die Komödie »Heuschnupfen« inszeniert. Da bei diesem Stück neun Personen aus der *Upper Class* auf der Bühne standen, musste noch genügend dekoratives Porzellan vorhanden sein. Während der Pförtner sein Werkzeug sowie ein paar Leisten und Holzleim aus der kleinen Werkstatt im Keller des Theaters holte, beseitigten die Schauspieler das Chaos auf der Bühne. Lediglich Henry King saß noch immer auf der Toilette und kämpfte gegen seine heftigen Durchfallattacken an. Vielleicht hatte Frinton es mit der Menge des Rizinusöls übertrieben, dachte May Warden. Aber dann fiel der Diva ihre verstorbene Mutter ein, die stets gesagt hatte, dass viel auch viel hilft. Immerhin hatte ihr Exmann dafür gesorgt, dass King aufgrund seiner Diarrhö ausfiel, weshalb Edward dessen Gage bezahlen musste. Während Mr. Davis schließlich damit beschäftigt war, den Tisch auf der Bühne zu reparieren, wollte Freddie ihm, um sein schlechtes Gewissen zu beruhigen, zur Hand gehen.
»Was willst du machen?«, fragte seine Exfrau ihn ungläubig.
»Während unserer Ehe hast du nicht mal ein Bild aufhängen können«, spottete sie.
»Weil ich kein sympathisches von dir gefunden habe«, konterte Frinton und setzte noch einen drauf: »Außerdem habe ich mich weiterentwickelt, aber das kennst du ja nicht.«
May Warden sah den Komiker mitleidig an: »Du meinst, was dir als Schauspieler nicht gelungen ist, hat wenigstens als Handwerker geklappt?«
Man musste es den beiden lassen, streiten konnten sie sich noch immer vorzüglich. Vielleicht hätte Taylor lieber »Die

Hochzeitsreise« auf den Spielplan setzen sollen, denn erstens benötigte man für dieses Stück nur vier Personen, und zweitens stritten sich die beiden Hauptdarsteller in besagtem Werk den ganzen Abend lang zur Freude des Publikums. May und Freddie wären tatsächlich die Idealbesetzung dieser Komödie von Noël Coward gewesen. Seitdem der Regisseur 1930 die Uraufführung am *King's Theatre* in Edinburgh gesehen hatte, war er ein Fan des temporeichen Stückes. Aber momentan musste er nicht weiter darüber nachdenken: Morgen stand »Der 90. Geburtstag« auf dem Spielplan, daran ließ sich jetzt nichts mehr ändern. Und da das Wetter inzwischen besser geworden war, weil der heftige Schneeregen nach Nordosten abzog, hegte der Theaterdirektor die berechtigte Hoffnung, dass sich nun auch noch die letzten Eintrittskarten verkaufen würden. Diese positive Aussicht verbesserte zwar einerseits seine Stimmung ein wenig, andererseits erhöhte sie aber auch den Druck noch mehr, falls das überhaupt ging. Um den erneut aufkeimenden Streit der beiden Mimen im Keim zu ersticken, drückte Taylor seinem Hauptdarsteller Handfeger und Kehrblech in die Hand, was prompt Wirkung zeigte. Nun musste sich Freddie Frinton auf die Scherben des zerbrochenen Geschirrs konzentrieren und konnte sich nicht mehr dem Scherbenhaufen seiner gescheiterten Ehe zuwenden. Dem Schauspieler blutete das Herz, als er die Überreste des teuren Porzellans von *Royal Worcester* in den Mülleimer werfen musste.
Da sich die einzelnen Schichten der Torte nicht gänzlich mit einer Stoffserviette aus seinem Gesicht entfernen ließen, geisterte Laurence Hill mit verklebten Augen in seine Garderobe. Dort angekommen, hielt er seinen Kopf unter den Wasserhahn. Nur so konnte er die klebrige Buttercreme samt sämtlicher Cocktailkirschen aus seinem Gesicht entfernen. Schmierten sich nicht manche Frauen ganz ähnliche Zutaten als Schönheitsmasken ins Gesicht? Als kleiner

Junge hatte er seine Mutter manchmal heimlich dabei beobachtet, wie sie sich Magerquark und Gurkenscheiben auf die geschlossenen Augenlider klatschte. Der Himmel wusste, wozu das gut sein sollte. Er aß lieber Pellkartoffeln mit Quark und dazu Gurkensalat.
Glücklicherweise hatte das Kostüm von Laurence nur einen Streifschuss der Tortenschlacht abbekommen. Zielen konnte Doris jedenfalls, das musste er ihr lassen. Schade, aber er hätte den großen *Cup Cake* lieber gegessen, als ihn im Waschbecken zu entsorgen. Trotzdem war er der jungen Frau nicht böse, hatte sie mit dieser Aktion doch bewiesen, dass sie durchaus Temperament besaß, und das gefiel ihm sehr. Nun musste Laurence Hill nur noch einen Tauchsieder finden, weshalb er sämtliche Schubladen und Schränke in seiner Garderobe durchsuchte. Mit heißem Wasser würde er auch die Flecken der Buttercreme auf seiner Gala-Uniform beseitigen können, da war er sich sicher. Und falls doch noch der ein oder andere Klecks übrig blieb, so würde er einfach einen seiner zahlreichen militärischen Orden darüber hängen.
Plötzlich wurde die Tür zu seiner Garderobe geöffnet, und Doris Cooper trat ein. Wollte sie sich etwa bei ihm entschuldigen? Er freute sich über ihren überraschenden Besuch, aber ein Blick auf ihre Hände, in denen sie einen dampfenden Teekessel mit heißem Wasser trug, verriet ihm, dass ihre Ankunft profaner Natur war. Augenscheinlich hatte sie dieselbe Idee gehabt wie er und wollte sich den Flecken auf seinem Kostüm zuwenden.
»Es tut mir leid«, sagte er ehrlich zu ihr, was die Blondine mit: »Ich bin kein billiges Flittchen«, abtat.
»Das habe ich auch nicht gesagt«, rechtfertigte sich Hill weiter.
»Und warum hast du mich dann geküsst?«, wollte es die Regieassistentin nun ganz genau wissen. Sie machte es dem jungen Mann wirklich nicht leicht.

»Weil ich dich...«, Laurence kam das passende Wort nicht über die Lippen.
»Ja?«, drängte sie ihn weiter.
»Ach, ist ja auch egal«, antwortete der Möchtegern-Casanova unreif. »Eines Tages wirst du mich... weil du mich verschmäht hast... jedenfalls, wenn ich weg bin, wird es dir leidtun... », offensichtlich hatte er Probleme damit, offen und ehrlich über seine Gefühle zu sprechen, aber das kannte man ja von vielen Männern.
Obwohl Doris ihm auch nicht sagte, dass sie den Kuss sehr genossen hatte, fand sie ein solches Verhalten kindisch und unangebracht, weshalb sie Laurence den Kessel mit heißem Wasser in die Hand drückte und die Garderobe schleunigst wieder verließ.
»Du wirst schon sehen, irgendwann mache ich Karriere am Broadway«, rief der junge Schauspieler ihr trotzig hinterher, wenngleich er sich insgeheim über seine unpassende Reaktion ärgerte.
Beim Aufreißen der Tür wäre die Regieassistentin fast mit Mrs. Warden zusammengestoßen, die offenbar auf dem Weg in ihre Garderobe war. Nachdem Laurence Hill die Diva versehentlich angeschrien hatte, weil sich Doris blitzschnell an der Schauspielerin vorbeidrücken konnte, entgegnete May spöttisch:
»Am Broadway? Warum nicht gleich in Hollywood!«
»Genau«, erwiderte der junge Mime, der die Ironie in der Stimme der älteren Kollegin nicht wahrnahm. »Mir fehlt bloß noch der passende Agent, der meine Karriere in Schwung bringt«, erklärte er Mrs. Warden, die am liebsten lauthals losgelacht hätte, wusste sie doch, dass Karrieren nicht von Agenten, sondern in erster Linie von Fleiß, Talent, Disziplin sowie einer großen Portion Glück abhingen. Sollte sie ihm das erklären? Wozu, Laurence Hill würde es ihr sowieso nicht glauben. Aber das Stichwort *Agent* führte dazu,

dass May Warden eine großartige Idee hatte, die sie unbedingt mit ihrem Exmann besprechen musste.
»Du wirst sehen, wenn die Zeit reif dafür ist, kommt der Agent von ganz alleine«, sagte sie schnell noch zu dem jungen Kollegen, machte dann aber auf dem Absatz kehrt und entschwand wieder Richtung Bühne. Freudestrahlend blickte Laurence ihr nach. Er wusste, dass er irgendwann den großen Durchbruch erleben würde, und hatte soeben die Bestätigung dafür erhalten. Voller Elan wandte er sich jetzt mit reichlich heißem Wasser den Fettflecken auf seiner Uniform zu, denn ein makelloses Kostüm würde der erste Schritt auf seinem Weg zum Erfolg sein.
Hinter den Kulissen traf die Diva schließlich auf ihren Exmann, der damit beschäftigt war, das zerbrochene Porzellan in einem Mülleimer zu entsorgen, der dort einsam neben einem Feuerlöscher stand. Eilig zog sie ihn beiseite und flüsterte Freddie Frinton ins Ohr, wie sie mit einer neuen Rollenimprovisation endgültig dafür sorgen wollte, dass die morgigen Vorstellungen ausfallen mussten. Frinton war auf Anhieb begeistert von dem Einfall.
Überraschenderweise ertönte in diesem Augenblick ein lauter Schrei von der Bühne, der sich verdächtig nach Edward Taylor anhörte. Was hatte das zu bedeuten? Irritiert sahen sich die beiden Schauspieler an. Diesmal konnten sie jedenfalls nicht schuld an der Empörung ihres Chefs sein. Noch während sie überlegten, was jenseits der Kulissen passiert sein könnte, lief die Regieassistentin eilig an ihnen vorbei, offensichtlich war sie auf dem Weg zu den Schauspieler-Garderoben. Ein paar Sekunden später folgte ihr Edward Taylor, der eine der Stoffservietten um seinen linken Daumen gewickelt hatte. Wenn der Regisseur sein Tempo noch steigerte, würde er Doris in jedem Fall noch überholen, dachte Mrs. Warden sogleich. Als Engländerin wollte sie ihrem Exmann schon eine entsprechende Wette anbieten, da

folgte den beiden Läufern auch noch kopfschüttelnd Alister Davis. Nun bot sich sogar eine lukrative Dreierwette an, bei der man auf Sieg oder Platz setzen konnte, allerdings wurden May Wardens Gedanken diesbezüglich unterbrochen.
Auf Freddie Frintons Nachfrage berichtete der Pförtner zufrieden, dass er den Tisch inzwischen repariert hatte. Allerdings ließ sich der Chef nicht davon abbringen, den letzten Nagel höchstpersönlich ins Holz schlagen zu wollen. Es sollte ihm für die morgigen Aufführungen Glück bringen. Doch stattdessen bescherte es Edward Taylor jede Menge Pech, denn der Hammer sauste nicht auf den Nagel hernieder, sondern traf mit voller Wucht seinen Daumen, der unverzüglich anschwoll und dessen Fingernagel sich auf der Stelle schwarz verfärbte. Nachdem Mr. Davis seinen Bericht kopfschüttelnd beendet hatte, ging er in seine Pförtnerloge zurück, wo es weitaus unaufgeregter zuging. Schließlich war Cookie es nicht gewohnt, lange alleine zu bleiben. Auf dem Weg zu seinem Wellensittich glaubte der alte Mann das Wort *teatime* zu hören. Sollte der kleine Piepmatz etwa heimlich ohne seinen Lehrmeister weitergeübt haben? Er war sich nicht sicher, aber unwillkürlich beschleunigten sich seine Schritte. Vielleicht war inzwischen ein kleines, ornithologisches Wunder geschehen.
Nach dem Bericht des alten Mannes beschlossen May Warden und Freddie Frinton ihren neuerlichen Plan in Angriff zu nehmen. Eiligen Schrittes begab sich die Diva deshalb in ihre Garderobe und schloss die Tür hinter sich ab. Was einmal funktioniert hatte, würde bestimmt auch noch ein zweites Mal klappen, da war sich die Mimin sicher. Um in der Zwischenzeit keinen Verdacht aufkommen zu lassen, kehrte Freddie Frinton mit dem Ersatzstuhl auf die menschenleere Bühne zurück. Der Tisch stand tatsächlich wieder an seinem alten Platz, und wenn man es nicht wusste, kam man nicht auf die Idee, dass die herrschaftliche Tafel

eben noch ein Trümmerhaufen gewesen war. Sogar das neue Porzellan sah gut aus, musste Frinton anerkennend feststellen. Es stammte zwar nicht aus der Manufaktur *Royal Worcester*, aber das konnte das Publikum auf die Entfernung unmöglich erkennen. Eine der Silbergabeln bog der Schauspieler noch gerade, aber dann sah alles wieder ganz manierlich aus. Lediglich die mehrschichtige Torte war perdu, aber dann würde er als Butler James ihrer Ladyschaft eben als letzten Gang eine Obstplatte servieren, das hatte auf den Ablauf des Sketches keinerlei dramaturgische Auswirkungen.

Kurz darauf kam auch Doris Cooper zurück auf die Bühne, und Frinton erkundigte sich bei der Assistentin, wie es dem Daumen des Chefs ging.

»Wenn er weiter anschwillt«, sagte sie, »kann Mr. Taylor bald ohne Schläger Tennis spielen.«

Die junge Frau hatte durchaus ein Gespür für Pointen, dachte der Komiker erfreut.

Mit den Worten: »Ich gucke mal nach Edward, vielleicht sucht er noch einen Tennispartner«, verabschiedete er sich von der Blondine und verließ zielstrebig die Bühne. Hinter den Kulissen begegnete er Laurence Hill, der offensichtlich in entgegengesetzter Richtung unterwegs war. Täuschte er sich, oder hatte der junge Kollege jetzt deutlich mehr Orden an der Brust als vorhin? Irritiert setzte er seinen Weg fort. Er musste May sofort berichten, dass Doris und Laurence in wenigen Augenblicken allein auf der Bühne waren, was bedeutete, dass die Diva mit dem nächsten Akt ihres Intrigenspiels beginnen konnte. Leise klopfte er gegen die Garderobentür seiner Exfrau und wurde kurz darauf ungesehen eingelassen.

Als Laurence Hill, durch die Kulissen kommend, die Bühne betrat, sah er Doris, die damit beschäftigt war, die Flaschen auf der Anrichte mit den entsprechenden alkoholischen Getränken zu füllen. Wie sie dem Textbuch entnommen hatte, war das Essen und Trinken für diesen Sketch besonders wichtig. Wenn sich die Regieassistentin alles richtig aufgeschrieben hatte, bestand das Geburtstags-Dinner von Miss Sophie aus insgesamt vier Gängen. Als Vorspeise gab es eine scharfe Mulligatawny-Suppe, zu der ein trockener Sherry serviert wurde. Als nächstes wurde Schellfisch aus der Nordsee serviert, zu dem die Gesellschaft Weißwein trank. Anschließend gab es Geflügel, also Hähnchen, und getrunken wurde Champagner. Zum Dessert sollte es eigentlich Torte geben, aber diese war ja von Doris zweckentfremdet worden, sodass die junge Frau nicht wusste, was der Butler James stattdessen auftischen sollte. Vielleicht konnte er ja einfach die große Obstschale nehmen, die bereits dekorativ auf der Anrichte stand. Nur in die reifen Früchte hineinbeißen durfte kein Ensemblemitglied, handelte es sich doch ausnahmslos um Wachsobst, das zwar gut aussah, aber ungenießbar war. In jedem Fall sollte zum Nachtisch Portwein getrunken werden. Natürlich konsumierten Schauspieler auf der Bühne niemals echten Alkohol, außer ein Kollege wollte einem anderen einen Streich spielen. Deshalb mussten die Getränke zumindest täuschend echt aussehen, damit das Publikum den Akteuren auch abnahm, dass sie sich während der Aufführung betranken. Wenn die Zuschauer argwöhnten, dass das Ensemble lediglich Wasser zu sich nahm, war die Illusion im Eimer. Deshalb hatte Taylor seiner Regieassistentin bereits zu Beginn ihrer Arbeit eingeschärft, wie wichtig das perfekte Mixen von Spirituosen am Theater war. Sherry stellte man z.B. her, indem man sieben Teile Leitungswasser mit drei Teilen schwarzem Tee vermengte, auch ein kleiner Schuss roter Martini eignete sich hervorragend, um für die gewünschte Färbung zu sorgen. Für täuschend echt aussehenden Weißwein mischte man einfach stilles Wasser mit ein wenig klarem Apfelsaft, und

Champagner ließ sich ganz ähnlich herstellen. Allerdings mixte man in diesem Fall den Apfelmost mit einem möglichst kohlensäurehaltigen Mineralwasser oder fügte reichlich Soda hinzu. Wenn man die fertige Mischung vor dem Auftritt noch ein bisschen schüttelte, konnte es sogar sein, dass sich der zuvor eingesetzte Korken mit einem echten Ploppen aus dem Flaschenhals löste, was die Illusion von echtem Schaumwein noch verstärkte. Den Korken musste man in jedem Fall vorher mit einem scharfen Messer anspitzen, damit sich der Flaschenhals anschließend einwandfrei verschließen ließ. Wenn man dann noch goldenes Stanniol-Papier über den Pfropfen stülpte und alles fachmännisch mit dem Korken-Gitter verschloss, merkte kein Mensch im Publikum, dass auf der Bühne kein echter Champagner getrunken wurde. Roten Portwein stellte man her, indem man entweder Leitungswasser mit Kirschsaft oder Früchte-Tee vermengte, das war ein Kinderspiel. Eigentlich waren die Farben der Spirituosen bei »Der 90. Geburtstag« nicht ganz so wichtig, weil sämtliche Getränke aus undurchsichtigen Silberbechern konsumiert wurden, aber Doris war nun mal detailverliebt. Nur einfaches Wasser zu nehmen, wäre ihr niemals in den Sinn gekommen.

»Warte, ich helfe dir«, sagte Laurence Hill zu ihr, als er sah, dass diese mit diversen Zutaten an der Anrichte stand und die verschiedenen Flaschen befüllte.

»Nicht nötig, ich schaffe das gut alleine«, entgegnete sie kühl, ohne den jungen Mann auch nur eines Blickes zu würdigen. »Kümmere du dich lieber um deine Karriere in Amerika«, fügte die Assistentin noch spitz hinzu, während sie zufrieden die Resultate ihrer unterschiedlichen Mischvorgänge betrachtete. Lediglich der Sherry war noch ein bisschen zu hell, aber dieser Fehler war mit einem zusätzlichen Schuss Tee schnell behoben.

»Mach dich nur lustig«, konnte Hill gerade noch erwidern,

da wurde auch schon die Tür zum Theatersaal aufgerissen. Wer platzte denn nun schon wieder in die Probe herein?
»Good Morning, everybody«, hallte es aus dem dunklen Parkett, sodass Doris vor lauter Schreck mit dem schwarzen Tee kleckerte, den sie soeben in die Sherryflasche schütten wollte.
Im Halbdunkel des Parketts konnte Laurence Hill eine Frau in einem grünlichen Wollmantel erahnen, die langsam näher kam. Die Rothaarige trug ein buntes Kopftuch mit einem floralen Muster, während sie ihr Gesicht hinter einer übergroßen Sonnenbrille verbarg.
Ebenso, wie vor Kurzem noch sein Chef, wurde auch der junge Schauspieler von den zahlreichen Spots oberhalb des Bühnenportals geblendet. Mit der Hand vor dem Gesicht, erkundigte sich Laurence Hill danach, ob er der Dame irgendwie helfen könne. Zu Frauen war er erstmal immer nett, er konnte gar nicht anders, das war bei ihm quasi genetisch bedingt.
Doris war da deutlich ablehnender: »Sie können hier nicht einfach hereinplatzen. Wir haben Probe«, rief sie in den Zuschauerraum, ohne den Eindringling wirklich erkennen zu können. Wie bei ihrem vorherigen Auftritt als französische Stewardess, so achtete May Warden auch diesmal peinlichst darauf, dass sie sich mit einigem Abstand zur Bühne im Halbdunkeln des Theatersaals aufhielt, schließlich wollte sie ihre Tarnung nicht aufgeben. Die Tatsache, dass sie nahezu alle Dialekte perfekt beherrschte, trug ebenfalls zur Glaubwürdigkeit ihres Auftritts bei. Jedenfalls schöpften weder Doris Cooper noch Laurence Hill Verdacht, was der Diva weiteren Auftrieb verlieh.
»Ick weiß, Sie probieren für der Silvestershow«, antwortete die Frau aus dem Parkett, die sich spätestens jetzt als waschechte Amerikanerin zu erkennen gab. Ihr auffälliger Akzent, der jedem Briten das Blut in den Adern gefrieren ließ, deutete stark auf die Westküste hin. »Sorry for die Störung, aber

ick bin extra aus L.A. angereist. Ist meine Telegramm nicht angekommen?«, erkundigte sich die Frau entschuldigend, während sie langsam vor der Bühne eintraf. In ihrer farbenfrohen Pracht mit der großen Sonnenbrille, erinnerte die Amerikanerin stark an einen exotischen Papagei, klang ihre Aussprache in den Ohren der beiden jungen Engländer doch ähnlich gestelzt. Eine Zigarettenspitze in ihrem Mund trug ebenfalls nicht zur besseren Verständlichkeit bei.
»Was für ein Telegramm? Wir haben keins erhalten. Wer sind Sie denn eigentlich?«, erkundigte sich die Regieassistentin forsch.
Verständnisvoll schlug sich die Papageiendame mit der Hand vor die üppige Brust und entschuldigte sich überschwänglich. Wie sich herausstellte, war ihr Name Sarah Goldman, und sie war eine waschechte Agentin aus Hollywood. Während Laurence Hill seinen Ohren nicht zu trauen glaubte, sah Doris Cooper all ihre Vorurteile, die sie gegen Menschen aus den USA hatte, bestätigt. Sie waren laut und grell und vollkommen kulturlos. Einzig Freddie Frinton amüsierte sich köstlich über Mrs. Goldman, hatte er ihren Auftritt doch bereits von Beginn an aus einem sicheren Versteck verfolgt. Am seitlichen Bühnenportal befand sich nämlich nicht nur ein Platz für den Feuerwehrmann, der von dort aus die Aufführungen überwachte, sondern auch ein Guckloch, von dem aus man auf die Bühne und ins Publikum sehen konnte. Heimlich hatte der Komiker dort seinen Platz eingenommen, sodass er unbeobachtet Zeuge der kuriosen Unterhaltung wurde. Die bunte Kostümierung sah perfekt aus, dachte Frinton, handelte es sich bei der schrillen Amerikanerin doch in Wirklichkeit um May Warden, die auf dem Wege war, ein weiteres Kabinettstück ihrer Schauspielkunst zum Besten zu geben und erneut ihre enorme Verwandlungsfähigkeit unter Beweis stellte. Jedenfalls merkten Doris und Laurence nicht, wen sie da wirklich vor sich hatten.

Der junge Schauspieler selbst hatte die Diva vorhin auf die Idee gebracht, als er ihr gesagt hatte, dass ihm noch immer die passende Agentin fehlte. Das konnte man ändern, dachte sich May sogleich. Mit Hilfe einiger Kostümteile, die sie kurz darauf in ihrer Garderobe gefunden hatte sowie einer roten Perücke, die in einer Schublade ihres Schminktisches lag, hatte sie aus dem Stegreif die Figur der Sarah Goldman kreiert. Ein Kopftuch und eine Sonnenbrille, die sie stets in ihrer Handtasche bei sich führte, hatten der Rolle noch den nötigen Schick verliehen. Da die Diva während ihrer langen Karriere zahlreiche Agentinnen und Agenten kennengelernt hatte, konnte sie bei ihrer Charakterstudie auf unzählige Eindrücke zurückgreifen. Sie spielte die Rolle so perfekt, dass jeder aus der Branche denken musste, dieser Frau irgendwo schon mal begegnet zu sein. So gab sich May Warden schließlich auch als Managerin von Marlon Brando zu erkennen. Am liebsten hätte Freddie Frinton laut losgelacht, als er den Namen des Stars hörte. Was führte seine Exfrau nur im Schilde? Anders als ihr männlicher Kollege, war Doris Cooper allerdings von der amerikanischen Naturgewalt wenig beeindruckt.
»Und was können wir für Sie tun?«, fragte sie so neutral wie möglich.
»Marlon hat heute probenfrei«, scherzte Laurence Hill, der sich, typisch Schauspieler, unbedingt in Szene setzen wollte.
»Ick reise durch England and the Commonwealth, um nach junge Talente Ausschau zu halten. Ick bin auf die Suche nach the new James Dean«, erklärte Mrs. Goldman kurz und bündig.
Bis jetzt verlief alles planmäßig, dachte Frinton zufrieden und sah weiter fasziniert dem improvisierten Spiel seiner Exfrau zu.
Der junge Schauspieler konnte sein Glück kaum fassen.

»Dann bin ich ihr Mann«, pries er sich selbst bei dem Papagei an. Das alles konnte doch kein Zufall sein. Seine Gefühle fuhren mit ihm Achterbahn. »Mein Name ist übrigens James Hill. Soll ich Ihnen etwas vorspielen, Lady?«
Alles, nur das nicht, dachte May Warden, ließ sich aber nichts davon anmerken. Stattdessen sagte sie, noch immer ganz in der Rolle der viel beschäftigten Hollywood-Agentin: »Nicht nötig. Was ick sehe, gefällt mir schon recht gut. Your body is amazing!« Schließlich fuhren Männer immer darauf ab, wenn man ihren Körper begehrenswert fand, das wusste die Diva aus jahrzehntelanger Erfahrung. Als Laurence ihr sofort erzählte, wann und wie oft er seine unterschiedlichen Muskelpartien trainierte, setzte May noch einen drauf: »Sie sind eine attraktive junge Mann mit einer Menge Charisma, Mr. Hill.« *Treffer, versenkt,* hieß es beim *Schiffeversenken* wenn man voll ins Schwarze getroffen hatte. Warum glaubten Schauspieler eigentlich jedes Kompliment? Ob es daran lag, dass viele von ihnen kein besonders ausgeprägtes Selbstbewusstsein und deshalb den Weg zur Bühne gewählt hatten? Oftmals waren sie wie hungrige Kinder, die bei jeder sich bietenden Gelegenheit nach Zuspruch und Anerkennung lechzten. Laurence Hill jedenfalls fiel auf Anhieb auf das Spiel der Diva herein. Wie war das noch mal in dem Märchen »Des Kaisers neue Kleider«? Bei Hans Christian Andersen sah der eitle Monarch auch nur das, was er sehen wollte, und glaubte seinen Schmeichlern. Genauso verhielt sich der junge Schauspieler auch:
»Ich weiß, dass ich jede Menge Charisma habe«, antwortete er selbstbewusst. »Ich arbeite hier nur, um ein paar Guinees zu verdienen. Eigentlich gehöre ich an den Broadway. Besser noch nach Hollywood. England ist zu klein für mein Talent.«
Frinton glaubte seinen Ohren nicht zu trauen. Zum Glück saß er noch immer sicher in seinem Versteck, sodass niemand sein erstauntes Gesicht sah. Zumindest litt sein jun-

ger Kollege nicht an mangelndem Selbstwertgefühl, dachte er. Als Schauspielanfänger hätte Frinton gerne ein bisschen von dieser Überheblichkeit besessen, vielleicht wäre seine Karriere dann anders verlaufen.

»Wie kannst du so etwas sagen?«, tadelte Doris Cooper ihren Kollegen. Die Assistentin hatte nicht das geringste Verständnis dafür, wenn Menschen schlecht über das *Pavilion Theatre* sprachen. Immerhin arbeitete jeder von ihnen freiwillig hier. Okay, die Bühne war nicht eine der allerersten Adressen des Landes, und die Gagen waren auch nicht gerade üppig. Aber auch in Blackpool gaben sich alle Beschäftigten Mühe, gutes Theater zu machen. *Die Provinz gibt es nur im Kopf*, hatte ihr mal ein älterer Schauspieler erklärt, und er hatte Recht damit gehabt. »Sei froh, dass Mr. Taylor dich engagiert hat«, sagte die junge Frau, um Laurence Hill wieder auf den Boden der Tatsachen zurückzuholen, was bei diesem jedoch nicht ankam, zu sehr hatte sich Hollywood in seinem Kopf festgesetzt.

»Wie kannst du dem Kerl auch noch dafür dankbar sein, dass er dich ständig runterputzt?«, erkundigte sich Hill sogleich bei ihr.

»So ist das eben am Theater. Lehrjahre sind keine Herrenjahre«, konterte Doris schnippisch.

May Warden genoss das Spiel aus der sicheren Distanz des halbdunklen Theatersaals. Alles entwickelte sich prächtig, ganz nach ihren Vorstellungen. Allerdings durfte sie keine Zeit verlieren, um nicht zu riskieren, auf Edward Taylor zu treffen. Als Laurence erwiderte, dass seine Tage in diesem Land sowieso gezählt seien, griff die Diva den Gesprächsfaden auf und knüpfte ihn, wie ein orientalischer Teppichhändler, augenblicklich weiter:

»You are vollkommen right. Nur Mittelmaß gibt sich zufrieden mit die Umstände.« Sie sah sich geringschätzig um und deutete auf die Bühne: »Hier werden Sie nicht gefordert und

gefördert. Sie brauchen the challenge, die Herausforderung. Kommen Sie mit mir.«
Erneut konnte sich Freddie Frinton in seinem Versteck ein Lachen nur schwer verkneifen. Es war unglaublich, mit welcher Zielstrebigkeit seine Exfrau ihren hinterhältigen Plan verfolgte.
»Ich bin dabei. Wenn Sie wollen, kann ich gleich Neujahr fliegen«, stieg Hill auf das Angebot der Agentin ein.
»New Year is too late – zu spät«, sagte diese enttäuscht, fing sich dann aber gleich wieder: »Time is money, honey. Du musst fly sofort in die Staaten.«
Augenscheinlich war Laurence Hill doch nicht so draufgängerisch, denn er erklärte der Diva, dass er hier Silvester noch einen Vertrag zu erfüllen habe. Diesen Einwand konnte die skrupellose Hollywood-Agentin unmöglich gelten lassen. Was Bitteschön war Blackpool, wenn man die Chance auf einen Start in der Traumfabrik hatte? Jeden Tag kamen hunderte junger Schauspieler nach L.A., um dort ihr Glück zu versuchen, aber wenn er nicht wollte, würde Sarah Goldman eben weitersuchen müssen. Gut aussende junge Männer gab es schließlich wie Sand am Meer. Kleinlaut erkundigte sich Hill danach, wer denn hier seine Rolle des Admiral von Schneider übernehmen sollte, wenn er Hals über Kopf abreiste? Nachdem alles so vielversprechend begonnen hatte, hätte May nicht gedacht, dass sich der junge Schauspieler so lange bitten ließ. Mit dieser wankelmütigen Art würde er jedenfalls nie Karriere machen, war sie sich sicher, aber das durfte sie ihm natürlich auf keinen Fall sagen. Stattdessen startete sie noch einen letzten Versuch:
»Oh, du bist sweet, darling. It's not your problem. Wer will machen Karriere, muss nach vorne blicken. Never back!«
Bei den letzten beiden Worten schob Mrs. Goldman langsam ihre Sonnenbrille auf der Nase herunter, um ihr Opfer regelrecht zu hypnotisieren, sodass Laurence fast automatisch antwortete:

»Stimmt. Immer nach vorne. Nach vorne.«
Ausgerechnet jetzt musste sich Doris wieder einmischen: »Das kannst du nicht machen, Mr. Taylor wird dich umbringen«, sagte die junge Frau ärgerlich.
Am liebsten hätte Mrs. Warden der Regieassistentin in diesem Augenblick die Kehle umgedreht, aber glücklicherweise musste sie das nicht mehr.
»Dein Mr. Taylor kann mich mal. Ich starte jetzt durch«, stellte Hill voller Selbstüberschätzung fest. Endlich loderte die Flamme der Leidenschaft in ihm. Die Diva musste jetzt alles dafür tun, dass dieses Feuer nicht vorschnell erlosch. Am besten goss sie weiter jede Menge Öl hinein, das half bei jeder noch so kleinen Flamme:
»That's right! Mit dieser Einstellung du wirst es weit bringen in Hollywood«, sagte sie und klatschte motivierend in ihre Hände. »Let the killer out, like James Dean!« Nach diesen Worten drehte sie sich zielstrebig um und wollte den Zuschauerraum verlassen. Wenn Laurence ihr jetzt folgte, hatte sie gewonnen, das wusste sie, und auch Freddie Frinton drückte seiner Exfrau und sich beide Daumen im sicheren Versteck.
»Hiermit kündige ich! Mir doch egal, wer den ollen Admiral spielt«, rief Laurence Hill und riss sich die Uniformjacke vom Leib.
Mrs. Goldman war begeistert vom Tatendrang ihres neuen Klienten. Als fürsorgliche Managerin versprach sie, sich um Direktor Taylor zu kümmern. Laurence sollte jetzt so schnell wie möglich nach London, denn schließlich ging schon in ein paar Stunden der PAN AM-Flieger nach L.A.
»Hollywood, ich komme«, schrie der junge Schauspieler wie besessen heraus und begann »I like to be in America« zu singen, hatte er den Film »West Side Story« doch erst vor wenigen Wochen im Kino gesehen. Die Rolle des Tony war ihm geradezu auf den Leib geschrieben, das wusste er

und nahm es dem Komponisten Leonard Bernstein fast persönlich übel, dass er ihn nicht für den Film besetzt hatte. Im Kino hatte Laurence »Maria« so inbrünstig mitgesungen, bis man ihn fast aus dem Saal geschmissen hätte. Bald würde er in Hollywood endlich die Chance bekommen, sein Talent unter Beweis zu stellen. Deshalb musste er diese einmalige Gelegenheit beim Schopf packen, das wusste er. Voller Tatendrang verließ der junge Schauspieler die Bühne und folgte der Agentin, die ihm noch einen Tipp mit auf den Weg gab: »Wenn Du bist gelandet, go to PARAMOUNT PICTURE STUDIOS«, bläute sie ihm ein. Laurence Hill war so gebannt von der Aussicht auf seinen Karrierebeginn in der Traumfabrik, dass er May Warden auch aus der Nähe unter ihrer Maskerade nicht erkannte.

»Wird gemacht. Bei wem muss ich mich melden?«, wollte er stattdessen ganz konkret von der Agentin wissen. Verflucht. Mit dieser raschen Nachfrage hatte May nicht gerechnet. Sie war kurz irritiert, fing sich aber schnell wieder:

»Frag nach Philip Morris«, sagte sie nach einem Blick auf ihre Zigarettenspitze, nachdem ihr so schnell kein anderer Name eingefallen war. »Dann wir sind im Business?«, hakte die Agentin schnell nach, weil Hill bei dem Namen der Zigarettenmarke kurz gestutzt hatte. Er konnte sein Glück kaum fassen:

»Ich werd' Sie nicht enttäuschen, Mrs. Goldman.« Überschwänglich umarmte er die Frau und lief dann Richtung Saaltür davon.

»Wait!«, rief May Warden ihm hinterher, worauf der junge Mann stoppte und sich zu ihr umdrehte.

»Hier ist the money für die Flug«, sagte sie und warf ihrem neuen Klienten ein Bündel britischer Pfundnoten zu, das sie zuvor aus ihrer Manteltasche gezogen hatte. Jetzt war Laurence sprachlos. Eine solche Summe Geldes konnte er unmöglich annehmen, doch Mrs. Goldman bestand darauf.

»Du kannst es mir zurückzahlen von deine erste big Movie«, überzeugte sie den Nachwuchs-Filmstar schließlich, der daraufhin nochmals zurückgelaufen kam und sie in die Arme schloss. Hoffentlich merkte er nicht, dass der üppige Busen unter ihrem grünen Mantel nur ausgestopft war, dachte May Warden, während sie die Umarmung gönnerhaft erwiderte. Als sie den gut gebauten Mann im Arm hielt, konnte sie plötzlich verstehen, was Henry King so anziehend an ihm fand und warum Doris Cooper seinen Kuss erwidert hatte.

Für Freddie Frinton umarmte seine Exfrau den jungen Kollegen eine Spur zu lange, aber da der Komiker die Szenerie noch immer aus seinem Versteck heraus beobachtete, konnte er nichts dagegen unternehmen. Davon abgesehen ging es ihn auch gar nichts an, immerhin waren May und er bereits seit Jahrzehnten geschieden. Trotzdem versetzten ihm die Umarmungen einen Stich.

Nachdem sich Laurence Hill aus der Verabschiedung gelöst hatte, sah er noch einmal auf die Bühne. Unweigerlich streifte sein Blick dabei die Assistentin, die das Geschehen sprachlos, mit einer halb vollen Sherryflasche in der Hand, verfolgte.

»Bye, Doris«, rief er zu der Blondine hinauf. »Schade, ich war gerade dabei, mich in dich zu verlieben.«

Hatte Laurence das tatsächlich zu ihr gesagt, oder hatte sie sich verhört? »Das... das kannst du doch nicht machen... Was wird denn dann aus uns... ich meine aus unserem Sketch?«, brüllte die ansonsten schüchterne Regieassistentin fassungslos von der Bühne.

Hill zuckte nur kurz mit den Schultern. Das war eindeutig nicht mehr sein Problem. Er musste jetzt an seine Karriere denken, was interessierte ihn Blackpool noch länger. »Dreiundsechzig wird mein Jahr«, rief er aus und stürmte dann an Mrs. Goldman vorbei aus dem Saal.

Nun kam auch Freddie Frinton zurück auf die Bühne und rief Laurence Hill nach: »Alles Gute, mein Junge!«
Am anderen Ende des Zuschauerraums drehte sich der Nachwuchsschauspieler noch einmal um:
»Wird schon schiefgehen, Mr. Frinton«, schrie er über die unzähligen leeren Stuhlreihen im Parkett hinweg.
»Bald können Sie mich im Kino sehen. Auf der ganz großen Leinwand!« Dann öffnete er die Tür zum Foyer und verschwand auf leisen Sohlen, seine Chucks machten es möglich.
Langsam realisierte May Warden, dass ihr absurder Plan tatsächlich funktioniert hatte. So etwas Unglaubliches war nur am Theater möglich, da war sich die Diva sicher.
»Das gibt's doch nicht«, sagte Doris Cooper leise, während sie noch immer auf die inzwischen wieder geschlossene Saaltür blickte.
»Warum nicht?«, fragte Mrs. Goldman, immerhin war ihre Mission noch nicht beendet. »Der boy macht alles right.«
Auffordernd warf die Diva ihrem Exmann einen vielsagenden Blick zu, den dieser sofort verstand, sodass er in das Spiel einstieg.
»Doris, willst du dir später mal sagen müssen, dass dein Leben aus verpassten Chancen bestanden hat?«, fragte Frinton voll gespielter Empathie.
»Natürlich nicht, wer will das schon?«, entgegnete die Assistentin niedergeschlagen.
»Warum hörst du dann nicht auf dein Herz?«
Verständnislos sah Doris den älteren Schauspieler an. Was wollte Frinton ihr damit sagen?
»Dein Pflichtbewusstsein in allen Ehren, aber hat Mr. Taylor dein Engagement hier je wertgeschätzt?« Der Komiker senkte seine Stimme, wollte er doch nicht, dass Edward Taylor zufällig seinen Namen hörte.
»Der Chef kann das halt nicht so zeigen«, rechtfertigte die junge Frau das Verhalten ihres Arbeitgebers. »Er steht unter

immensem Druck. Für ihn geht es hier um alles.«
Als Frinton die Assistentin fragte, ob es bei ihr nicht auch um alles ging, war Doris Cooper den Tränen nahe und schluckte mehrmals.
Zufrieden stellte May Warden fest, dass ihr Exmann und sie sich auch nach all den Jahren noch blind verstanden.
»Doris, sind Sie nicht verliebt in den jungen Mann?«, schaltete sich nun auch die Diva wieder in das Gespräch ein, die noch immer hingebungsvoll die Rolle der Sarah Goldman gab.
»ICH, wie kommen Sie denn darauf?«, fragte die junge Frau sichtlich ertappt. Endlich war auch sie auf dem besten Wege, den beiden alten Mimen auf den Leim zu gehen, dachte Mrs. Warden und ließ nun nicht mehr locker:
»Für mick sieht es ganz aus danach... and you are looking so sweet together, wenn ick das sagen darf.«
Und auch Freddie Frinton stieß in dasselbe Horn: »Wenn du Laurence jetzt gehen lässt, kannst du ihn vergessen.«
Doris war jetzt hin- und hergerissen. Sie musste sich entscheiden. Sollte sie ihrem Herzen folgen oder weiterhin pflichtbewusst handeln? Immerhin brauchte ihr Chef sie für die morgigen Aufführungen, das stand fest.
»Die Silvester-Vorstellungen fallen jetzt sowieso aus, nachdem Laurence, äh, ich meine James, auch noch gegangen ist. Du kannst ja schlecht zwei Rollen gleichzeitig spielen«, versuchte Frinton ihre Entscheidung zu beeinflussen, offenbar konnte er ihre Gedanken lesen.
»Machen Sie, what Sie wollen, darling, but believe me, eines Tages werden Sie ihren Entschluss bereuen. It's your life, das Sie gerade lassen an sich vorbeiziehen.« Die Diva wollte es wieder mit einem Abgang probieren. Was schon bei dem jungen Kollegen funktioniert hat, würde vielleicht auch bei Doris klappen. Deshalb wandte sie sich nun dem Hauptdarsteller zu: »Ick darf mir verabschieden, Mr. Frinton, meine Mission ist erfüllt hier.«

»Es war mir ein großes Vergnügen, Ihre Bekanntschaft zu machen, Mrs. ...?«
»Goldman«, funkelte seine Exfrau ihn an.
»Wenn Sie in Hollywood mal eine schöne Hauptrolle für mich haben, denken Sie an mich«, sagte der Komiker ihr zum Abschied, immerhin wollte er sich wenigstens am Schluss ihres Auftritts als amerikanische Schauspiel-Managerin ein wenig beteiligen.
»When the TITANIC noch mal wird neu verfilmt, werde ick Sie vorschlagen für den Eisberg«, antwortete Sarah Goldman schlagfertig und verließ selbstbewusst den Zuschauersaal in Richtung Foyer. Seine Exfrau war wirklich der Inbegriff aller Hollywood-Agenten, dachte Frinton und sah ihr bewundernd nach.
»Warten Sie, Mrs. Goldman«, rief die Regieassistentin ihr nach einem kurzen Moment des Zögerns hinterher.
Langsam drehte sich May Warden um. Lauernd fragte sie: »Darling?«
Schnell stellte Miss Cooper die Sherry Flasche auf die Anrichte und rannte die Treppe neben dem Orchestergraben ins Parkett hinunter. »Sie haben Recht. Man hat nur ein Leben.« Im Vorbeigehen griff die Assistentin nach ihrem Mantel und ihrer Tasche, die auf einem der leeren Sitze am Rande der zweiten Stuhlreihe lagen, dann hatte sie die Diva auch schon fast erreicht. »Wann sagten Sie, geht der nächste Flug in die Staaten?«
»Heute Abend um eight from Heathrow«, antwortete Mrs. Goldman höchst zufrieden.
Als sich die Assistentin danach erkundigte, ob es in der Maschine wohl auch noch einen freien Platz für sie gäbe, beruhigte die Agentin sie: »Sure. Und einen Job Sie finden garantiert auch. Ick glaube Hitchcock sucht für seinen neuen Film noch eine Regieassistentin.«
Doris konnte ihr Glück kaum fassen:

»Alfred Hitchcock?«, fragte sie ungläubig.
»Kennen Sie noch einen anderen?«, rutschte es der Diva akzentfrei heraus. Langsam war ihre Geduld erschöpft, aber zum Glück bemerkte Doris diesen Fehler nicht, saß sie in Gedanken doch schon selig im Flieger neben Laurence Hill hoch über den Wolken auf dem Weg nach Hollywood und küsste ihn leidenschaftlich, diesmal ganz ohne Tortenschlacht. Während sie den Zuschauersaal eilig auf ihren hohen Pumps verließ, rief die junge Frau dem Komiker auf der Bühne schnell noch etwas zu:
»Mr. Frinton, grüßen Sie den Chef herzlich von mir, aber Hitchcock geht vor. Die Chance kann ich mir nicht entgehen lassen.«
»Wen meinen Sie jetzt, Hitchcock oder Laurence?«, erkundigte sich der Hauptdarsteller lächelnd.
»Beide«, antwortete Doris inzwischen selbstbewusst und strahlte dabei über ihr hübsches Gesicht, das sie so noch entzückender aussehen ließ.
Obwohl sie ihr Ziel erreicht hatten, tat es Freddie Frinton in der Seele weh, zu sehen, wie die beiden jungen Leute hier von ihnen vorgeführt worden waren, aber es half alles nichts. Wenn er nicht zusammen mit May auf der Bühne stehen wollte, ohne die hohe Konventionalstrafe zu zahlen, mussten sie die Farce zu Ende spielen. Also rief er Doris lediglich noch: »Guten Flug« hinterher. Wenige Sekunden später hatte die junge Frau das Theater auch schon verlassen. Augenblicklich entledigte sich May ihres Kostüms und versteckte den Mantel, den ausgestopften BH, die Sonnenbrille samt Zigarettenspitze, Perücke und Kopftuch in einer der hinteren Sitzreihen. Schließlich durfte sie Edward Taylor nicht als Hollywood-Agentin in die Arme laufen. Bislang war es reines Glück gewesen, dass der Chef noch immer nicht aufgetaucht war, aber das konnte sich jeden Augenblick ändern, dessen war sich die Diva bewusst.

»So, alle weg«, stellte sie zufrieden fest, während sie ihre Frisur richtete. Sie war nun wieder May Warden, die zurück auf die Bühne ging. »Na, wie habe ich das gemacht?«, fragte sie nicht ohne eine gehörige Portion Stolz in ihrer Stimme.
»Nicht schlecht, altes Mädchen, nicht schlecht«, sagte Freddie Frinton anerkennend. Allerdings interessierte ihn noch brennend eine Frage: »Sag mal, hast du dem Jungen tatsächlich das Geld für den Flug gegeben?«
»Selbstverständlich«, antwortete seine Exfrau, ohne mit der Wimper zu zucken. »Aber es war nur wertloses Theatergeld, das ich in einer Requisitenkiste hinter der Bühne gefunden habe«, fügte sie schnell hinzu und lachte dabei.
Nun wurde Freddie hellhörig. Mit wertlosem Spielgeld konnten die beiden jungen Leute doch unmöglich in Heathrow Flugtickets kaufen. Unter Umständen war sogar mit ihrer Rückkehr zu rechnen, sodass der ganze Schwindel noch vor Silvester aufflog. Je mehr die Gedanken in seinem Kopf kreisten, desto panischer wurde er. Während ihr Exmann langsam, aber sicher Beklemmungen bekam, blieb die Diva vollkommen ungerührt.
»Wenn Laurence am Schalter von PAN AM mit den falschen Banknoten bezahlen will, wird sich die Polizei erstmal für seine Blüten interessieren«, versuchte sie Frinton zu beruhigen. »Vor Neujahr sind die beiden auf keinen Fall wieder auf freiem Fuß, und bis dahin hat sich der ganze Zirkus hier erledigt. Unter Umständen merkt man den Schwindel am Flughafen aber auch gar nicht und verkauft ihnen die Flugtickets. Das Theatergeld sah ziemlich echt aus.« Damit war für May Warden das Thema erledigt, und auch ihr Exmann schien sich allmählich wieder etwas zu beruhigen. Kurz entschlossen ging die Diva zu dem Telefon am Rand der Bühne, nahm den Hörer ab und wählte eine Nummer.
»Wen rufst du an?«, fragte Frinton.
»Hitchcock«, war Mays kurze, aber präzise Antwort, und

noch bevor Freddie weitere Nachfragen stellen konnte, nahm am anderen Ende der Leitung jemand den Hörer ab. *The master of suspense* höchstpersönlich war am Apparat, offensichtlich kannte die Diva seine Durchwahl auswendig. Diese Frau erstaunte ihn immer wieder, dachte Frinton und versuchte dem Gespräch, so gut es ging, zu folgen. Wie er mitbekam, suchte der Meister tatsächlich eine Regieassistentin, und May wollte unbedingt, dass Doris die Anstellung bekam.

»Du bist mir noch etwas schuldig«, flötete die Diva ihrem alten Freund Hitch in den Hörer, sodass dieser gar nicht anders konnte, kannten sich die beiden doch bereits seit den späten zwanziger Jahren. Damals hatte May eine kleine Nebenrolle in »Erpressung« gespielt, einem der ersten britischen Tonfilme, bei dem Alfred Regie geführt hatte. Sofort versprach Hitch aus alter Verbundenheit, Doris die Stelle zu geben. Briten mussten schließlich in Hollywood zusammenhalten. Zufrieden beendete May das Telefonat, sodass Alfred in Ruhe weiterschlafen konnte, immerhin war es an der amerikanischen Westküste noch nicht einmal fünf Uhr morgens. Diesmal verlief alles planmäßig, dachte Freddie Frinton. Jetzt mussten sie den Ausfall der beiden Kollegen nur noch Taylor beibringen. Diese heikle Aufgabe überließ May gerne ihrem Exmann.

Als aus dem Off eine Stimme zu hören war, verschwand die Diva rasch über die Treppe im Bühnenbild. Damit ging sie jeder Begegnung aus dem Weg und konnte ungesehen in ihre Garderobe entkommen. Bestimmt wurde sie dort schon sehnsüchtig von Gipsy erwartet. Die reinrassige Norwegerin war es nicht gewohnt, längere Zeit allein zu bleiben. Beim Drehen konnte das Tier stets ans Set mitkommen. Dort schlief sie dann seelenruhig in ihrem Reisekörbchen neben dem Stuhl ihres Frauchens. Aber mit einem Stückchen *Fudge* würde May sogleich die Gunst ihrer Katze zurückgewinnen,

da war sie sich sicher, und sie selbst freute sich auch auf einen süßen Leckerbissen.
Frinton atmete tief durch und bekam schweißnasse Hände. Er wusste noch nicht, wie er seinem Chef die neuerliche Hiobsbotschaft überbringen sollte, bloß, dass es getan werden musste, stand fest. Trotzdem war er erleichtert, als nicht, wie erwartet, Edward Taylor aus den Kulissen auftauchte, sondern Kollege King.
»Ach, Henry«, sagte er deshalb heiter und erkundigte sich nach dessen Befinden. Noch immer klagte der Geplagte über fürchterliche Darmkrämpfe.
»Und wie willst du dann morgen hier auf der Bühne stehen?«, erkundigte sich Frinton besorgt. Als Profi durch und durch war King der festen Überzeugung, dass es schon irgendwie gehen würde.
»Notfalls mit Windel oder einem großen Korken«, unterstrich der Kollege seine Absicht, die Silvester-Vorstellungen auf jeden Fall spielen zu wollen, offensichtlich hatte er seinen Humor auch nach zahlreichen Durchfallattacken noch nicht ganz verloren. So war das nun mal am Theater. Krankheit gab es dort nicht. Man spielte, solange man lebte, notfalls auch mit dem eigenen Kopf unter dem Arm, immerhin hatten die Zuschauer ihr Eintrittsgeld bezahlt. Zuverlässigkeit war in dieser Branche keine hohle Phrase. Schmerzvoll verzog Henry King das Gesicht, offensichtlich bekam er gerade wieder starke Darmkrämpfe.
Er schaffte es eben noch: »Platz da, sonst gibt's ein Malheur«, zu rufen, dann rannte er auch schon wieder von der Bühne. Bei seinem Sprint wäre King beinahe mit dem Theaterdirektor zusammengestoßen, der soeben zurückkam. Nur durch einen gezielten Sprung zur Seite konnte sich Taylor beherzt aus der Gefahrenzone retten. Sorgenvoll blickte der Regisseur seinem Mr. Pommeroy hinterher. Augenscheinlich ging es ihm noch nicht besser.

»Was macht dein Daumen«, erkundigte sich Frinton, der mit Absicht einen harmlosen Gesprächsbeginn gewählt hatte.
»Der Finger ist mein geringstes Problem«, antwortete sein Chef, und aus war es mit dem arglosen Dialog. Edward Taylor war sofort zum Kern des Problems vorgestoßen. »Doris, trommeln Sie alle zusammen! Die Probe geht weiter«, rief der Direktor laut über die Bühne, aber da er keine Antwort bekam, sah er sich fragend nach seiner Regieassistentin um. Verflucht, wo steckte die junge Frau schon wieder?
»Das ist eine längere Geschichte, die dir nicht gefallen wird«, wagte Frinton einen zaghaften Vorstoß, nicht ohne darauf hinzuweisen, dass es bestimmt besser wäre, wenn der Chef erstmal Platz nähme.
»Ich will mich aber nicht hinsetzen«, entgegnete Taylor trotzig. »Wo ist sie?«, fragte er nochmals sehr deutlich.
»Auf dem Weg nach Amerika«, antwortete Frinton, so leise und beiläufig es ihm möglich war.
»Wohin?« Taylor glaubte zunächst, sich verhört zu haben. Als er dann auch noch von seinem alten Weggefährten erfuhr, dass nicht nur seine Assistentin, sondern auch Laurence Hill auf dem Weg nach L.A. war, musste der Theaterdirektor sich tatsächlich hinsetzen. Das war alles zu viel für seine ohnehin schon mehr als strapazierten Nerven. Allerdings bekam er, anders als normalerweise üblich, keinen Tobsuchtsanfall. Vielmehr saß er ganz ruhig auf dem Hocker am Rand der Bühne. Er war jetzt nur noch ein Häufchen Elend.
Frinton nutzte die Gelegenheit, um mit weiteren Einzelheiten herauszurücken: »Die beiden haben vorhin fristlos gekündigt. Sie hatten den Zirkus hier satt. Wollen lieber Karriere in Hollywood machen. Doris hat sogar schon eine neue Stelle bei Hitchcock.« Damit war eigentlich alles gesagt, stellte der Schauspieler zufrieden fest. Ganz sicher würde nun ein Wutanfall seines Chefs folgen. Doch nichts

passierte. Der cholerische Anfall blieb aus. Offenbar hatte Taylor nicht mehr die nötige Energie dazu.

»Das war's dann endgültig«, stellte er stattdessen nüchtern fest. »Ich bin erledigt.«

Frinton sah ihn mitleidig an. Er tat ihm fast leid, wie er da so schlaff saß, auf seinem Hocker. Sollte er ihn etwa trösten? Kurz bevor Freddie der Versuchung erlag, fiel ihm wieder ein, wie rücksichtslos ihn sein Chef belogen hatte, bloß um die Vorstellungen spielen zu können. Mitgefühl war also vollkommen fehl am Platz bei diesem Mann.

»Wir sagen ab. Ich kann nicht mehr. Man muss akzeptieren, wenn es zu Ende ist«, resümierte Taylor.

Meine Güte, dachte Freddie, sie hatten es geschafft. Allerdings durfte man ihm die Freude über den eigenen Sieg auf keinen Fall anmerken.

In diesem Augenblick trat auch May Warden wieder auf. Wahrscheinlich hatte sie das Gespräch der beiden Männer hinter den Kulissen belauscht, da die in Theatern eigentlich übliche Mithöranlage ja defekt war. Wie auch immer, pünktlich zum Finale, kehrte die Diva auf die Bühne zurück. Als erfahrene Schauspielerin wusste sie nur zu gut, wann der Moment für den wirkungsvollsten Auftritt gekommen war. Fest stand nur noch nicht, für welche Rolle sie sich entschieden hatte. Zum Auftakt mimte sie erst mal die Unschuld vom Lande.

»Was ist denn hier los? Ihr zwei seht ja aus wie auf eurer eigenen Beerdigung«, erkundigte sie sich harmlos. »Wann machen wir endlich mit der Probe weiter?«

Als der Regisseur May daraufhin mitteilte, dass überhaupt nicht mehr weiterprobiert würde, sprang ihr die Fassungslosigkeit regelrecht aus dem Gesicht. Sofort stieg ihr Exmann in den Schlussakt mit ein und erklärte ihr, dass Laurence Hill und Doris Copper vor wenigen Minuten Hals über Kopf gekündigt hätten.

»Ich bin sprachlos… diese jungen Leute heutzutage… dann habe ich ja meinen ganzen Text umsonst gelernt«, war alles, was Mrs. Warden dazu einfiel.
»Tröste dich, ich hatte mich auch langsam an den Gedanken gewöhnt, noch einmal zusammen mit dir auf der Bühne zu stehen«, schlug Freddie den Ball zurück und setzte dabei ebenfalls eine Unschuldsmine auf.
Langsam entwickelte sich der Dialog zwischen den beiden zum Ping-Pong-Spiel, denn auch May Warden erwischte den Ball und spielte ihn über das Netz retour.
»Was machen wir denn dann mit all den Zuschauern? Ich habe in meinem ganzen Leben noch keine Vorstellung abgesagt.«
Abrupt unterbrach der Theaterdirektor das Match: »Einmal ist immer das erste Mal«, sagte er völlig gleichgültig, war ihm inzwischen doch alles egal.
Einen Moment lang ließen sie den Satz unkommentiert im Raum stehen. Eigentlich hätten sie ihren Sieg gern genossen, doch dafür bot Edward Taylor einen zu jämmerlichen Anblick. Freddie Frinton schämte sich sogar ein wenig, aber das Werk war vollbracht, sodass es kein Zurück mehr gab.
Langsam drehte sich seine Exfrau um. Sie wollte sich angemessenen Schrittes in ihre Garderobe begeben, um ihre sieben Sachen zu packen und anschließend das Theater mit Gipsy zu verlassen. Nichts sollte dabei überstürzt wirken.
Auch Frinton war inzwischen zum Abschied bereit. Mitfühlend legte er seine Hand auf die Schulter des Chefs und fragte ihn, ob er noch etwas für ihn tun könne.
»Das ist lieb von dir«, entgegnete dieser, »aber ich wüsste nicht was.« Der Schauspieler nahm seinen Requisitenkoffer und ging zu seiner Exfrau, die bereits am Abgang der Bühne auf ihn wartete. Ein letztes Mal drehten sich die beiden zu Taylor um, der noch immer auf dem Hocker saß und gedankenverloren auf die leere Bühne starrte. So fühlte sich das

Ende also an, dachte er, undramatisch und leer. Fast empfand der Regisseur die Situation als Erlösung, waren doch endlich der enorme Druck und die Verantwortung von ihm genommen. In gewisser Weise machte sich regelrecht Frieden in seinem Herzen breit.
Frinton überlegte lange, was er zum Abschied sagen sollte: »Du hättest »Das Gespenst von Canterville« auf den Spielplan setzen sollen. Hier spielen ja nur noch Geister mit.« Der Komiker deutete auf die verwaiste Tafel mit den fünf leeren Stühlen. Dann nickte er May Warden zu, beide drehten sich um und wollten die Bühne verlassen. Doch in diesem Augenblick hatte Taylor den entscheidenden Geistesblitz: »GEISTER, das ist es überhaupt«, schrie er plötzlich los, sodass die beiden Schauspieler erschraken.
»Alles in Ordnung, Eddie?«, erkundigte sich Frinton.
»Geht es Ihnen gut?«, wollte auch die Diva wissen.
Schnell sprang der Theaterdirektor von seinem Hocker auf: »Moment, wartet noch mal kurz«, bat er das verwunderte Duo. »Ich glaube, ich hab' die Idee«, erklärte er überglücklich. »Wir spielen nicht ›Der 90. Geburtstag‹.«
»So weit waren wir schon«, sagte Mrs. Warden mit leicht genervtem Unterton, den Taylor jedoch überhörte:
»Sondern ›Dinner for ONE‹.«
»Dinner for WAS?«, fragte jetzt auch Freddie ungehalten.
»ONE«, insistierte sein Chef.
Doch die beiden Mimen hatten keine Ahnung, was das sein sollte.
»Na, unser Sketch«, erklärte ihnen der Theaterdirektor. »Aber nur mit zwei Darstellern.« Er strahlte über das ganze Gesicht.
Die Diva schäumte innerlich. Wie sollte das denn funktionieren?
»Ganz einfach«, führte Taylor jetzt genauer aus: »Indem Freddie als Butler James alle Rollen der Gäste übernimmt.«

In diesem Moment empfand der Komiker wirklich Mitleid für seinen Regisseur. Augenscheinlich war der Gute inzwischen auf dem besten Weg, seinen Verstand zu verlieren. Vielleicht sollte er besser einen Arzt verständigen. Unter Umständen deutete sich ein Schlaganfall an. Aber so sehr die beiden Schauspieler auch beruhigend auf Edward einsprachen, er war nicht von seinem Einfall abzubringen.
»Das ist doch ganz logisch«, sagte er nun wieder vollkommen ruhig und überlegt: »Immerhin feiern wir auf der Bühne Miss Sophies neunzigsten Geburtstag, und wie jedes Jahr, so hat sie auch diesmal wieder all ihre Freunde eingeladen.«
Nun reichte es der Diva endgültig. Mit beiden Händen deutete sie nun auf den leeren Tisch und schrie beinahe: »Aber es werden keine Freunde da sein!«
Zustimmend nickte der Chef ihr zu: »Sie haben es erfasst, Mrs. Warden, weil sie alle längst gestorben sind, quasi Geister.« Er wirkte nun wie ein Irrenarzt, der ganz sanft mit seinen Patienten sprach. Aber Freddie ließ sich nicht von der neuen Idee überzeugen: »Da spiele ich nicht mit. Das kapiert doch kein Mensch«, sagte er, und damit war der Fall für ihn erledigt.
»Doch, wart's ab, das wird der Knaller«, warb Taylor weiterhin für seine Idee. »Oder wollt ihr lieber die Konventionalstrafe zahlen?« Als Direktor eines Theaters musste man eben immer die passenden Argumente parat haben, das wusste er seit mehr als zwanzig Jahren.

Neuntes Kapitel

Aufgeregt stand Edward Taylor hinter dem grünen Samtvorhang des *Pavilion Theatres* und ließ die vergangenen vierundzwanzig Stunden vor seinem geistigen Auge Revue passieren. Nach all den Jahren als Direktor, dachte er, so ziemlich alles erlebt zu haben, aber die Proben mit May Warden und Freddie Frinton hatten jede noch so absurde Situation seiner bisherigen Laufbahn übertroffen.
Quasi über Nacht war aus dem Sketch »Der 90. Geburtstag« das neue Stück »Dinner for One« entstanden. Der Theaterdirektor gähnte, als er alleine hinter dem Vorhang stand, denn an ausreichend Schlaf war während der vergangenen Nacht nicht zu denken gewesen. Nachdem die drei bis morgens um vier Uhr geprobt hatten, blieb nur wenig Zeit für die Bettruhe, denn immerhin sollten die fünf Aufführungen am Silvestertag bereits mit einer Matinee-Vorstellung beginnen.
Die schrille Glocke im Foyer klingelte drei Mal. Taylor sah auf seine silberne Taschenuhr, die ihm auch diesmal wieder Glück gebracht hatte. In wenigen Augenblicken würde sich der Vorhang zum ersten Mal für »Dinner for One« öffnen. Erwartungsvoll schaute er sich um. Freddie Frinton stand mit einem blasierten Blick als Butler James im schwarzen Cutaway neben dem Kamin und wartete auf den Beginn der Aufführung. Den Schlägel zum Schlagen des Gongs hatte er bereits in seiner Hand. Oben auf dem Treppenabsatz schaute May Warden im Kostüm der Miss Sophie um die Ecke. In ihrem festlichen Abendkleid mit passender Stola wirkte sie wie eine Lady aus längst vergangener Zeit. Mit einem unmissverständlichen Zeichen machte sie Taylor deutlich, dass sie ihm für diese besondere Premiere beide Daumen drückte. Plötzlich wurde das Publikum auf den Plätzen ru-

higer. Wahrscheinlich wurde das Saallicht bereits gedimmt. Man konnte hören, wie die Türen zum Foyer geschlossen wurden. Taylor suchte den Schlitz in der Mitte des Samtvorhangs. Sobald er ihn öffnete, um vor das Publikum zu treten, würde ein großer Spot ihn im Scheinwerferlicht erstrahlen lassen. Dann waren alle Sorgen vergessen. Vorbei war es mit der Müdigkeit. Dann gab es auf dieser Welt nur noch sein Publikum und ihn. Edward Taylor machte zwei Schritte nach vorne, teilte den Vorhang mit seinen beiden Händen, und schon stand er im grellen Rampenlicht. Mit einem strahlenden Lächeln begann er die vorher einstudierte Ansprache:

»Verehrtes Publikum, meine Damen und Herren! Sobald sich der Vorhang in wenigen Augenblicken öffnen wird, werden Sie sehen, dass wir uns auf dem Landsitz von Miss Sophie befinden. Den Namen des alten Geschlechtes verschweigen wir aus Diskretionsgründen. Miss Sophie hat ihre vier besten Freunde zu einem Geburtstagsdinner eingeladen. Und ich möchte Ihnen jetzt die Sitzordnung am Tisch bekanntgeben. Am Kopfende der Tafel wird Miss Sophie sitzen. Links neben ihr Sir Toby, daneben Admiral von Schneider. Ihm gegenüber Mr. Pommeroy, und auf der rechten Seite von Miss Sophie sitzt Mr. Winterbottom. Allerdings ergibt sich dabei leider eine kleine Schwierigkeit... Miss Sophie ist nicht mehr die Jüngste, immerhin feiern wir heute ihren neunzigsten Geburtstag, und sie hat ihre vier engsten Freunde längst überlebt. Dennoch will Miss Sophie auf keinen Fall auf ihr Geburtstagsdinner verzichten. Da die Herren allerdings aus triftigem Grund verhindert sind, werden sie allesamt von Miss Sophies Butler James vertreten. Das hat all die Jahre bestens funktioniert, und es wird auch heute wieder fabelhaft klappen, denn der Ablauf dieses »Dinner for One« ist seit Jahren haargenau gleich. Meine Damen und Herren, verehrtes Publikum, ich wünsche Ihnen viel Vergnügen sowie einen guten Rutsch ins Neue Jahr!«

Während das Publikum voller Vorfreude applaudierte, öffnete sich langsam der grüne Samtvorhang, und die Scheinwerfer tauchten das Bühnenbild in ein stimmungsvolles Licht. Die Kerzen auf dem Tisch flackerten und das Kaminfeuer loderte, wodurch alles sehr festlich wirkte, ganz anders als bei der Probe.

Edward Taylor trat feierlich ein paar Schritte zur Seite und deutete auf Freddie Frinton. »Und dort ist auch schon James«, stellte er den Butler vor. Während er die Bühne verließ, raunte er seinem Hauptdarsteller schnell noch »Toi, toi, toi« zu, und schon begann der Sketch.

Aufgeregt eilte Edward Taylor hinter den Kulissen entlang. Auf seinem Weg konnte er hören, dass Frinton bereits zweimal den Gong auf dem Kamin geschlagen hatte. Abgehetzt kam der Regisseur schließlich neben dem Feuerwehrmann an. Vom Seitenportal der Bühne aus konnte er ungehindert dem Verlauf der Aufführung folgen, ohne dass ihn irgendjemand sah.

Inzwischen war May Warden in ihrer festlichen Garderobe auf dem oberen Absatz der Treppe aufgetaucht und lächelte ihren Butler herrschaftlich an.

»Guten Abend, Miss Sophie, guten Abend«, begrüßte dieser sie.

»Guten Abend, James«, antwortete die Diva und schritt, ohne zu singen, die Treppe hinab.

Erleichtert atmete Taylor durch. Alles verlief planmäßig, und das Publikum schien der Inszenierung wohlwollend zu folgen.

Mit jedem Satz steigerte sich die Präsenz der beiden Darsteller auf der Bühne, und als der Butler zum ersten Mal über das Tigerfell stolperte, lachten die Zuschauer bereits ausgiebig. »Dinner for One« schien ihnen zu gefallen. Mit jedem Becher Alkohol, den der Diener in sich hineinschüttete, freute sich das Publikum mehr und stachelte die beiden Schauspieler zu weiteren Höchstleistungen an. Frinton improvisierte nun, was das Zeug hielt. Mal trank er versehentlich aus der Blumenvase, mal schlug er beim *Skol* die Hacken mit solcher Wucht zusammen, dass der Inhalt seines Bechers nur so hinausspritzte. Mit jedem Schluck wurde der Butler, zur großen Freude des Publikums, immer betrunkener, und als er sich schließlich bei einem seiner Gänge um Miss Sophies Stuhl an dessen Lehne festhielt, um neuen Schwung zu holen, kippte das pompöse Sitzmöbel samt ihrer Ladyschaft nach hinten, sodass der Diva ein lauter Schrei entfuhr. Auch diese Szene hatten sie so nicht geprobt, aber sie verfehlte ihre Wirkung nicht. Die Menschen im Saal lachten lauthals und klatschten begeistert, sodass Taylor in seinem Versteck Tränen der Freude und Rührung in den Augen standen. Der Schlussapplaus war gewaltig, und die beiden Mimen mussten sich immer wieder verbeugen. Sie hatten es geschafft. Freudestrahlend hielten sie sich bei den Händen und sahen sehr glücklich aus.

Selig nahm der Theaterdirektor zur Kenntnis, dass sogar Alister Davis frenetisch applaudierte. Erstmals in all den Jahren hatte der Pförtner während der Vorstellung seine Loge verlassen, um der Premiere von »Dinner for One« beizuwohnen, und der Sketch hatte ihm sichtlich gefallen, obwohl es kein Ballett war.

Schade nur, dass Cookie das Spektakel verpasst hatte, dachte der alte Mann wehmütig, dem inzwischen schon vom Klatschen die Hände wehtaten.

Epilog

Wer hätte das gedacht? Aber so ist das Kabinettstück englischen Humors entstanden, Ende 1962 im *Pavilion Theatre* von Blackpool, und ich war hautnah dabei. Zuerst heimlich bei den Proben, und dann natürlich auch während der ersten Matinee-Vorstellung am Silvestertag. Zusammen mit Tante Mary und Onkel Robert saß ich mitten im Publikum und lachte mich kringelig über den kauzigen Butler und die schrullige Lady.
Wie mir Tante Mary später berichtete, war »Dinner for One« bereits am Neujahrstag in aller Munde, sodass der Theaterdirektor sich dazu entschloss, den Sketch auch weiterhin im Repertoire zu belassen. Stets waren die Aufführungen mit May Warden und Freddie Frinton ausverkauft, was nicht nur meine Tante an der Theaterkasse sehr freute.
Ob die beiden Darsteller während ihres Engagements in Blackpool auch privat wieder ein Paar geworden sind, ist mir leider nicht bekannt, aber zumindest haben sie mit dem Sketch noch jahrelang zusammen auf der Bühne gestanden, was ja auch eine Form von Happy End ist.
In jedem Fall hat sich »Dinner for One« in all den Jahrzehnten seit seiner Entstehung in die Herzen von Millionen Menschen weltweit gebrannt, und ein Ende dieser Erfolgsstory ist nicht in Sicht. Ich sage nur: »The same procedure as last year?« – »The same procedure as every year!«
Fragen Sie sich jetzt, ob der Sketch tatsächlich auf diese Weise entstanden ist? Wer weiß … in meiner Phantasie ist er es jedenfalls.

Danksagung

Nachdem ich Anfang 2018 die Komödie »Die Wahrheit über DINNER FOR ONE« (unter dem Pseudonym Jan-Ferdinand Haas) geschrieben habe und diese erfolgreich Ende des Jahres an der Braunschweiger KOMÖDIE AM ALTSTADTMARKT uraufgeführt wurde, folgten weitere Aufführungsserien in Bonn, Bremen, Passau, Wuppertal, Ludwigshafen, Norden, Würzburg und Paderborn, um nur einige Städte zu nennen.

Doch dann kam 2020 die Corona-Krise, und AUS war es mit weiteren Aufführungen meiner Komödie. Deshalb entschloss ich mich während des zweiten Lockdowns Anfang 2021 dazu, besagtes Theaterstück in eine Novelle umzuschreiben. Auf diese Weise wollte ich auch während des Lockdowns Leserinnen und Leser in den Genuss meiner Geschichte um die fiktive Entstehung des Sketches »DINNER FOR ONE« kommen lassen.

Bei diesem Abenteuer haben mich ein paar liebe Menschen begleitet, die ich gar nicht alle einzeln nennen kann. Sie haben mich ermutigt, Korrektur gelesen und mich mit kritischen Nachfragen immer wieder zum Überdenken meiner Geschichte angeregt. Herzlichen Dank dafür!

Des Weiteren möchte ich mich bei Astrid Malzahn aus Bonn für das ansprechende Layout bedanken sowie bei Frank Jonschta aus Braunschweig für den hervorragenden Druck.

Ein weiteres und herzliches Dankeschön geht an Familie Siebel aus Meckenheim, die mein Buch schon zum zweiten Mal in das Programm ihres THE BRITISH SHOP aufgenommen haben. Ohne die große Nachfrage der Kundinnen und Kunden des THE BRITISH SHOPS hätte es garantiert keine zweite Auflage im Herbst 2024 gegeben, über die ich mich sehr freue!

Herzlichen Dank!
Florian Battermann

P.S. Ende 2024/Anfang 2025 wird die Komödie »Die Wahrheit über DINNER FOR ONE« übrigens mehr als 80mal auf der Bühne des NEUEN THEATERS in Hannover zu sehen sein.

Foto: Imagemoove

Theater für Daheim:

BÄUMCHEN WECHSEL DICH!
oder Nicht nur die Nadeln fallen...

Weihnachten ist das Fest der Familie, so sieht es zumindest das Ehepaar Bruns. Doch zwischen Tannenbaum und duftenden Plätzchen ist das Chaos nicht weit. Andrea und Jochen haben die ganze Familie in eine urige Hütte in den Harz eingeladen, doch starker Schneefall und Eisregen sorgen dafür, dass das Ehepaar plötzlich alleine vor den Geschenken sitzt. Eigentlich könnte nun ein romantisches Fest folgen, würde nicht zu allem Überfluss auch noch die Heizung ausfallen. Zum Glück können Andrea und Jochen noch rechtzeitig den Notdienst anrufen, sodass kurz darauf Stefan Krause im Blaumann vor der Tür steht. Allerdings ahnt Ehepaar Bruns nicht, dass es sich bei dem „Notdienst" um einen Stripper und keinen Klempner handelt, der nur als Handwerker auftritt. Deshalb will dieser auch nicht die Heizung reparieren, sondern vielmehr mit seinem Striptease für heiße Stimmung sorgen. Chaos und komödiantische Verwechslungen sind vorprogrammiert, besonders als der „Klempner" sich für die Frau des Hauses interessiert, die ihrerseits auch nicht abgeneigt scheint. Ob am Schluss des turbulenten Treibens alle zusammen „O du fröhliche" singen, soll an dieser Stelle nicht verraten werden! In jedem Fall klingeln in dieser weihnachtlichen Komödie nicht nur die Glöckchen ... Dieses neue Lustspiel ist nicht nur zur Weihnachtszeit ein großer Spaß für jedes „Heim-Kino"!

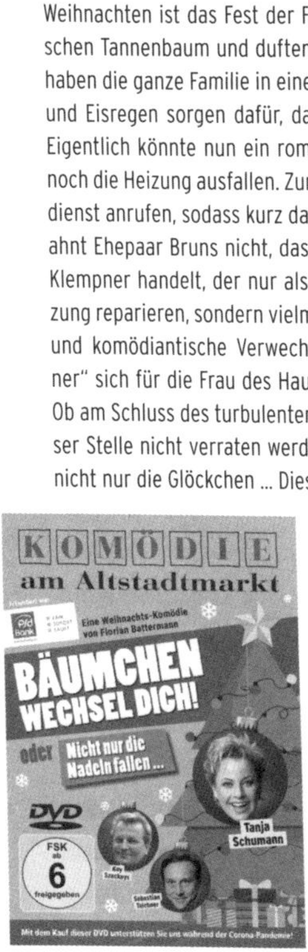

Deshalb haben wir die Komödie „BÄUMCHEN WECHSEL DICH!" von Florian Battermann mit Tanja Schumann, Kay Szacknys und Sebastian Teichner in bester Fernsehqualität für Sie produziert.

Nur € 15,00

JETZT DVD BESTELLEN!

Telefon: 0531 / 121 86 80 oder online unter: www.komoedie-bs.de

JETZT BUCH BESTELLEN!

Telefon: 0531 / 121 86 80

oder online unter: www.komoedie-bs.de

Nur € 15,00

Alles nur gespielt?

Wenn Sie wissen wollen, wie das ist, wenn auf der Bühne eine Möwe „abstürzt“, ein unvorhergesehenes „Blutbad“ angerichtet wird oder warum 800 „Trauzeugen“ im Zuschauersaal sitzen, dann sollten Sie dieses Buch voller herrlicher Theateranekdoten lesen. Denn hier erfahren Sie auch, warum plötzlich ein Boxer unangemeldet hinter der Bühne aufgetaucht ist, wer einen echten Brillanten im Theatersaal gefunden hat und wieso eine junge Schauspielerin in ihrem Apartment ausgebrannt ist. Auf mehr als 185 Seiten erinnert sich Florian Battermann zusammen mit zahlreichen Stars & Sternchen an die skurrilsten und amüsantesten Geschichten vor, auf und hinter der Bühne in Braunschweig, Hannover und vielen deutschen Gastspielorten.

Diese mehr als 60 Anekdoten halten Ihre Erinnerung an das Theater wach und zaubern Ihnen sicher das ein oder andere Lächeln ins Gesicht.